はじめての古筆切

日比野浩信

和泉書院

はじめに

国文学研究において、資料としての古筆切の利用は既に定着したといって良いでしょう。その一方で、読解を重視した研究が好まれるせいでしょうか、また、詳細に過ぎるという感があるのでしょうか、文献学的な研究の中でも古筆切を利用した研究は、また「一部の人たちによる特殊な研究」に戻りつつあるようにさえ見受けられます。誠に残念なことです。正しい本文無くして、正しい読解はできません。文献学的研究も更に推進されるべきですし、従来の研究では見過ごされてきた重要資料たる古筆切にも、もっと注意を向けるべきでしょう。古筆切をも加味した伝本・本文の再吟味が必要であると考える所以です。

今や優れた古筆資料集や解説書、複製手鑑が出版され、誰でも手軽に古筆切に触れられるようになりました。それでも、まだどこか縁遠いもののように感じられたり、いざ手にしてみても、その前提となる事柄がよくわからなかった、などということもあるようです。

そこで、本書では、古筆切を取り扱う際に前提となる事柄や、どのようなことに目を向けたらよいのかなどを、説明しようと試みました。

近年は、大学の講義は半期制になり、一つのことに、時間をかけてじっくり取り組むことが少なくなってしまいました。情報化社会の荒波の中、効率よく興味や学びの対象を広げようというこの時代に、たった一葉の古筆切から周辺に眼を向けながら理解を深めていこうというスタイルは、時代の流れに反するかのようです。ただ、たった一つの事柄でも、それを丁寧に扱えば、いかに多くの情報を必要とし、いかに多くの事柄に触れるかを実感してもらえるのではないでしょうか。こういう一見遠回りな学びを数回繰り返しておけば、その方法を以て今後新たに出会う未知の対象にも対応できるようになるはずです。

一葉の断簡を切っ掛けに、いくつもの資料を提示しながら、次から次へと疑問や興味が展開していく……。そんな古筆談義を少しでも再現したかったという思いもあります。

ところで、ここで使用した古筆切は、一部を除いては著者架蔵のものです。妻の助けがあるとはいえ、大学の非常勤講師を務めながら、年老いた両親と二人の子供を養う立場ですので、大したものが得られるはずもありません。お昼にランチを数回我慢すれば手が届く程度のものや、飲み会のお誘いを二、三度ご無礼すれば何とかなるくらいのものがほとんどです。ちょっと目を引くようなものは、本屋さんや道具屋さんのご理解とご厚情・ご高配に他なりません。感謝申し上げます。

それにしても、ちょっと考えてみてください。今から何百年も前のものが、簡単に手に入るような国は、我が国日本をおいて他にあるでしょうか。その「文化力」を高く評価すべきでしょう。

毎年、たくさんの外国人が日本を訪れます。いわゆる爆買い目的の人もいるでしょうが、多くの外国人が京都・奈良を訪ねます。日本の文化に惹かれ、「日本らしさ」を求めているのです。

古筆切の要素たる「書」「文学」「美術」は、日本の文化を、ひいては我が国を形成した大きな要因であることは、改めて言うまでもありません。

また、昨今、古典を学ぶ意義について問われています。時を越え、多くの人々によって受け継がれてきた古典が、無価値なはずなどありません。古典を学ぶ価値はない、などという人は、その価値にまだ気付けていないだけなのではないでしょうか。

古典は人類の貴重な経験や思想を書き留めた叡智の集積である、と私は思っています。古文・漢文を学ぶことは「日本人の叡智の集積を読み解く能力を身につける」ことであると考えています。

古筆切を入り口として、日本文化に触れ、古典の価値に気付き、古文・漢文を学ぶ切っ掛けとしてもらいたいというのも、本書の目的の一つです。

目次

はじめに　1
凡例　9
古筆切とは　10
古筆切の価値　12

はじめの一葉　13

1　伝二条為重筆　道也切（『新古今集』）　14

A　伝称筆者　15

2　極め札　17
3　伝後伏見院筆　広沢切（『伏見院御集』）　19

B　切名　20

4　古筆名葉集　21
5　伝平松時庸筆　四半切（『古今集』）　22
6　伝玄作筆　四半切（『古今集』）　23
7　伝民部卿局筆　秋篠切（『後撰集』）　24

C　書写内容　25

8　伝清水谷実秋筆　持明院切（『後拾遺集』）　28
9　伝二条為氏筆　四半切（『八代集抄』）　29
10　伝世尊寺行尹筆　巻物切（『和漢朗詠集』）　30
11　伝藤原清輔筆　四半切（『万葉集』）　31
12　伝二条為定筆　四半切（『拾遺愚草』）　32
13　伝後崇光院筆　四半切（『六百番歌合』）　33
14　伝藤原為家筆　四半切（『八雲御抄』）　34
15　伝宗全筆　四半切（『愚問賢注』）　34
16　伝二条為氏筆　四半切（『伊勢物語』）　35
17　伝後光厳院筆　六半切（『源氏物語歌集』）　36
18　伝後光厳院筆　四半切（『建礼門院右京大夫集』）　37
19　昭和美術館蔵　伝津守国夏筆本『建礼門院右京大夫集』　38

①　切の大きさ　39

②　もとの形態　40

20　伝二条為忠筆　八半切（『古今集』）　41
21　伝後光厳院筆　巻物切（『源氏物語』）　42
22　伝小倉実名筆　四半切（『金葉集』）　43

③　書写形式　44

23　伝藤原清範筆　西山切（『新古今集』）　45

24 伝二条為定筆 六半切（『千載集』） 46
25 伝寂蓮筆 六半切（『新勅撰集』） 47
26 伝藤原清輔筆 六半切（『新古今集』） 48
④料紙……49
27 伝素眼筆 大四半切（『古今集』） 50
28 伝阿仏尼筆 鯉切（『僻案抄』） 51
29 伝二条為重筆 四半切（未詳歌集） 52
30 伝二条為明筆 六半切（『狭衣物語』） 53
31 伝後二条院筆 藤波切（『八雲御抄』） 54
32 伝藤原清範筆 西山切（『新古今集』） 55
33 伝二条為重筆 巻物切（『和漢朗詠集』） 56
34 伝二条為世筆 四半切（『詞花集』） 56
35 筆者未詳 四半切（『勅撰名所和歌抄出』） 57
⑤名葉集での記述……58
⑥伝称筆者の人物像……58
⑦伝称の当否……58
36 伝道澄筆 四半切（『三体和歌』） 59
37 道澄短冊 59
38 伝二条為親筆 島田切（『続千載集』） 61
39 二条為親短冊 61
40 伝一条兼良筆 大四半切（『歌林良材抄』） 63
41 伝一条兼良筆 大四半切（『後撰集』） 64
42 伝一条兼良筆 藤川日記切（『藤川日記』） 65
43 伝一条兼良筆 大四半切（『新続古今集』） 66
44 伝尭孝筆 仏光寺切（『新続古今集』） 67
45 尭孝短冊 67
46 伝飛鳥井雅世筆 巻物切（『新続古今集』） 69
47 飛鳥井雅清（＝雅世）短冊 69
⑧書写年代……70
48 伝後鳥羽院筆 水無瀬切（『新古今集』） 71
⑨本文上の特色……72
49 伝二条為忠筆 六半切（『拾遺集』） 73
50 伝二条為貫筆 四半切（『歌枕名寄』） 80
⑩その他の特色……81
51 伝兼好法師筆 四半切（『新古今集』） 82
52 伝二条為明筆 六半切（『新古今集』） 83

53 筆者未詳 六半切（『新古今集』） 84
54 伝甘露寺光経筆 八坂切（『新古今集』） 85
55 伝民部卿局筆 四半切（『新古今集』） 86

⑪ ツレ …… 87

56 伝藤原兼実筆 中山切（『古今集』） 87
57 伝藤原顕輔筆 鶉切（『古今集』） 89
58 伝弘融筆 四半切（『古今集』） 90
59 伝弘融筆 四半切（『古今集』） 91
60 伝世尊寺行俊筆 長門切（『平家物語』） 92
61 伝世尊寺行俊筆 長門切（『平家物語』） 93
62 伝後伏見院筆 桂切（『風葉集』） 95
63 伝光厳院筆 六条切（『八代和歌抄』） 96
64 伝光厳院筆 六条切（『八代和歌抄』） 97
65 伝中山定宗筆 国栖切（『道玄家集』） 99
66 伝寂恵筆 石見切（『古今集』） 101
67 伝寂恵筆 四半切（『千載集』） 102
68 伝冷泉為益筆 四半切（『新勅撰集』） 104
69 伝冷泉為益筆 四半切（『新勅撰集』） 105
70 伝冷泉為益筆 四半切（『新勅撰集』） 106
71 伝東常縁筆 建仁寺切（『拾遺集』） 108
72 伝東常縁筆 小四半切（『拾遺集』） 109
73 伝杲守筆 四半切（『玉葉集』） 110
74 伝杲守筆 四半切（『玉葉集』） 111
75 伝顕昭筆 簾中切（『伏見院三十首』） 模写 112
76 伝顕昭筆 簾中切（『伏見院三十首』） 113
77 伝顕昭筆 簾中切・同模写（『伏見院三十首』） 拡大 114
78 伝兼空筆 下田屋切（『松花集』） 116
79 伝兼空筆 下田屋切（『松花集』） 模写 117
80 伝藤原家隆筆 六半切（『承元四年粟田宮歌合』） 120
81 伝葛岡宣慶筆 小四半切（『公経家集』） 121
82 伝仲顕筆 四半切（『拾遺抄』） 123
83 伝藤原為家筆 大四半切（『源氏物語』） 124

⑫ 価値・評価 …… 125

釈文 126
作品索引・切名索引・筆者索引 142

〈凡例〉

一、筆者名は全て「伝」を冠した伝称筆者名とし、その当否については必要に応じて触れることとしました。

一、文中の人名・用語については、便宜的に読み仮名を振りましたが、他書の引用や、釈文では付していません。

一、既に図版が刊行されている断簡は「(『〜』参照)」、関連資料として図版を転載させていただいた場合は「(『〜』に拠る)」としています。

一、歌番号は、便宜上、アラビア数字で示しました。

一、参考文献の多くは省略に従いました。ただ、以下のものは、作品別・ジャンル別・伝称筆者別などのコンセプトで、周辺への関心や広がりを得やすいこともあり、敢えて掲出しておきます。中には参考文献を掲出しているものもありますので、ここから更に探求を広げてください。

・藤井隆氏・田中登氏『国文学古筆切入門』(三冊　和泉書院　昭和六十〜平成四年)
・小松茂美氏『古筆学大成』(三十巻　講談社　平成元〜五年)
・久曾神昇氏他『古筆切影印解説』(四冊　風間書房　平成七〜二十二年)
・久曾神氏『古筆切集成シリーズ』(五冊　汲古書院　平成十〜十七年)
・田中氏『平成新修古筆資料集』(五冊　思文閣出版　平成十二〜二十二年)
・国文学研究資料館『古筆への誘い』(三弥井書店　平成十七年)
・佐々木孝浩氏他『日本の書と紙』(三弥井書店　平成二十四年)
・鶴田大氏他『歌びと達の競演』(青簡舎　平成二十六年)
・田中氏『古筆の楽しみ』(既刊二冊　武蔵野書院　平成二十七〜二十九年)

一、また、書誌学的な項目についてはほとんど省略に従いましたので、書誌学の参考文献を掲出しておきます。多数ありますが、まずは次の二書を参照してください。

・藤井氏『日本古典書誌学総説』(和泉書院　平成三年)
・堀川貴司氏『書誌学入門』(勉誠出版　平成二十二年)

一、末尾に図版の釈文をまとめて掲載しておきます。変体仮名解読の練習などに利用して下さい。

一、ここに取り上げた古筆切は、広く作品を取り上げるようには心掛けましたが、叙述の都合によって採択したものですので、ある程度の偏りはご容赦いただきたいと思います。

一、関連資料として、田中登氏ご所蔵の古筆切や短冊を閲覧させていただき、図版としての使用をご許可いただきました。記して御礼申し上げます。

古筆切とは

　かつて、ある古筆研究家が「古筆の展観を開きたい」と地元の偉い人に持ちかけたところ、「古い筆を並べて何になるんだ」と言われたことがあるそうです。

　使い古した筆のことなどではありません。古くに書かれた筆跡のことを古筆（こひつ）といいます。

　我が国は八百万の神の国。あらゆるものに精霊が宿り、言葉にも霊力が宿ります。「言霊（ことだま）」です。

敷島（しきしま）の大和の国は言霊の助くる国ぞま幸（さき）くありこそ　（『万葉集』巻第十三・三二五四）

という歌がありますが、神仏の宿る言葉、それを形に表す文字を大切にしないはずがありません。しかも、文学作品は、雅びやかさを具現化するために、より美しい文字で書写されたのです。実用性を重視する古文書とは違って、文学作品を書写した古筆には美術的価値が付随するわけです。

　戦乱の時代、京の都は炎に包まれ、多くの書籍が灰燼に帰しました。かろうじて戦火を免れた遺品は、益々貴重視されたことでしょう。さらに、茶の湯が流行すると、和歌を書いた掛け物も用いられるようになりました。収集・鑑賞の対象として古筆の受容が高まるにつれ、大勢の人々の所有欲を満たすために、古くて良い書籍は次々に切断されました。古い筆跡の書籍が切断されたもの、それが古筆切です。

京都の冷泉家時雨亭文庫には、現在古筆切として巷間に見かける断簡を切り出した後と思しき、数丁~数十丁分のまとまった残欠本が幾種類も残されています。持つ者と持たざる者との間で、「古筆外交」とも言える交流手段があった名残りのようにも見られます。これも文化継承の一つの在り方と言えるでしょう。

優れた古筆を分割・譲渡する動きは、今なお続いています。昭和に入ってからも、少なからぬ古典籍が切断されましたし、近年でも完存する『古今集』の最古写本がバラされて断簡（だんかん）にされてしまったらしいというのは、記憶に新しいところです。（更にその後、元の姿に綴じ直されたということです。）

ともあれ、一巻・一冊の「書籍が切断された」ことが古筆切の条件です。やはり和歌などを認（したた）めたものに色紙（しきし）・短冊（たんざく）・懐紙（かいし）がありますが、これらははじめから一枚の紙の中に表現することを目的としています。よって、これら色紙・短冊・懐紙などは、古筆切とは全くの別ものとして、厳然と区別します。ただ、古筆切の中でも、「継色紙（つぎしきし）」や「升色紙（ますじきし）」のように、元は冊子本（さっしぼん）の書籍でありながら、その形態から「色紙」と呼ばれているものもありますので、注意が必要です。

古筆切の価値

総じて、古筆切の価値を考える際は、次のような点が考慮されるようです。

一、古さ　骨董的価値として、「時代がある」ものを求めるのは当然のことでしょう。現存伝本に比べてより古い本文、作品の成立に近い時代の本文の実際です。

二、美しさ　美術的価値として、きれいなものが好まれるのは世界共通でしょう。いかに丁重に扱われてきたかの証です。

三、有名さ　「誰も知らない」ものよりよく知られている方がいいでしょう。知名度です。広く享受されたことを示唆しています。

四、珍しさ　「ありふれた」ものよりレアな方がありがたいでしょう。希少性です。埋もれかけたものの存在を顕明にします。

五、資料性　文学・歴史・伝記などの資料としての有用性です。一～四を加味した上での「個性」。各専門家による見解、興味の所在ともいえるでしょう。

これらを、嗜好や目的に応じて追究しても良いかと思います。

はじめの一葉

さて、ここに一葉の古筆切（図1）があります。まずはじっくり観察しましょう。

人と出会うと、何歳くらいかなあ、やさしそうだなあなど、どんな人かを考えながら相手を見ませんか。古筆切の場合も同じ。古そうだなあとか、きれいな字だなあ、といった感想でも結構ですが、他にも、全部で何行書かれているとか、書き出し位置の高さが行によって違うとか、絵が描いてあるとか、何かしらの特徴を見つけてやりましょう。「どんな古筆切か」を考えるわけです。

ただし、その一葉を日がな一日眺めていても埒は明きません。相手が人ならば話かけてみれば良いのでしょうが、古筆切が相手ではそうはいきません。自分で「調べる」ことになります。

では、例として、まずこの古筆切に簡単な説明を加えてみます。以下のようにしてみました。

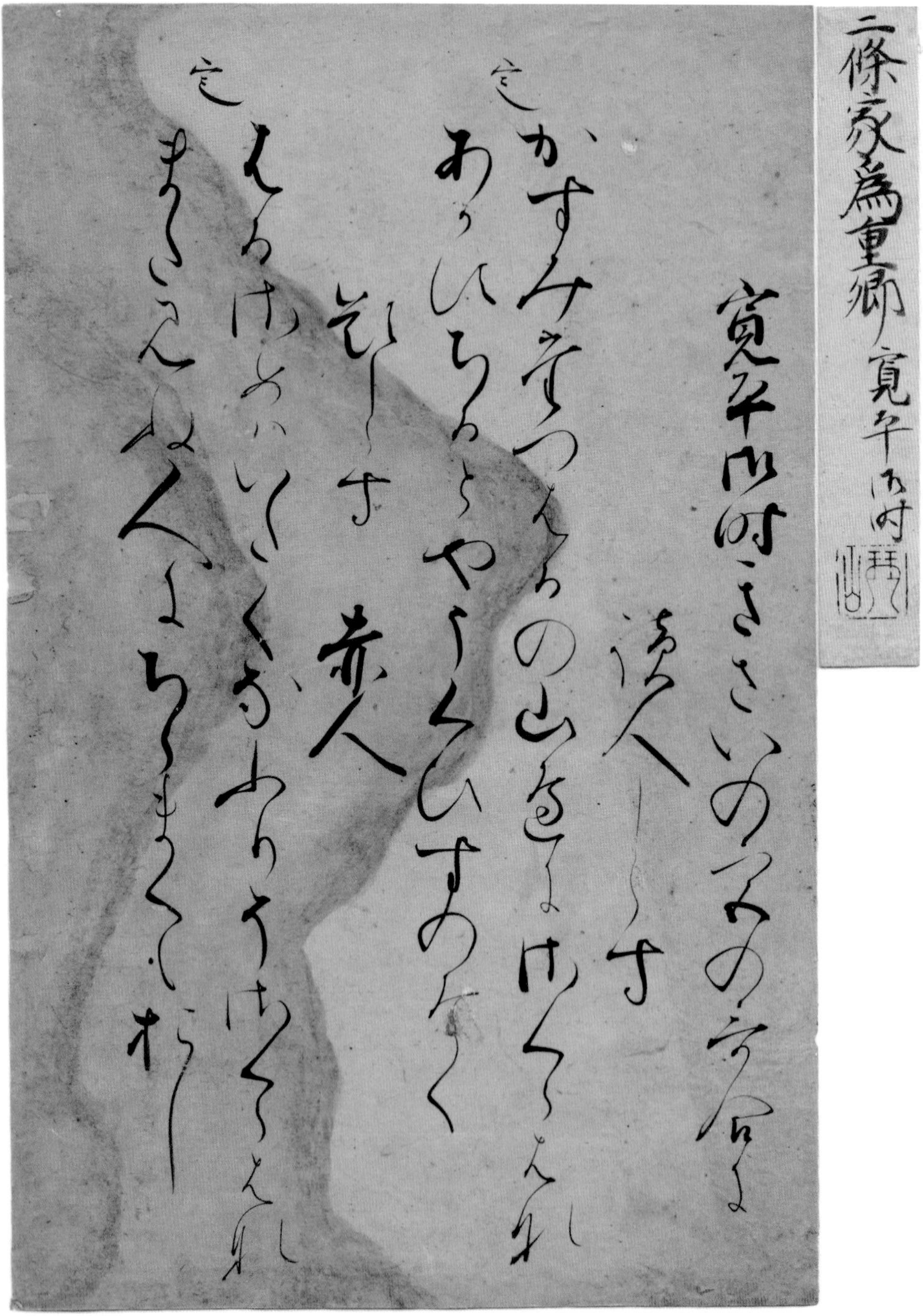

二條家為重卿 寛平御時
寛平御時きさいの宮の
読人しらす
赤人

1　伝二条為重筆（A）　道也切（B）（『新古今集』）（C）

①縦二十五・四センチ×横十五・七センチで、もとは②四半形の冊子本。七行が書写されているが、最終行が削り消されており、本来は③一面八行書で和歌は二行書、青雲の④料紙を用いている。⑤『新撰古筆名葉集』の為重の項の筆頭に「道也切　四半新古今歌二行書ウタノ首ニ一字名アリ雲紙或ハ白紙」との記載がある。筆者と伝えられる⑥二条為重は、撰集途中で頓死した為遠に代わって『新後拾遺集』を奉覧した人物。冷泉家時雨亭文庫に為重自筆の『百首愚草』が伝わっており、それと比べて同筆、伝称通り為重の⑦真筆と知られる。よって、⑧書写年代は為重の没年たる至徳二年（一三八五）以前の南北朝期ということになる。『新編国歌大観』所収本文と比べて、掲出断簡には⑨異同はないが、⑩歌頭に藤原定家を表す「定」の撰者名注記がある。⑪ツレは『古筆学大成』の二十九葉、『古筆切影印解説』Ⅲの五葉ほか、少なからず報告されているが、勅撰集の撰進に関わった著名な歌人の真筆本の断簡であり、歌道家に伝わった『新古今集』の本文として⑫資料的価値は高い。

これを例として、A～C、次いで①～⑫を、目次で示したように順を追ってみていきましょう。

はじめのA、B、Cは、古筆切の分類整理です。出来るだけ共通の認識によって、特定の古筆切を指し示そうとするもので、「会社員で　東京に住んでいる　誰それさん」というのに似ています。

A　伝称筆者

古筆切に付属する細長い紙片を「極め札」といいます。極める、とは鑑定すること。極め札とは、極めた結果を記した鑑定書のことです。古筆切は数がたくさんあるので、刀剣や茶器のように大きな紙に書かれた鑑定書（折り紙）などは、普通、ありません。せいぜい縦十二センチ前後、横二センチ程の小さな札に過ぎませんが、しかるべき鑑定人の、もしくは第三者の目を通したもの、ということができますから、この極め札が付属しているのと、失われているのとでは、金銭的価値が大きく変わってしまうこともあります。

極め札の情報は主に三つ。筆者名・その断簡の書き出し・鑑定者の印（極め印）です。書き出しを記すのは、他の断簡の鑑定と混乱しないため、あるいは、別の断簡の鑑定を故意に流用出来ないようにするためです。極め印は、誰が極めたかを示す証です。どこの誰かも判らぬ人の極めより、古筆専門の鑑定家（古筆家・古筆見）の極めが重宝されますが、ここではこれ以上立ち入らないこととします。書き出しが書かれていないものや、極め印の押されていないものもあります。

極め札に示される人物名こそが、その古筆切の鑑定結果であり、筆者です。ただし、ここで注意すべきは、極め札に記された筆者名が、必ずしも本当の筆者とは限らないということです。

考えてもみて下さい。何百年も前の筆跡が誰の筆跡であるかなど、そう簡単に断定できるものではありません。例えば、『古今集』の最古写本の断簡で、古筆の名品として有名な「高野切（こうやぎれ）」は、『古今集』の撰者である紀貫之（きのつらゆき）（?～九四五）の筆跡と極められています。しかし、高野切には実は三種類の筆跡があり、その書写年代は『古今集』成立（十世紀初）から一世紀ほど後の十一世紀初頭であることが判っています。多くの場合は、書写された時代・書風・書写内容などから、そこに当てはまりそうな人物の筆跡として推断してしまっているに過ぎません。

それでも昔の古筆家や古筆愛好家は、「誰それの筆跡である」と、確定的に考えていたのであり、「伝称」などと意識していたわけではありませんので、極め札に「伝」の字はついていません。近代に入り昭和以降、研

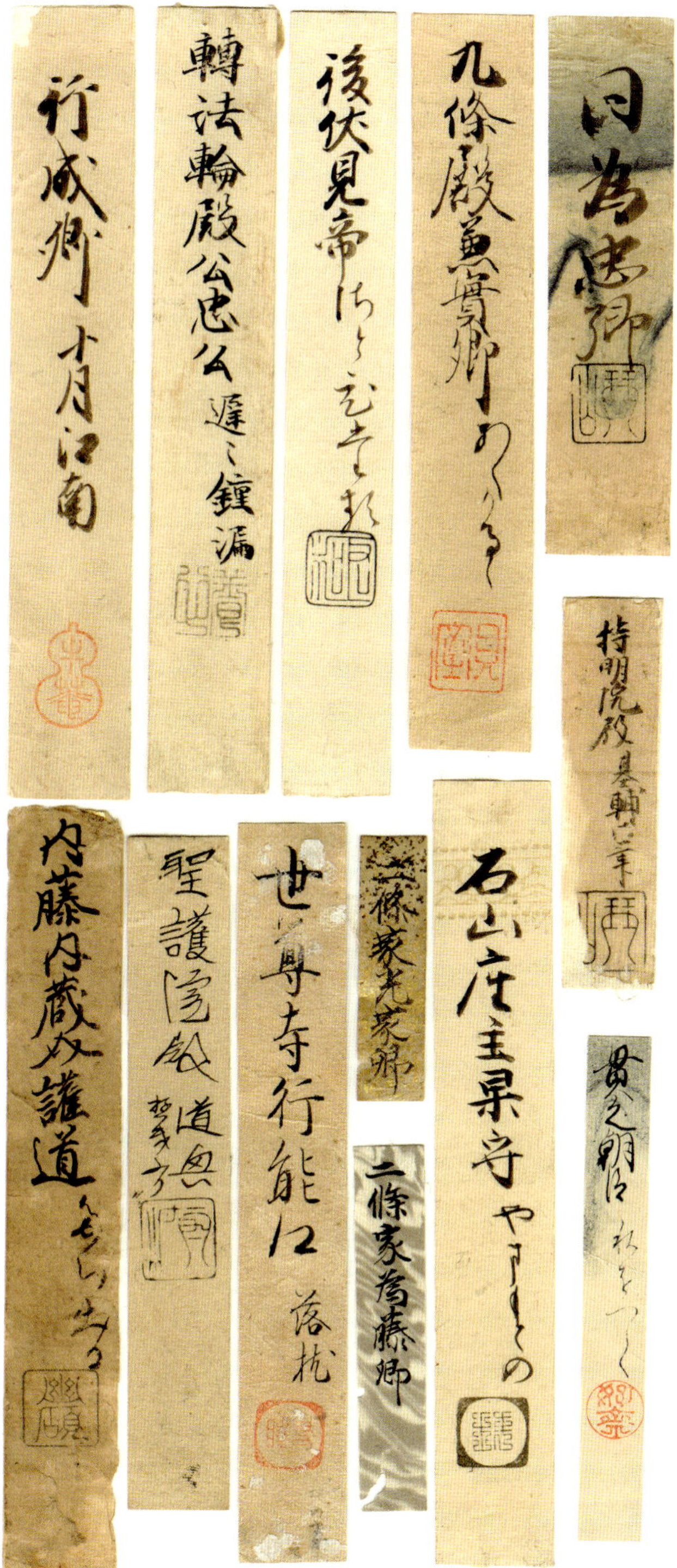

2　極め札

極め札については、次の二書が特に参考になる。
森繁夫氏『古筆鑑定と極印』（雅俗山荘　昭和十八年）
村上翠亭氏他『古筆鑑定必携』（淡交社　平成十六年）

究の立場からは極め札に記された筆者名はあくまで「伝称筆者」であることを認識し、「伝誰それ筆」と言い慣わしているのです。ですから、「伝称通り為重の真筆である」とか、「伝称筆者たる貫之の筆跡ではない」ということが起こるわけです。

つまり、伝称筆者とは、「誰の筆跡だと言われている」のであり、「誰の筆跡である」というのとは少し違うわけです。

では、伝称筆者であることと、ある特定の筆者であることとでは、何が違ってくるのでしょうか。

例えば、書写年代。道也切の場合、仮に二条為重の筆跡であると確定できなければ、その書写年代について「古筆家が為重と極めたくらいだから、その活躍期にあたる南北朝期頃の筆跡だろう」という程度の推測をします。もちろん、自分の経験や勘で主観的な判断を下してもかまいませんが、たくさんの古筆の鑑定を家業として受け継いできた古筆家の人々には敵いそうもありませんから、特に学び始めの頃には、伝称筆者から、その古筆切の書写年代を推察するのがよいでしょう。ところが、為重の自筆資料と比べて同筆、即ち為重真筆となれば、為重の生存期である正中二年（一三二五）～至徳二年（一三八五）に限定されます。子供の文字では無かろうというわけで、その青年期以降と考えれば、至徳二年以前の四、五十年の間であろうとなるわけです。より目慣れた方は、「手が若い」とか「老筆だ」なんてことまで判るようですが、それは熟練ならではの技というべきでしょう。

更に、著名な人物の真筆となれば、その人物の家柄・立場・著述・書写活動なども相まって、本文研究や伝記研究において有益な情報となることがありますので、やはり軽視できません。

次に掲出したのは後伏見院（ごふしみいん）（一二八八～一三三六）を筆者と極める広沢切（ひろさわぎれ）（図3）。『新撰古筆名葉集』の後伏見院の項目の筆頭に「広沢切　杉原紙　巻物　父王ノ御歌二行書」とあります。しかし、『昭和古筆名葉集』に「実は伏見院の宸筆にして御草本也。反古裏のものもあり」と注記するように、その筆跡は後伏見院の父・伏見院（一二六五〜一三一七）の筆跡であることが判っています。また、その書写内容は、伏見院の歌を集めた御集。つまり「伝後伏見院筆広沢切は、伏見院自筆『伏見院御集』の断簡」ということになるわけです。

この場合は、伝称筆者と実際の筆者が異なるわけですが、筆者が確定されることで、その書写内容と相まって、「自筆本」という、文学資料としては最も意義深く、高い価値が認められることになります。「古筆名葉集」や「自筆本」については、後に述べることとしますので、ここでは、筆者について考慮せねばならない必然について、気に留めておいてください。

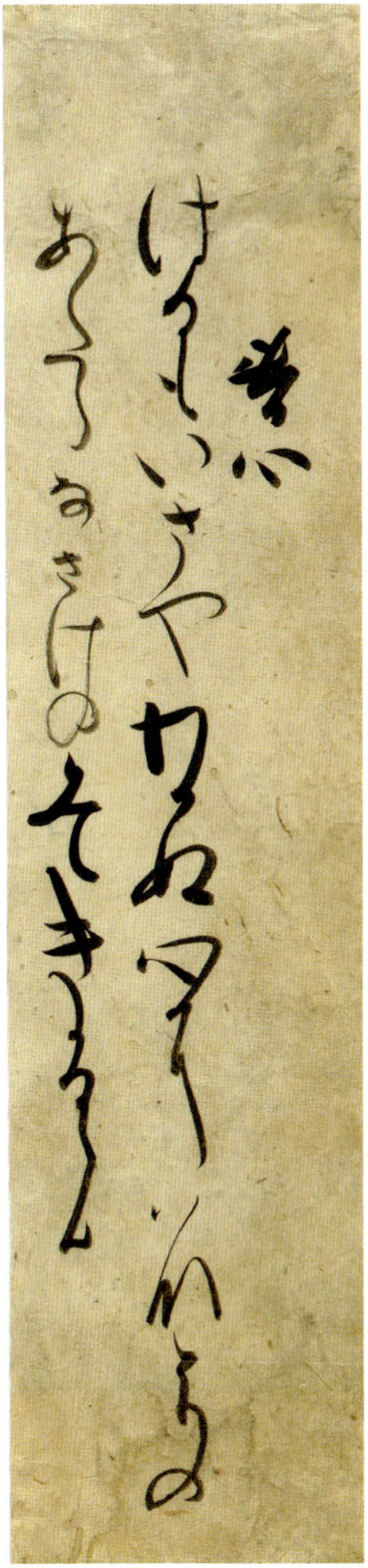

3 伝後伏見院筆　広沢切（『伏見院御集』）
28・9×6・6
（『歌びと達の競演』参照）

B　切名（きれめい／きれな）

切名としては、次の二通りがあります。

a　書物としてのもとの形態による便宜的な区別のための名称

b　特色や旧蔵者などに基づいて与えられた固有の名称

aについては「②もとの形態」の項で後述することとし、ここではbについて述べます。

切名は、古筆切のガイドブックとも言うべき古筆名葉集の類で確認するのが一般的です（図4上段）。版行されたものと、写本で伝わるものに大きく分かれますが、多くの場合、より広く流布（るふ）した版行された名葉集、特に明治十八年（一八八五）に刊行された『新撰古筆名葉集』が、広く用いられている印象です。筆者別になっていますので、この場合、二条為重の項目を見ます（次頁・図4下段）。すると、その筆頭に

道也切　〈四半　新古今　哥二行書　ウタノ首ニ字名アリ　雲紙或ハ白紙〉

という記述が見られます。道也切と、この記述と照らし合わせてみてください。一致するものであることが判ります。更に万全を期して、国宝四手鑑（てかがみ）（『大手鑑（おおてかがみ）』・『藻塩草（もしおぐさ）』・『翰墨城（かんぼくじょう）』・『見ぬ世の友』）のような然るべき手鑑や図版で確認するとよいでしょう。古筆名葉集の類に記載される古筆切は「名物切（めいぶつぎれ）」として賞翫されますが、単に四半（よつはん／しはん）・六半（むつはん／ろくはん）・巻物（かんもつ）などの形状的名称ではなく、この道也切のように固有の名称を与えられている古筆切は、愛好家から特に尊ばれています。

同じような条件の古筆切が複数存在する場合がありますので、やはり確認すべきですし、例えば次の表のように異なる古筆切に同一の名称が与えられていることもありますので、注意が必要です。

角倉切	藤原為家　四半　古今集	阿仏尼　四半　後撰集
土佐切	尊良親王　巻物　和漢朗詠集	鴨長明　四半　古今集
愛宕切	冷泉為相　六半　新古今集	藤原有忠　巻物　和漢朗詠集

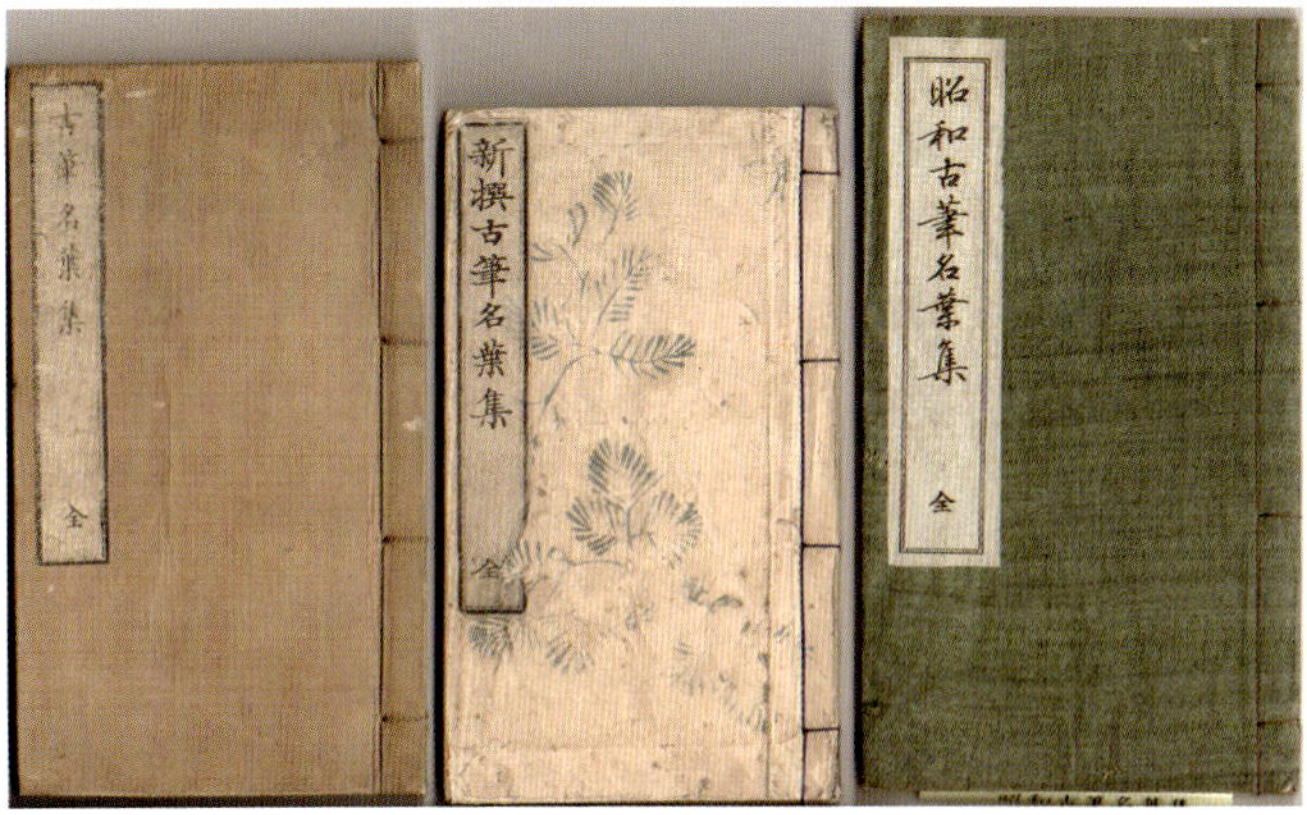

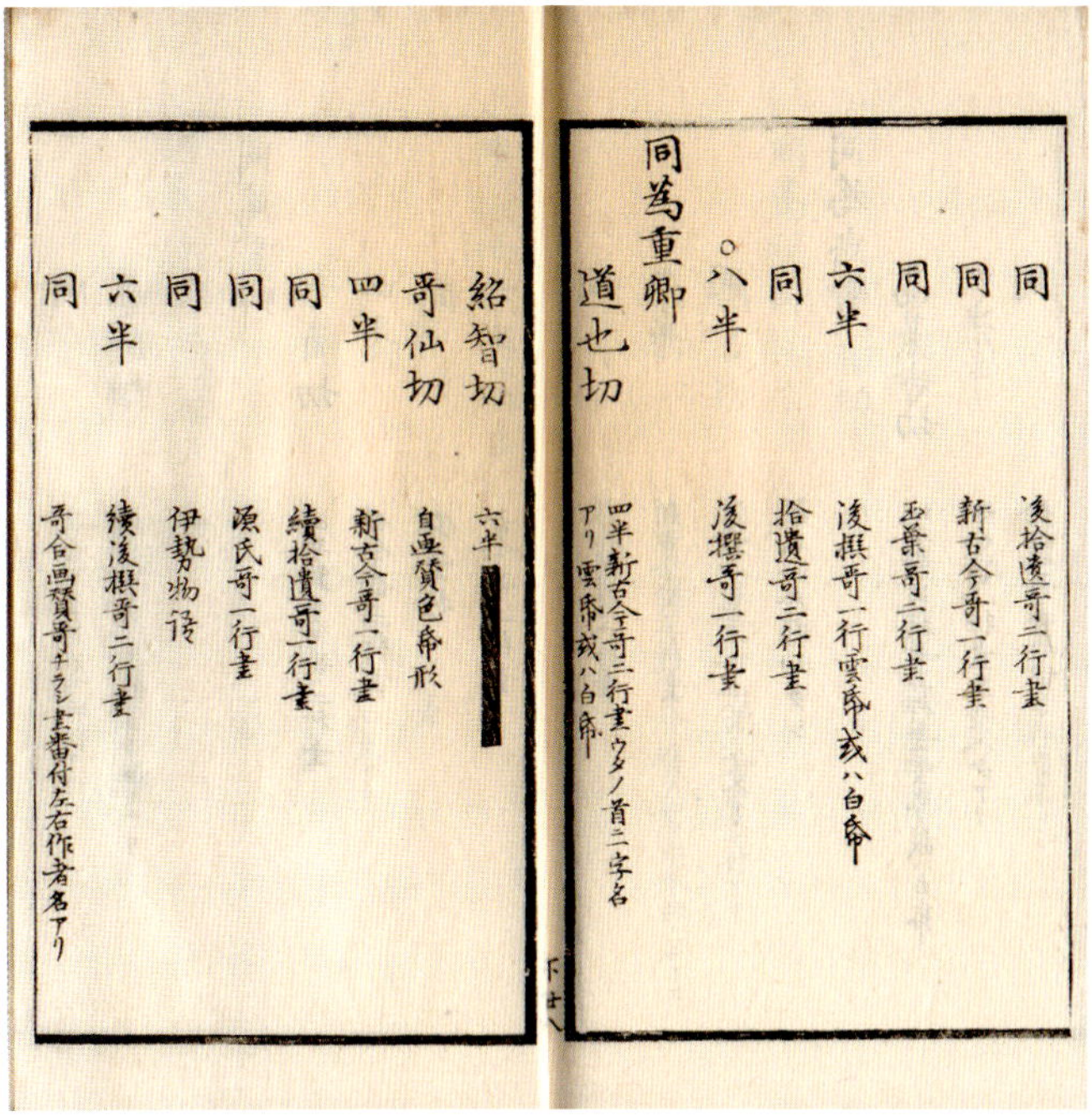
同　後拾遺哥二行書
同　新古今哥一行書
同　玉葉哥二行書
六半　後撰哥一行雲母或ハ白紙
同　拾遺哥二行書
○八半　後撰哥一行書
同為重卿
道也切　四半新古今哥三行書ウタノ首二字名アリ雲母或ハ白紙
紹智切　六半 [redacted]
哥仙切　自画賛色紙形
四半　新古今哥一行書
同　續拾遺哥一行書
同　源氏哥一行書
同　伊勢物語
六半　續後撰哥二行書
同　哥合画賛哥チラシ書番付左右作者名アリ

4 古筆名葉集
上段
右より
『昭和古筆名葉集』（昭和二十二年）
『増補新撰古筆名葉集』（明治十八年）
『古筆名葉集』（文政十一年）
下段
『増補新撰古筆名葉集』為重の項

また、同じ書籍から切り離された古筆切をツレといいますが、ツレであるにも関わらず、別の筆者名が当てられることも有ります。異なる筆者名で伝わることから「異伝」といいます。

次の二葉を見比べてください。

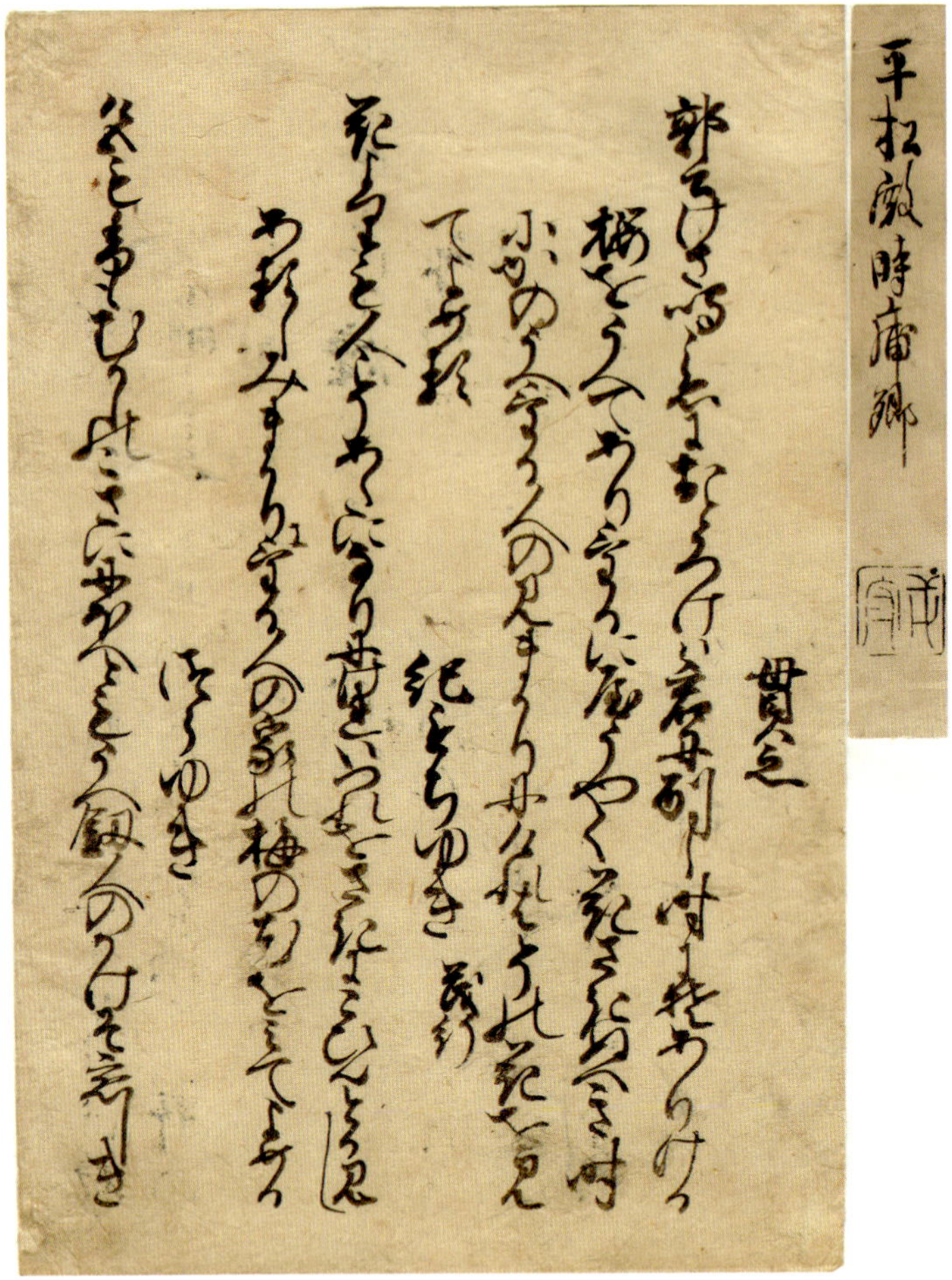

5 伝平松時庸筆 四半切（『古今集』） 20・5×13・4

平安時代の仮名が最も尊ばれる古筆切において、室町末期にまで下る断簡で、古筆切と呼ぶのを憚られるほどではあるが、極め札が付されているところから、それなりに大切にされていたらしいことは確かである。今は全く注目されないが、今後はこのような断簡・写本の収集整理にも着手する時が来るであろう。平松時庸は一五九九生、一六五四没。

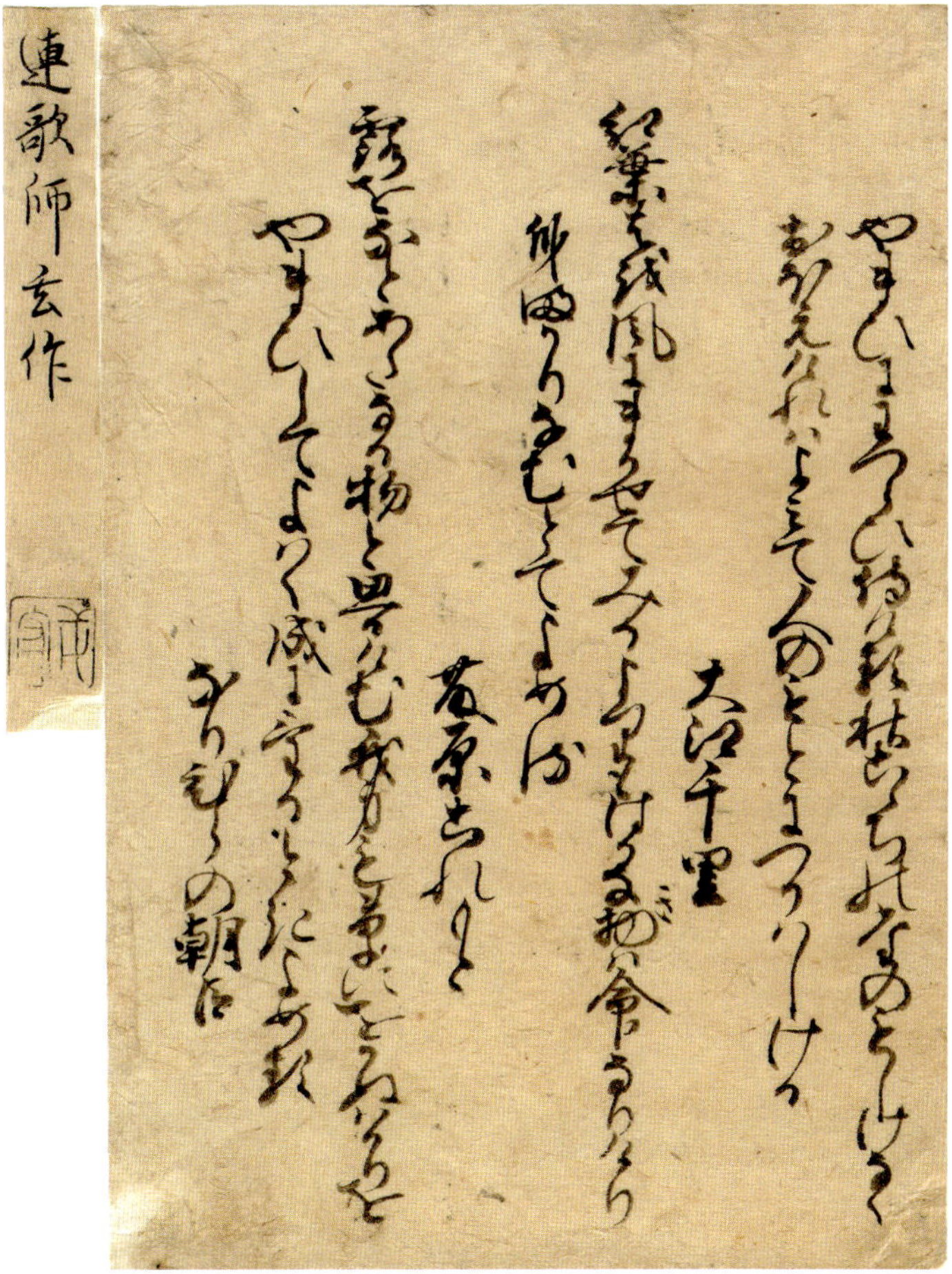

6　伝玄作（げんさく）筆
四半切（『古今集』）
20・3×13・3

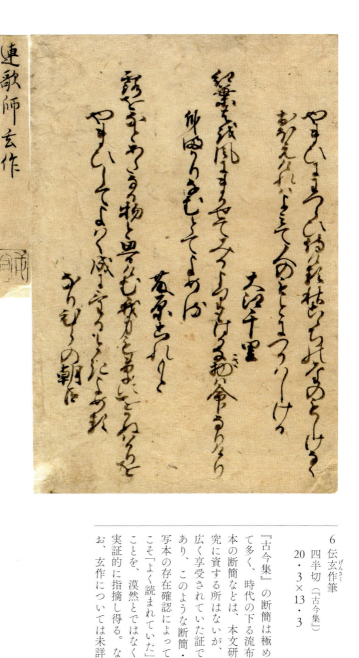

『古今集』の断簡は極めて多く、時代の下る流布本の断簡などは、本文研究に資する所はないが、広く享受されていた証であり、このような断簡・写本の存在確認によってこそ「よく読まれていた」ことを、漠然とではなく、実証的に指摘し得る。なお、玄作については未詳。

右側の一葉（図5）は、『古今集』八四九番歌から八五一番歌。左側の一葉（図6）も同じく『古今集』で、八五九番から八六一番歌の詞書（ことばがき）まで。一面九行で和歌は一行書です。横に並べると、書き出し位置の高さなども、全く一致しており、改行幅も同じです。筆跡も同じです。「や」「の」「を」「人」「ける」「よめる」などが判りやすいでしょうか。それでも、極め札は、片や「平松殿時庸卿」、片や「連歌師玄作」とあって異なります。ツレでありながら別の伝称筆者が当てられてしまっているわけです。

同種ながら別名を持つものもあります。

次の伝民部卿局（みんぶきょうのつぼね）筆秋篠切（あきしのぎれ）（『後撰集』）（図7）は、戦後、京都の東山で巻七から巻十一の零本（れいほん）一冊分のツレが

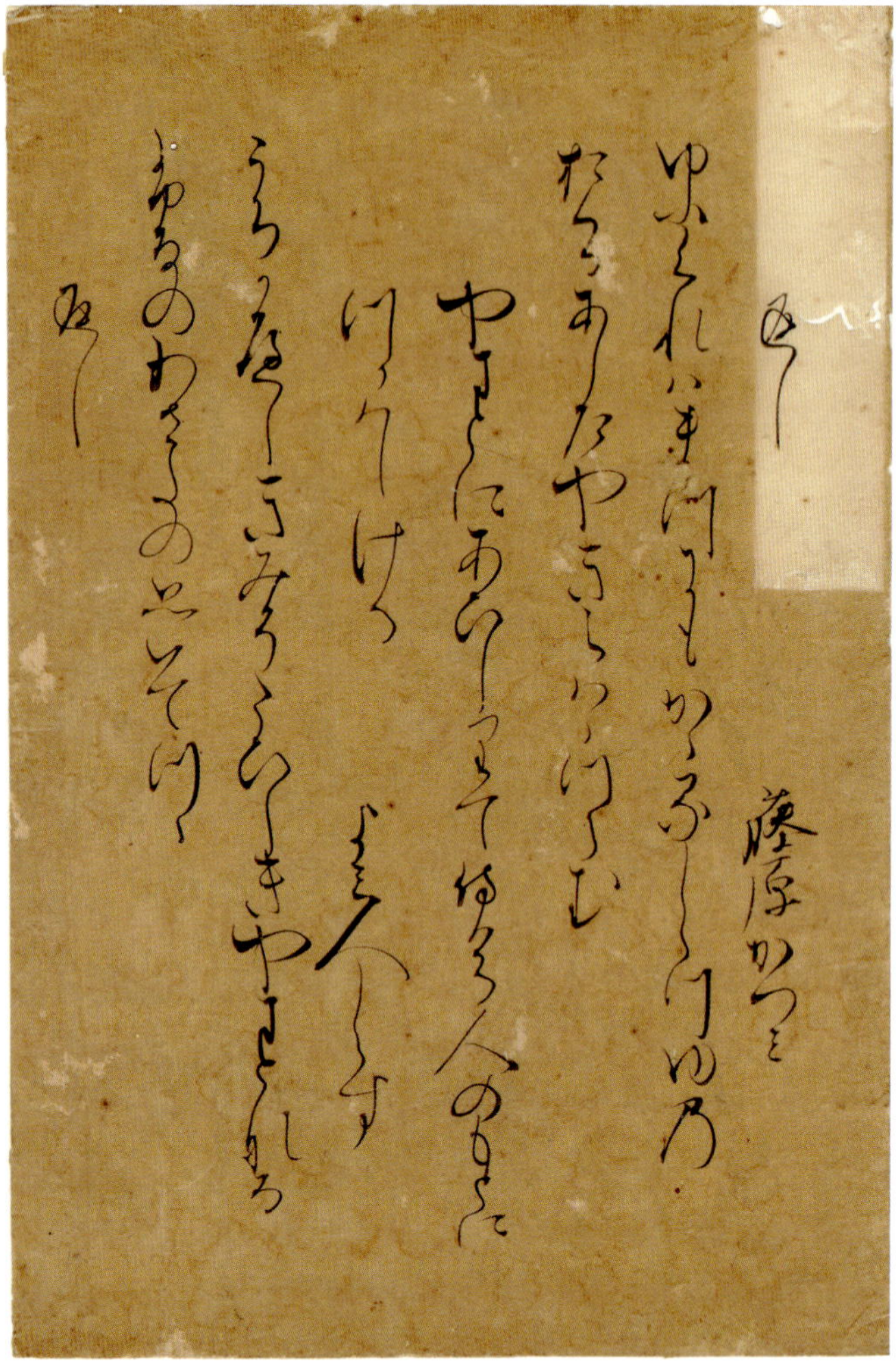

7 伝民部卿局筆
秋篠切（『後撰集』）
23・0×14・9

『新撰古筆名葉集』に「秋篠切四半後撰歌二行書」とある。もとは一面八行詰の四半形の冊子本。鎌倉中期の書写。約五十葉ほど知られているが、同一箇所を書写した断簡が見出され、秋篠切には同筆の『後撰集』が二種混在していることが明白となった。掲出断簡の右端上部には、貼付けられていた極め札を剝がした跡がある。民部卿局は一一九五生、没年未詳。

出現しました。こちらは分割に際し、発見された地名から「東山切」と名付けられました。

つまり、ツレの関係にありながら、違う名前が付けられたわけです。

他にもほんの数例、同種異名の断簡を上げておきましょう。

伝西山清範筆『新古今集』	西山切 石山切
伝世尊寺行俊筆『平家物語』	長門切 平家切
伝六条有忠筆『和漢朗詠集』	愛宕切 新宮切

また、寄合書（よりあいがき）（複数人の分担執筆）など、複数の筆跡が混在する場合には、同名の名物切が別々の筆者名として存在する場合もあります。

要するにいろいろありますので、出会ったらその都度、確認してみてください。

さて、これで、いわば古筆切の分類整理記号が出来上がったわけですから、ある特定の古筆切について指し示すことが大方出来るはずです。


では、次にそれぞれの古筆切の特徴を考えることにしましょう。

C　書写内容

国文学の資料としては、この書写内容こそが最も重視されるところでしょう。慣れてくれば、あるいは、ある作品に精通していれば、「一目見てその書写内容が判る」という場合もありますが、やはり、確認のためにも調査が必要です。

冒頭に掲げた道也切（14頁・図1）の本文を読んでみると、次のように書かれています。

寛平御時きさいの宮の哥合に
読人しらす
かすみたつはるの山辺にさくらはな
あかすちるとやうくひすのなく
題しらす　赤人
はるさめはいたくなふりそさくらはな
またみぬ人にちらまくもおし

和歌の出典などを調べる場合には、基本的には『新編国歌大観』を利用します（私家集の場合は『私家集大成』が有用です）。書籍版の場合は、全十巻を一巻一巻各句検索で調べましたが、CD－ROM版やWeb版になって便利になりました。「句検索」が便利でしょう。「かすみたつ」AND「はるのやまべに」でやってみます。すると、同じ歌が次の四つの歌集に採られています。

新古今　109　霞たつ春の山辺にさくら花あかずちるとや鶯のなく
新撰万　31　霞起　春之山辺丹　開花緒　不飽散砥哉　鶯之鳴
寛平后　25　霞立つ春の山辺にさくら花あかず散るとやうぐひすの鳴く

> **定家八　135　霞たつ春の山辺にさくら花あかず散るとや鶯のなく**

これを一つ一つ見ていって、詞書や歌の並びを確認すればOKです。

1『新古今集』	2『新撰万葉集』	3『寛平御時后宮歌合』	4『定家八代抄』
寛平御時きさいの宮歌合に　読人しらず 109 **霞たつ春の山辺にさくら花あかずちるとや鶯のなく** 題しらず　赤人 110 春雨はいたくなふりそ桜花まだみぬ人にちらまくもをし	30 花花数種一時開　芬馥従風遠近来　嶺上花繁霞泛灎　可憐百感毎春催 31 **霞起春之山辺丹開花緒不飽散砥哉鶯之鳴** 32 霞彩斑斑五色鮮　山桃灼灼自然燃　鶯声緩急驚人聴　応是年光趁易遷	左 25 **霞立つ春の山辺にさくら花あかず散るとやうぐひすの鳴く** 右 26 あまの原春はことにも見ゆるかな雲のたてるも色こかりけり	題不知　読人不知 135 新 **霞たつ春の山辺にさくら花あかず散るとや鶯のなく** 赤人 136 同 春雨はいたくなふりそ桜花まだみぬ人にちらまくもをし

1の『新古今集』と4の『定家八代抄（ていかはちだいしょう）』は、同じ歌の並びですが、詞書が異なっていますので、『定家八代抄』ではありません。当該断簡は、『新古今集』巻第二春歌下の一〇九番歌と一一〇番歌を書写内容としていることが判明しました。

あとはいくつか調べてみて少しずつ馴れるよりありませんが、繰り返し調べているうちにある程度は見当が付けられるようにもなるのではないでしょうか。

書式がジャンルを知る手掛かりとなることもあります。もちろん、それぞれに調べて作品を同定する必要がありますし、例外もありますが、初めて目にした古筆切にも大体の見当を付けることくらいはできそうです。

[一]、詞書があり、一番低い位置に作者名・一番高い位置から和歌を書くという書式（図8）は、基本的に撰集の書式です。勅撰集か、私撰集ということになります。内容的に「未詳勅撰集」などはありませんが、「未詳私撰集」は少なからずあります。

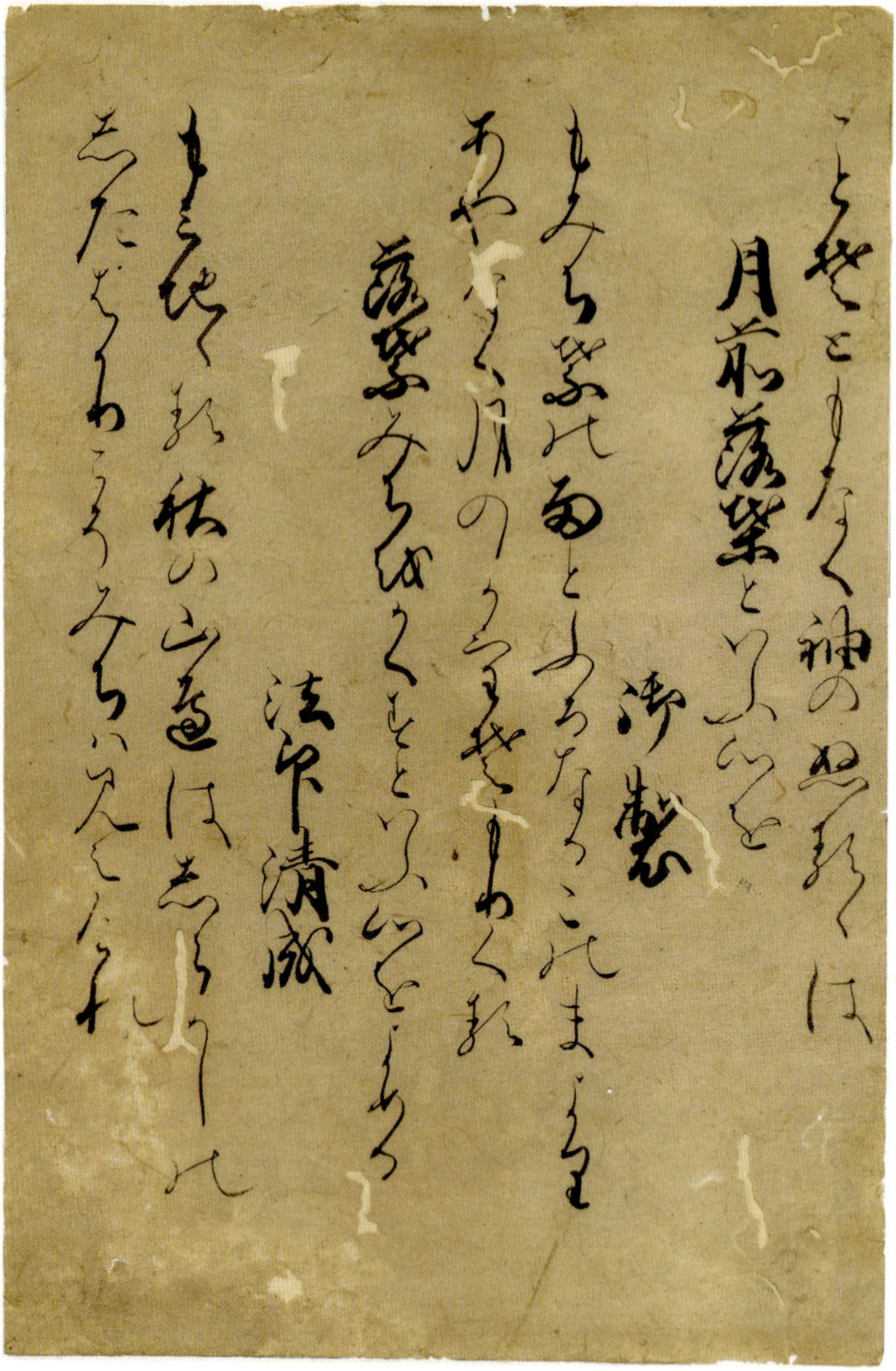

8 伝清水谷実秋（しみづたにさねあき）筆
持明院切（『後拾遺集』）
25・5×16・4

もとは四半形の冊子本。一面九行だが、十行の箇所もある。『新撰古筆名葉集』には「同（四半）後拾遺歌二行書」とするが、『見ぬ世の友』では「持明院切」と称する。実秋の自署と花押のある『融通念仏縁起絵』上巻第七段と同筆で、実秋の真筆と認められる。実秋は一三八四生、一四二〇没。

また、撰集で歌に集付けがある場合（図9）は、勅撰集などの既成の撰集から採歌した二次的な撰集の可能性があります。例えば、『古今集』に古今集歌であることを示す集付けを記す必要はありませんからね。

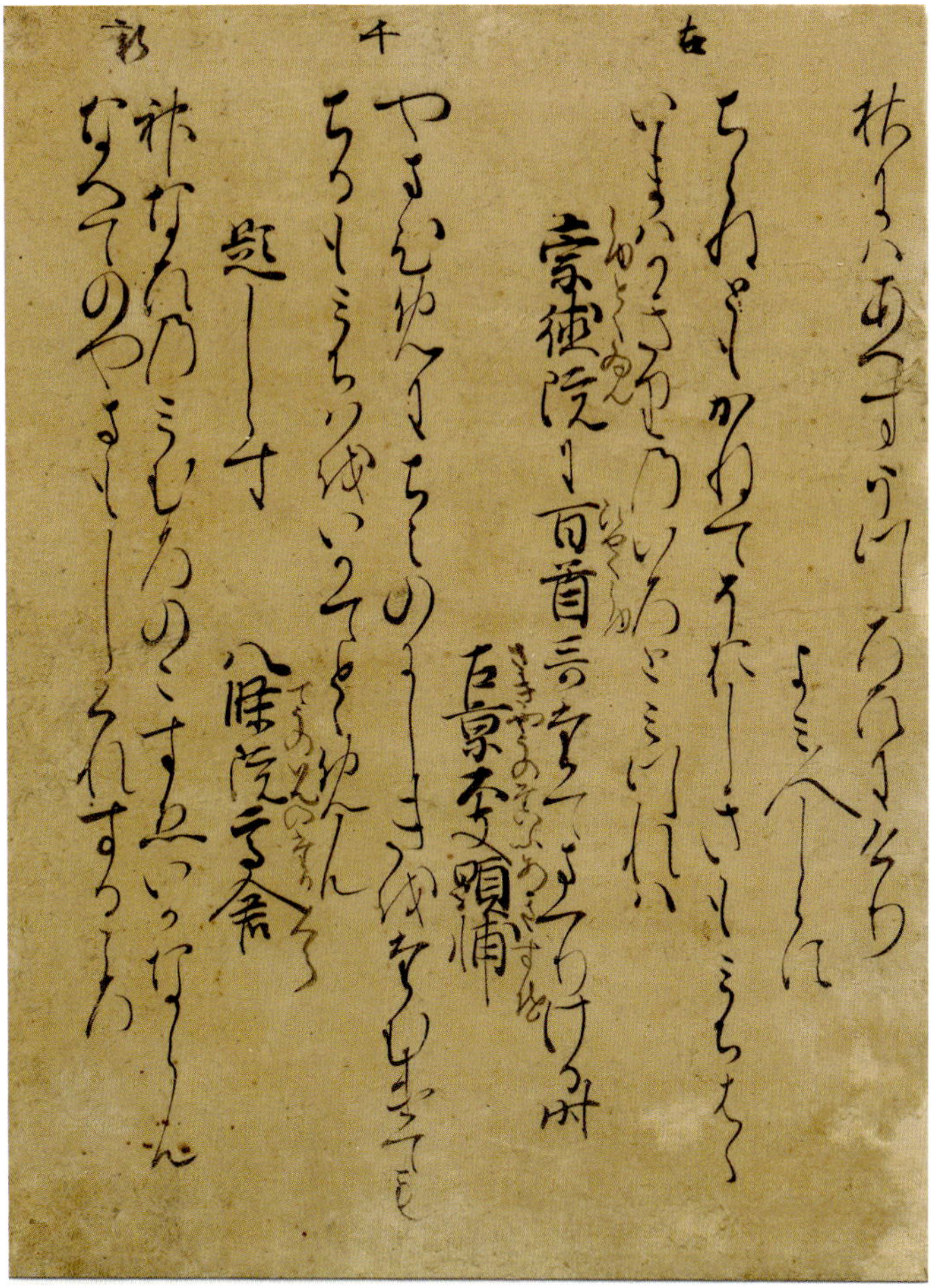

9 伝二条為氏（ためうじ）筆
四半切（『八代集抄』）
21・5×15・6
書写年代は鎌倉中期から後期頃。ツレの断簡が『須磨寺塔頭正覚院所蔵古筆貼交屏風』・『平成新修古筆資料集』三・『私撰集残簡集成』に見られる。なお『古筆の楽しみ』には、これとは別種の伝為氏筆八代集抄切が掲出されている。二条為氏は一二二二生、一二八六没。

二、漢詩と和歌を並べて書いてあれば（図10）、多くは『和漢朗詠集』でしょう。『新撰朗詠集』だったら、かなりレアです。それ以外で漢詩と和歌が並んでいたら……。とにかく調べてみて下さい。

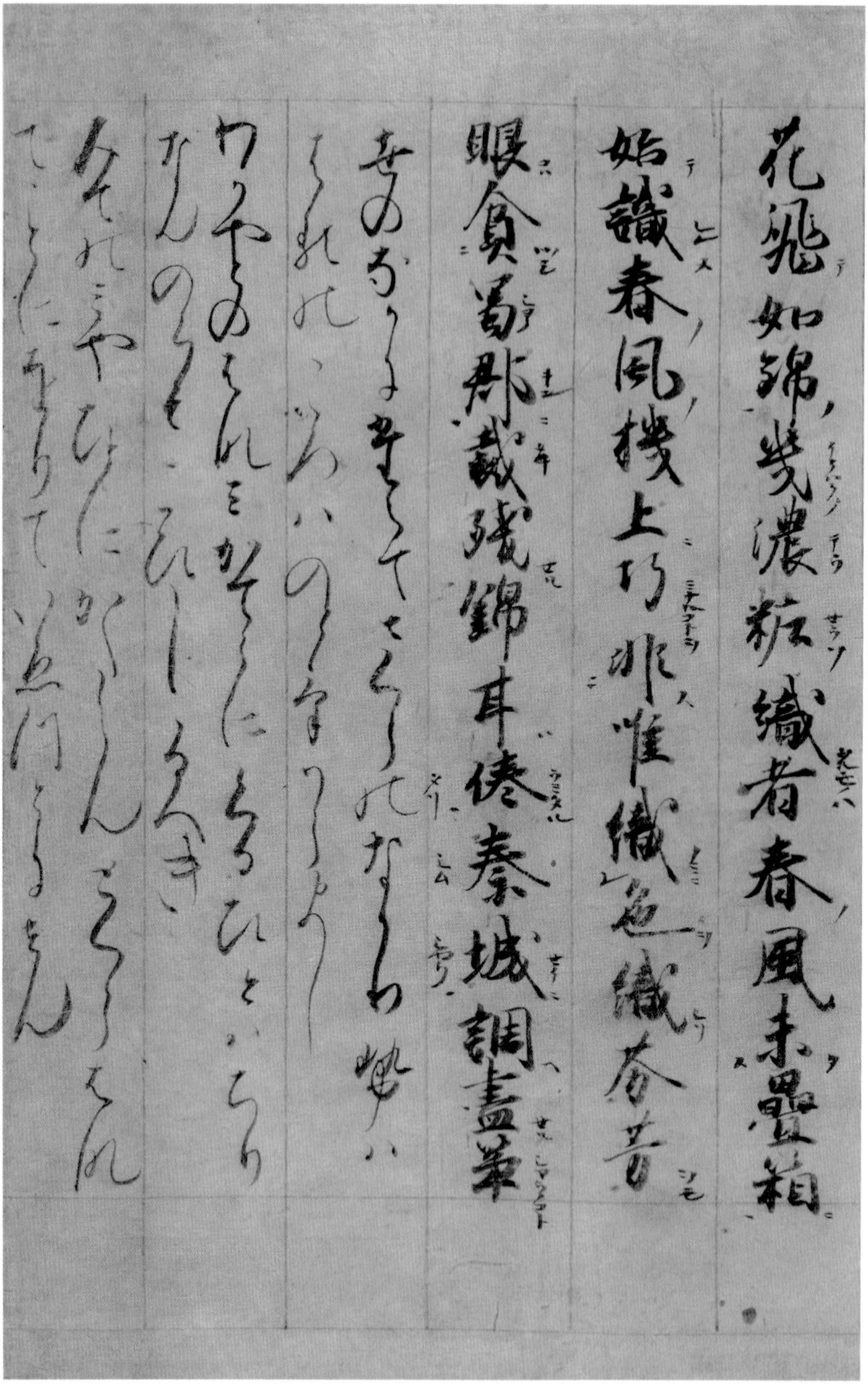

10 伝世尊寺行尹筆 巻物切（『和漢朗詠集』）29・0×18・0

書写年代は鎌倉後期頃か。同じ行尹を筆者と極める『和漢朗詠集』の断簡が『世々の友』・『大手鑑』『蓬左』・『古筆切集浄照坊蔵』・『和漢朗詠集切集成』などに見られるが、いずれも当該断簡のツレとは断ぜられない。行尹は世尊寺家第十二代当主。一二八六生、一三五〇没。

『万葉集』は、平安時代書写の古いものは、万葉仮名（漢字）表記と平仮名訓が別々に書かれています（いわゆる別提訓）ので、一見、漢字の列挙の後に和歌が記されているように見えます。鎌倉時代以降に書写されたものは、大抵、万葉仮名表記の傍らに、振り仮名のように訓が付されています（傍訓）。

次の伝藤原清輔（きよすけ）筆万葉集切（図11）は、万葉仮名表記のかたわらに平仮名で訓が付されています。傍訓の場合、その多くは片仮名訓ですので、平仮名傍訓は、珍しいといえます。

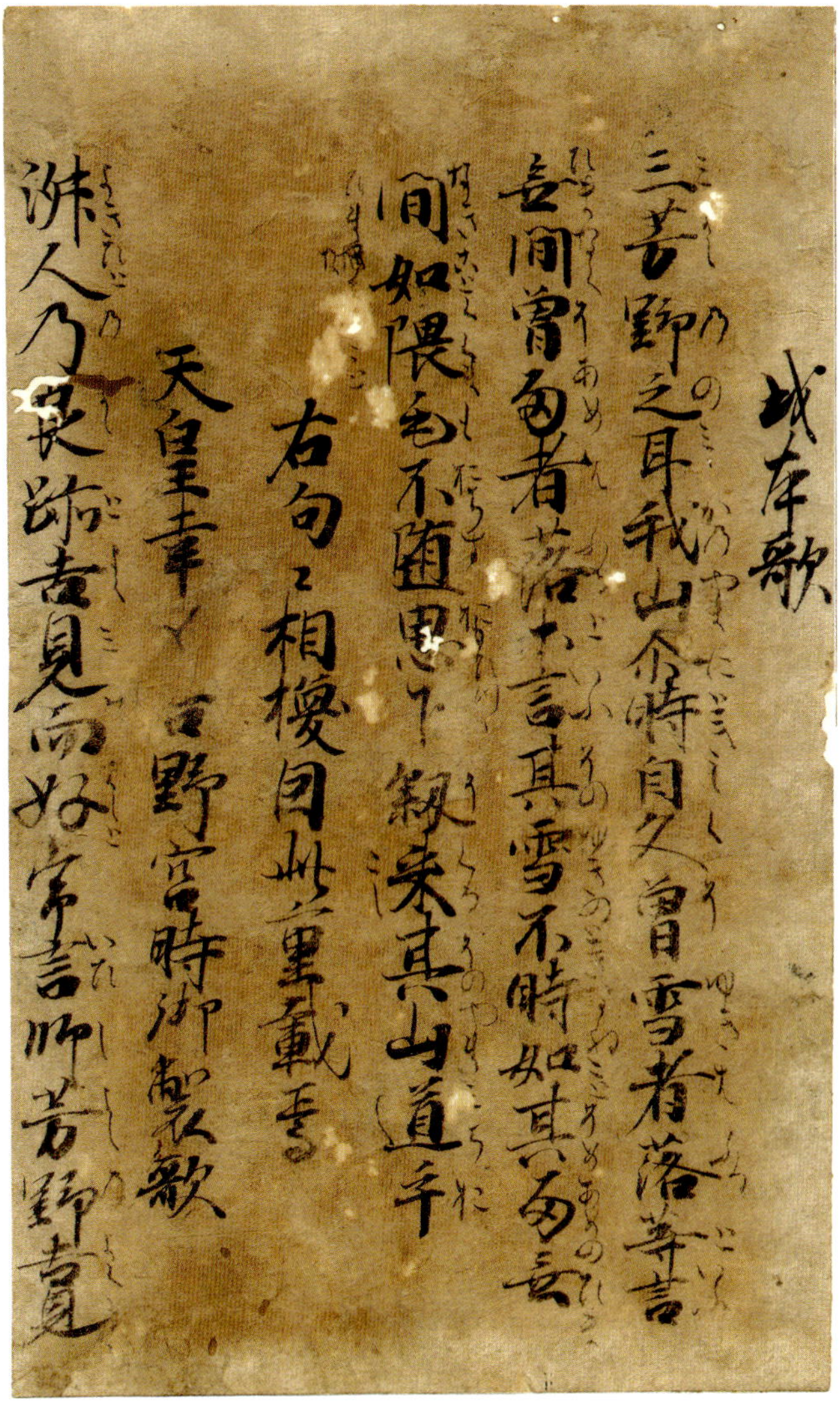

11 伝藤原清輔筆
四半切（『万葉集』）
23・0×13・5
ツレの断簡は『弘文荘善本目録』50に伝二条為家筆として掲載される一葉が確認できるのみ。鎌倉中期頃写。系統は未詳ながら、平仮名傍訓は稀。藤原清輔は一一〇八生、一一七七没。
（日比野「『万葉集』断簡三種」〈汲古〉60 平成二十三年〉参照）

三、作者名が記されていない場合は（図12）私家集（諸家集とも）の可能性が高そうです。同じ人物の和歌を集めたものですから、他人との贈答歌でもない限り、わざわざ作者名を書く必要が無いからです。この断簡の場合、二首目の作者は詞書の中に「大宮の大納言のもとより」として触れられ、三首目の「返事」には作者名は書かれていません。返歌をした人物の家集ということになります。

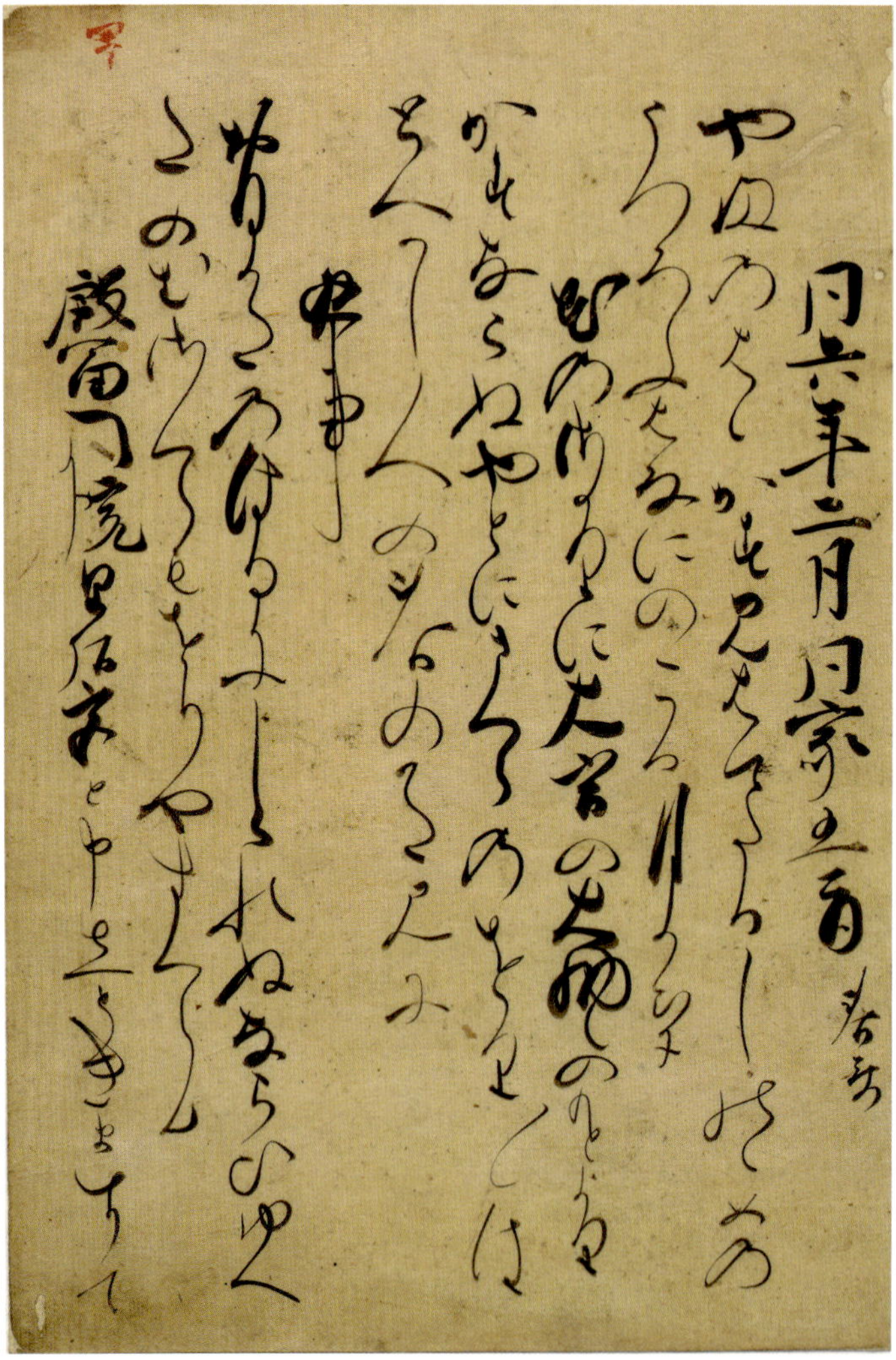

12 伝二条為定筆
四半切（『拾遺愚草』）
22・6×14・7

『新撰古筆名葉集』に「同（四半）拾遺愚草歌二行書」とある。いわゆる定家様で、書写年代は南北朝頃。ツレの断簡は『古筆学大成』の二葉の他、『集古帖』・『高松帖』・『続々国文学古筆切入門』に見られる。最終行行頭の朱の書き入れは、『拾遺愚草』下巻の四十首目であることを示すか。二条為定は一二九三生、一三六〇没。

四、「〇〇番」「左・右」などとあったら、歌合です（図13）。「判云」などもヒントになるでしょう。

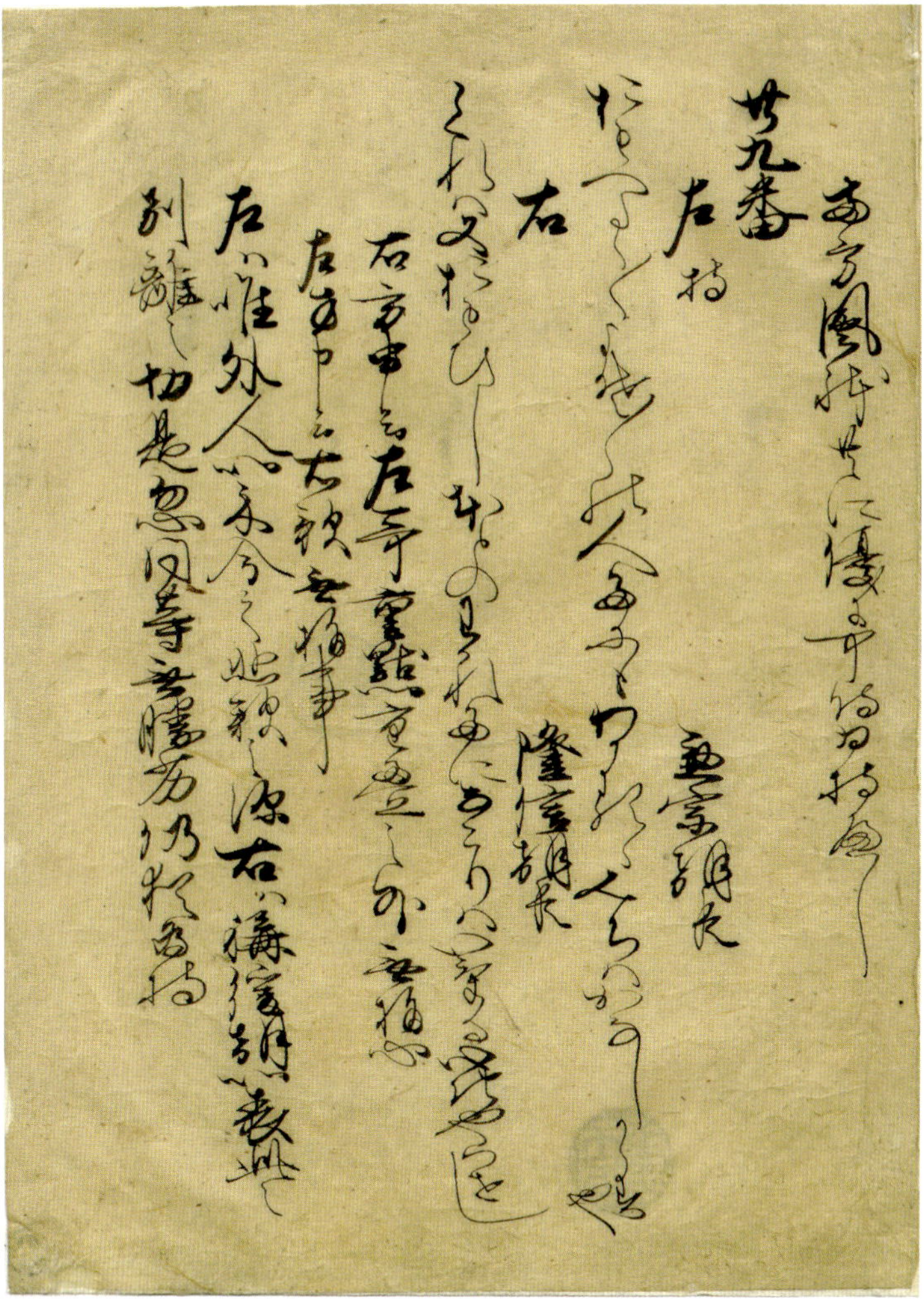

13 伝後崇光院筆
四半切（『六百番歌合』）
22・2×15・5

康正二年（一四五六）に八十五歳で亡くなった後崇光院の真筆。ツレの断簡が吉川家蔵『翰墨帖』・『続々国文学古筆切入門』・『平成新修古筆資料集』一・『歌びと達の競演』に見られる。『新編国歌大観』所収本に比べて、所々に異同が見受けられ、注意される。

五、いろいろな形式がありますので一概には言えませんが、歌句や地名の列挙（図14）、「一」のような一つ書きがある場合（図15）は、多くの場合、歌学書の類です。

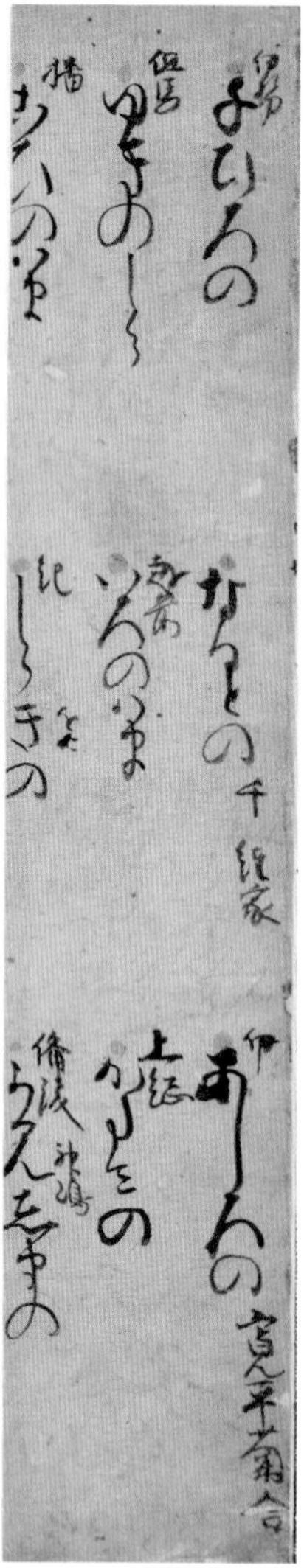

14 伝藤原為家筆
四半切(『八雲御抄(やくもみしょう)』)
24・6×4・5

鎌倉中〜後期書写。もとは四半形の冊子本。ツレの断簡は確認できていない。藤原為家は一一九八生、一二七五没。

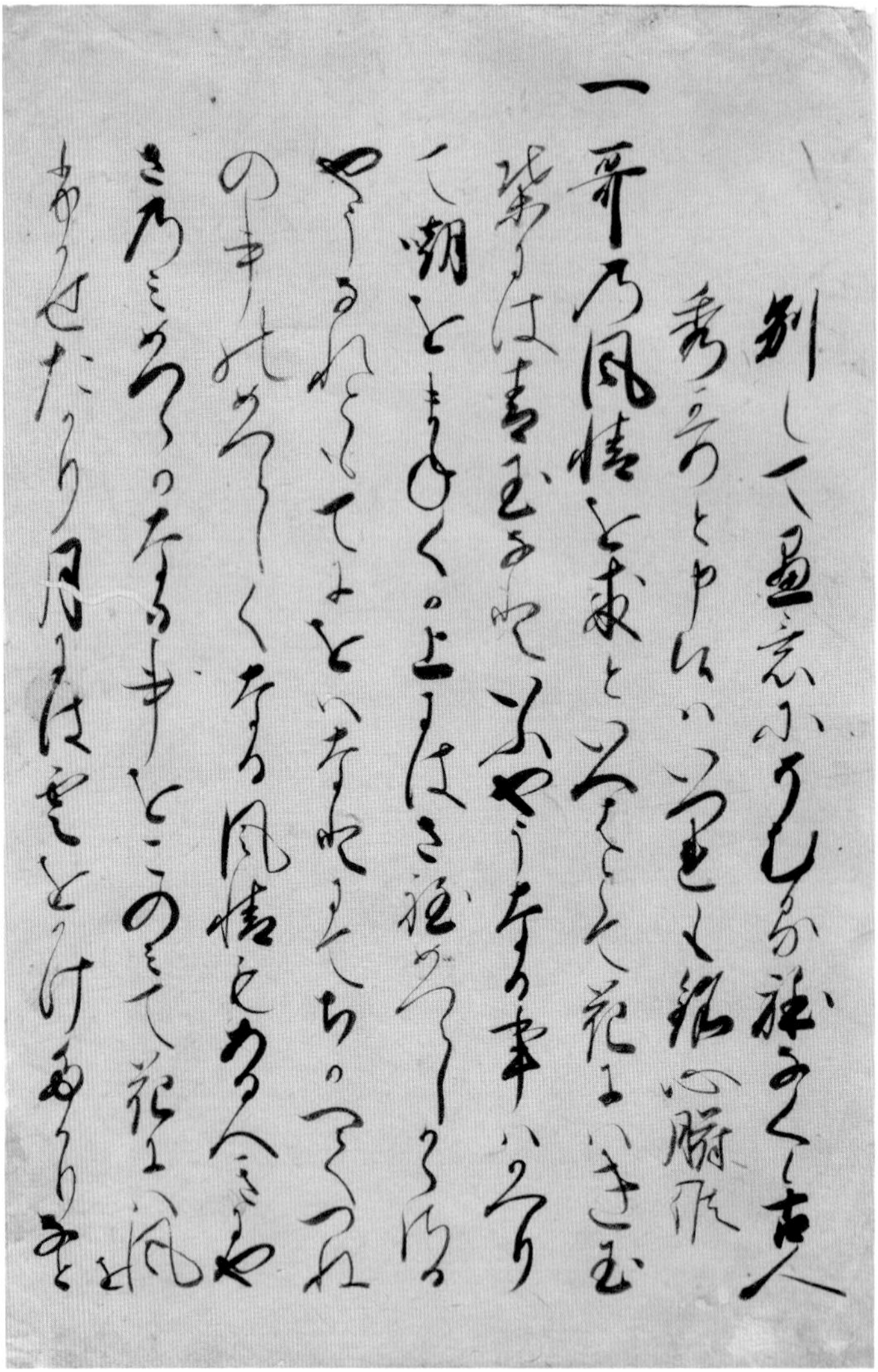

15 伝宗全(そうぜん)筆
四半切(『愚問賢注』)
25・8×16・6

書写年代は室町中期頃。ツレの断簡として、模写切や古書目録掲載切の存在が報告されているが、複製手鑑などには見られない。連歌師宗全は生没年未詳。肖柏(しょうはく)の弟子。

六、和歌を下げて書く場合（図16）は、和歌を含む物語などの散文作品かと思われます。

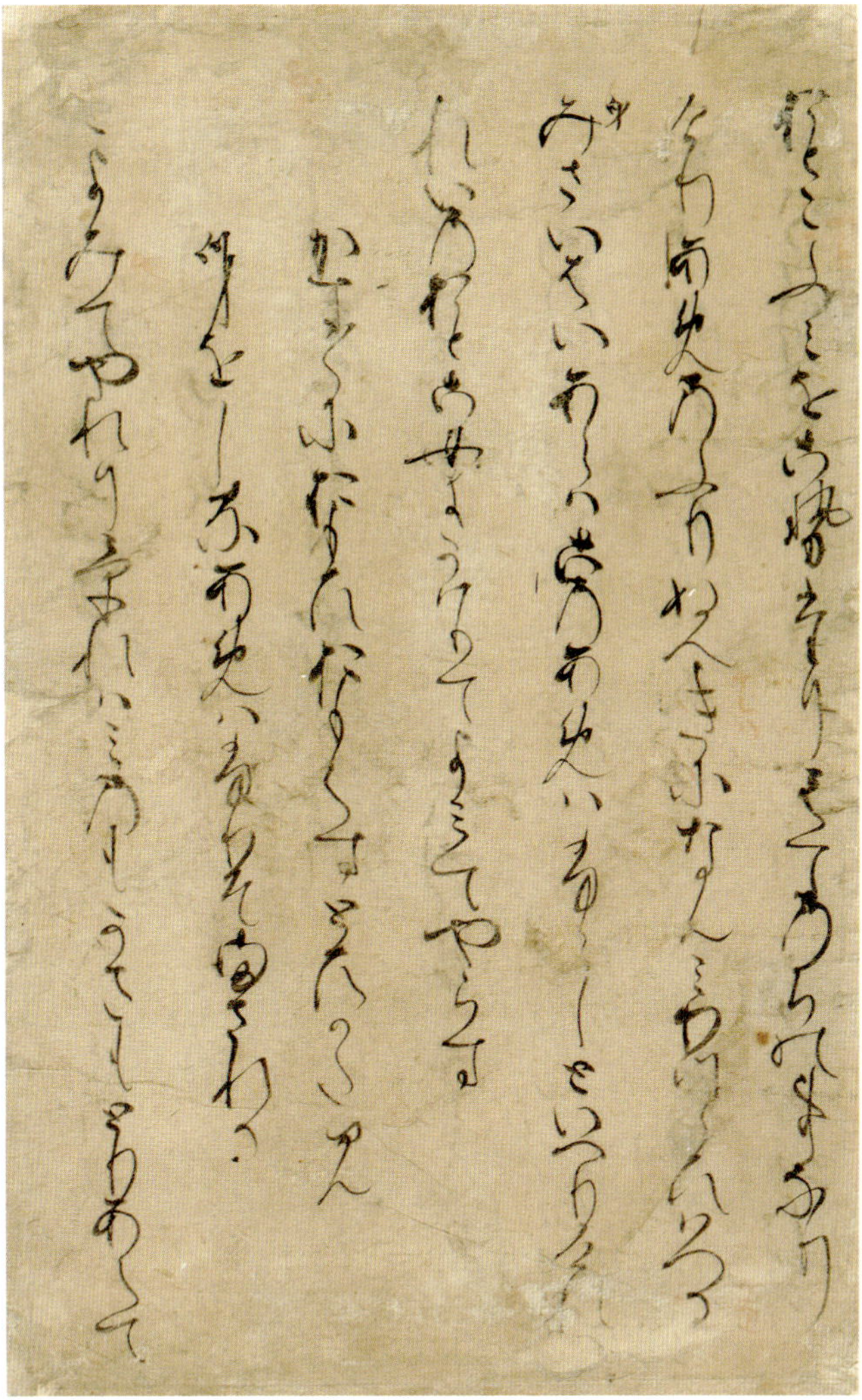

16 伝二条為氏筆
四半切（『伊勢物語』）
23・0×14・1
鎌倉中〜後期書写。ツレは石川県立美術館蔵手鑑に一葉。他本による朱書校合（きょうごう）あり。一行目「おとこ」の後に「女ノモトニ」を挿入か。二行目「へき」を「ヘケレハ」、同「はへる」を「はへリヌル」に、七行目「よみて」を「よムて」とする。

では、次頁の一葉（図17）はどうでしょう。二首の和歌が見られますので『新編国歌大観』で調べてみると、二首ともに『源氏物語』の歌であることが判ります。しかし、『源氏物語』にしては地の文が短くまとめられています。何より歌が高い位置から書かれていますので、書式としては歌集の形式です。

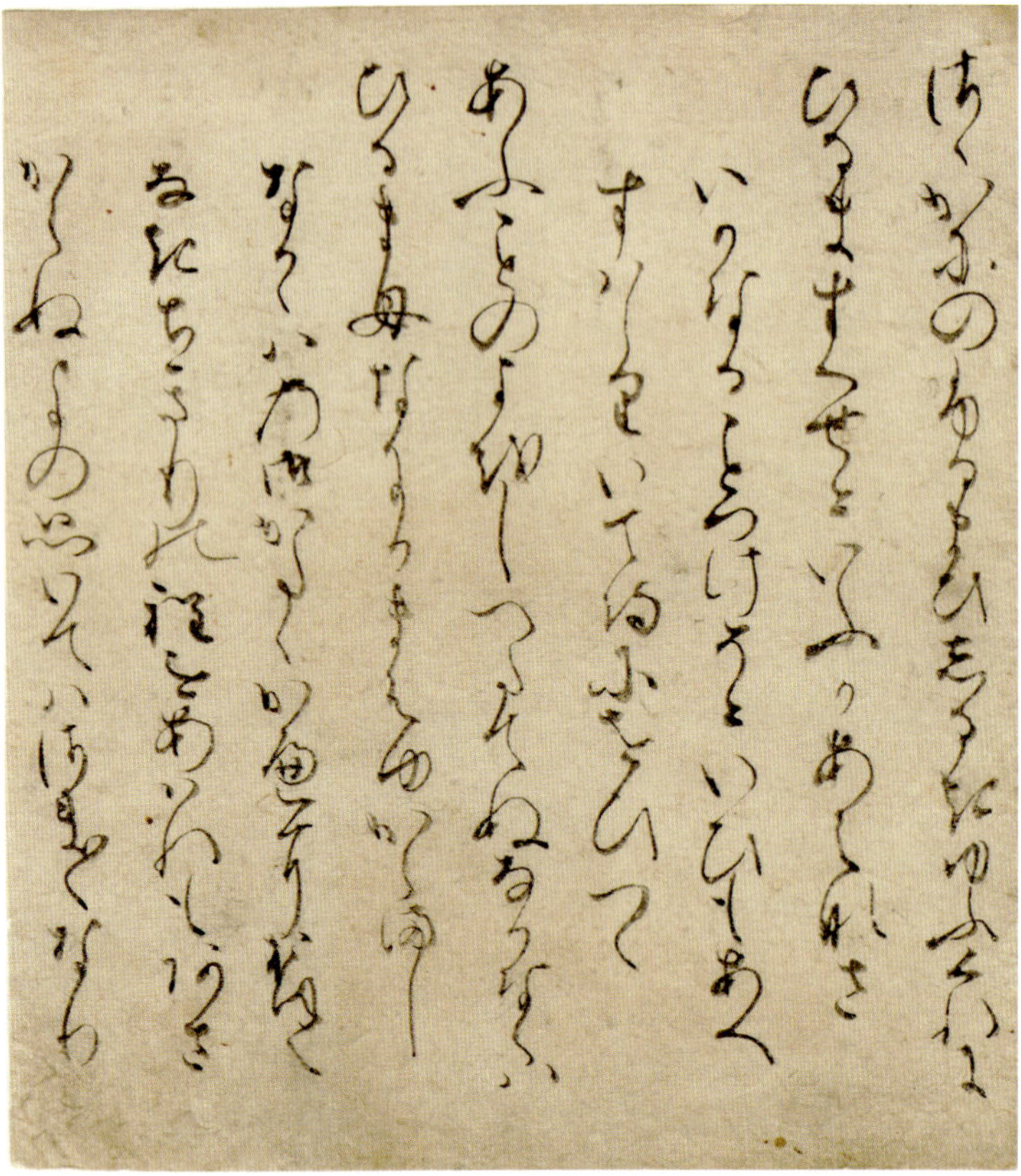

17 伝後光厳院筆
六半切（『源氏物語歌集』）
14・9×12・9

南北朝期頃写。当該切のツレは報告されていないが、『源氏物語歌集』の古筆切は伝花山院師賢筆松尾切や、伝源頼政筆六半切・伝二条為重筆六半切・伝後京極良経筆小巻物切などがあり、中世における『源氏物語』の歌集としての享受の実態が窺われる。

つまりこれは、『源氏物語』の作中歌を中心として改編された『源氏物語歌集』というわけです。

藤原俊成が『六百番歌合』の判詞の中で「源氏見ざる歌詠みは遺恨のことなり」と述べた頃から、優れた物語は、単なる娯楽から、和歌詠作のための必須の教養となりました。その世界観を和歌に反映するのはもちろんのこと、和歌を踏まえた文章表現（引き歌）や、具体的な状況や心情に伴って登場人物達が詠む和歌そのものも、「歌まなび」の対象となったのです。現代では余り意識されていないようですが、歌書としての享受という、『源氏物語』享受の一面を伝えています。

次の一葉（図18）は、最後の二行に和歌が二字下げで書かれていますので、散文作品でしょうか。

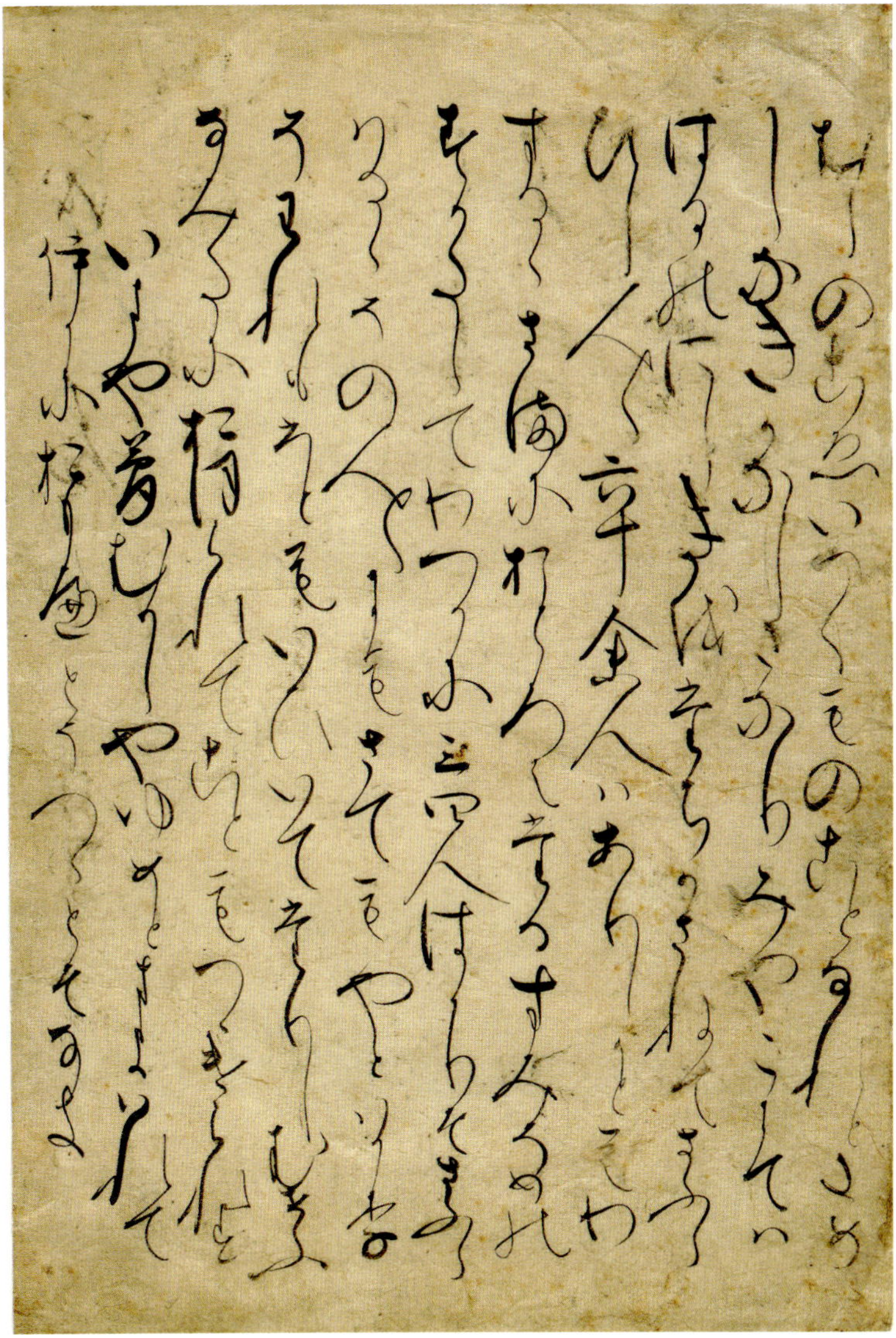

18 伝後光厳院筆
四半切
（『建礼門院右京大夫集』）
25・5×16・8

南北朝書写。『古筆学大成』の五葉の他、『続国文学古筆切入門』・『逸翁美術館蔵国文学関係資料解題』などにツレがあるが、筆者を冷泉為秀（れいぜいためひで）と極めているものもある。他にも同集の古筆切には、伝冷泉為相筆切・伝二条為定筆切がある。後光厳院は一三三八生、一三七四没。

しかし、『新編国歌大観』で調べてみると、『建礼門院右京大夫集』であることが判ります。現在では、三百五十首ほどの和歌が長い詞書を伴って記される「歌書」としてとらえることが多いようですが、冒頭に

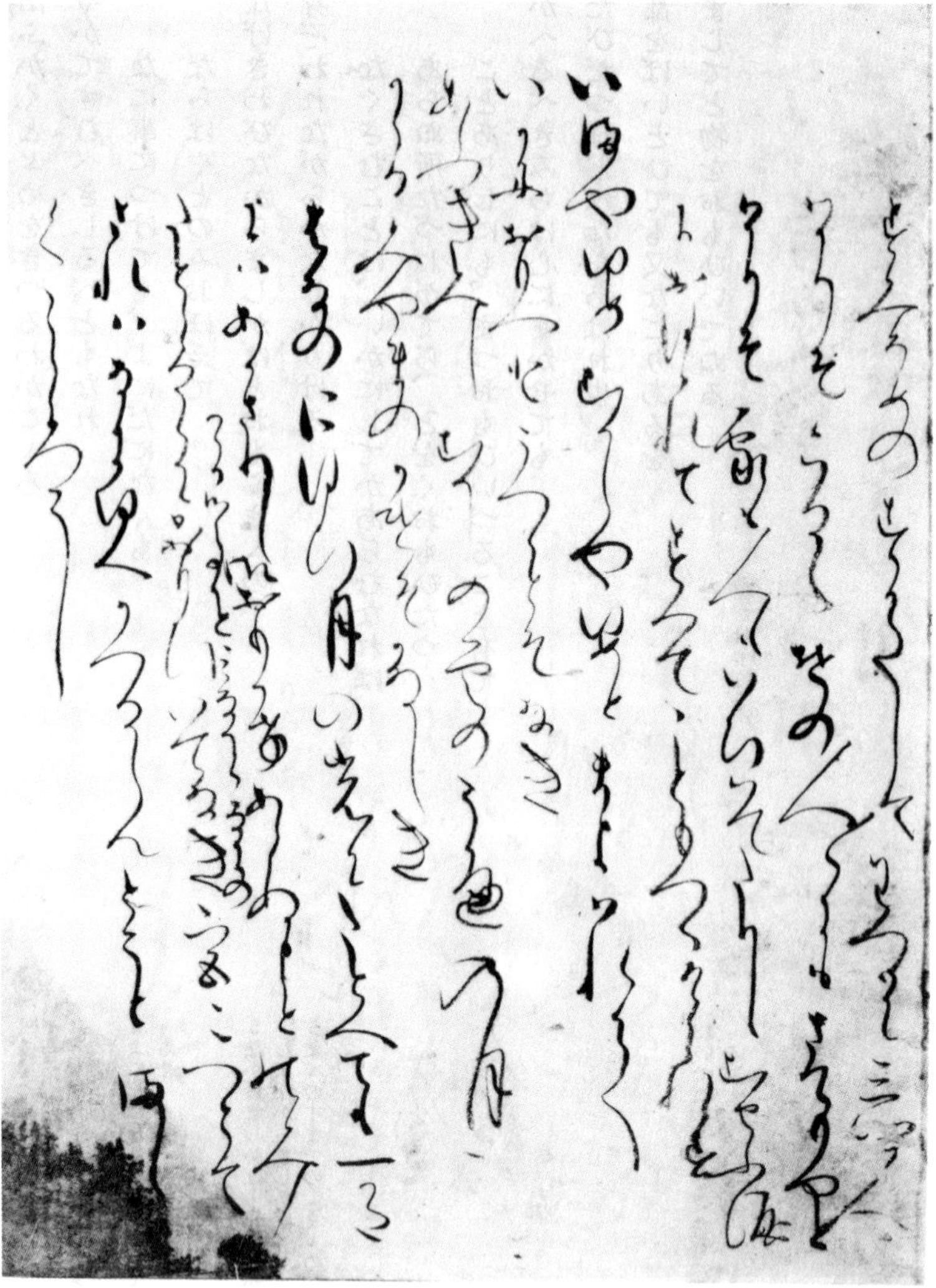

19 昭和美術館蔵
伝津守国夏筆本
『建礼門院右京大夫集』
久曾神昇氏編『昭和美術館蔵・津守国夏筆本建礼門院右京大夫集と研究』（ひたく書房　昭和五十七年）に拠る。

家の集などいひて、歌詠む人こそ書き留むることなれ、これは、ゆめゆめさにはあらず、ただ、哀れにも悲しくも何とすれども忘れ難く思ゆることどもの、ある折々ふと心におぼえしを、思ひ出らるるままに、我が目一つに見んとて書き置くなり

とあります。家集ではなく、ふと思い出す忘れられない悲哀を自分が見るために書き留めたと述べている通り、「日記」あるいは「記録」とも言うべきものだったのでしょう。少なくともこの断簡の書写者は、『建礼門院右京大夫集』を「日記」のようなものとしてとらえていたらしいことが判ります。

逆に、例えば右の津守国夏（つもりのくになつ）（一二八九～一三五二）を伝称筆者とする昭和美術館蔵本（前頁・図19）は、伝後光厳院筆切と同じく南北朝期頃の書写本ですが、詞書が低く、和歌が高い「歌集」の書式で書写されています。

ともあれ、こういう点に留意することで、書写内容に、そこそこの目星は付けられそうです。

さて、これで、ごく表面的にではありますが、古筆切の分類整理ができたことにしましょうか。

では、もう一度、はじめの伝二条為重筆道也切（『新古今集』）に立ち返って（14頁・図1）、古筆切の説明について詳しくみていきましょう。

① 切の大きさ

まずは採寸してみましょう。メジャーで計測するだけです。老婆心ながら、堅い物で出来た、角がある定規よりは、巻き尺がよいでしょう。金属製の巻き尺などはもってのほかですが。また、測定は料紙の上にメジャーを当てるのではなく、料紙の脇に当てるようにすべきでしょう。

② もとの形態

大まかに言えば、古筆切の形態は、「四半切」「六半切」「巻物切（かんもつ）」の三種類です。四半・六半であれば冊子（さっし）本（ぼん）ですし、冊子本でなければ巻子本（かんすぼん）です。

まず、縦長の本を四半本といい、その形状の断簡を「四半切（よつはんぎれ）」といいます。漉（す）いたままの一枚の和紙を四分割した大きさです。元々の和紙の大きさや、化粧裁ち（周りを裁断して、紙の辺を真っ直ぐに整えること）によって差はありますが、現在のB５判より一回り小さい程度の大きさを考えてもらえばよいと思います。特に大きいものを「大（だい・おお）四半」、特に小さいものを「小（しょう）四半」といい、四半を四分の一にした大きさを（本来「十六半」なのですが）「八半（やつはん）」といいます。

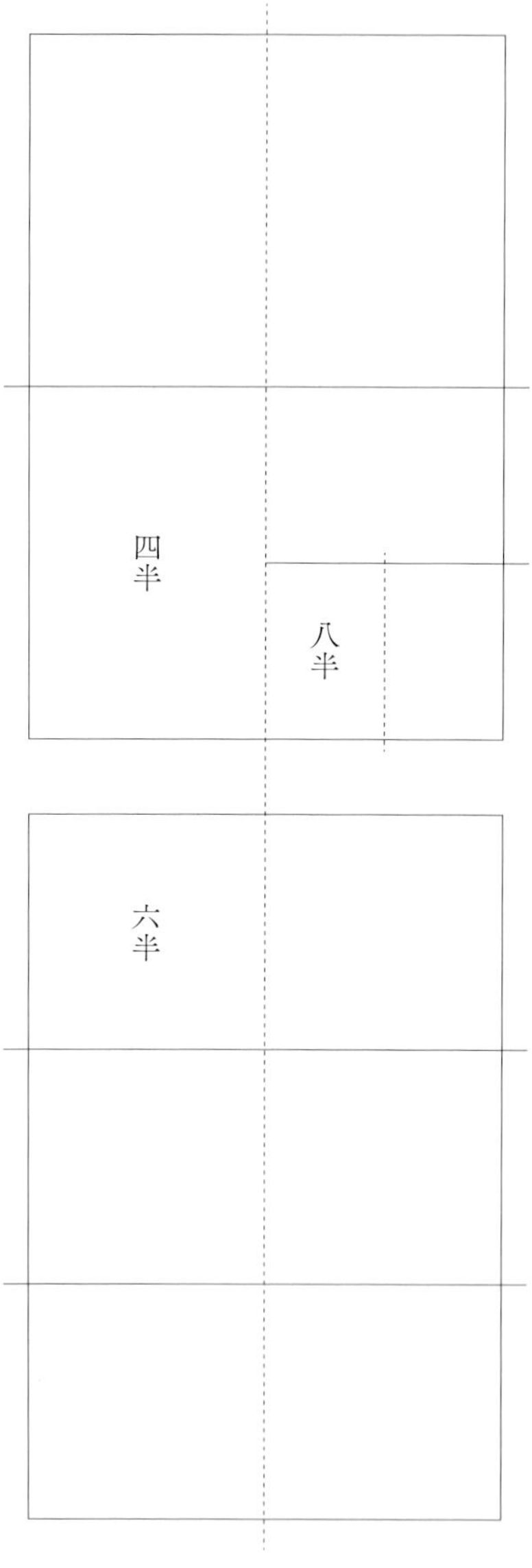

次に、ほぼ正方形の本を六半本といいますが、お酒を呑む升の形に喩えて升形本（ますがた）とも言います。古筆切の形

状を示す言葉としては「六半切」といいます。一枚の漉き紙を六分割した大きさです。

これも、特に大・小あれば「大六半」「小六半」といいます。

ちなみに、次の断簡（図20）は八半切です。実物大で掲出してあります。はじめに掲出した道也切（14頁・図1）と縮尺率を同じくして並べたのが、左下の写真です。本来は「十六半」ともいうべき四半の四分の一の大きさを八半切と称していることが判ります。

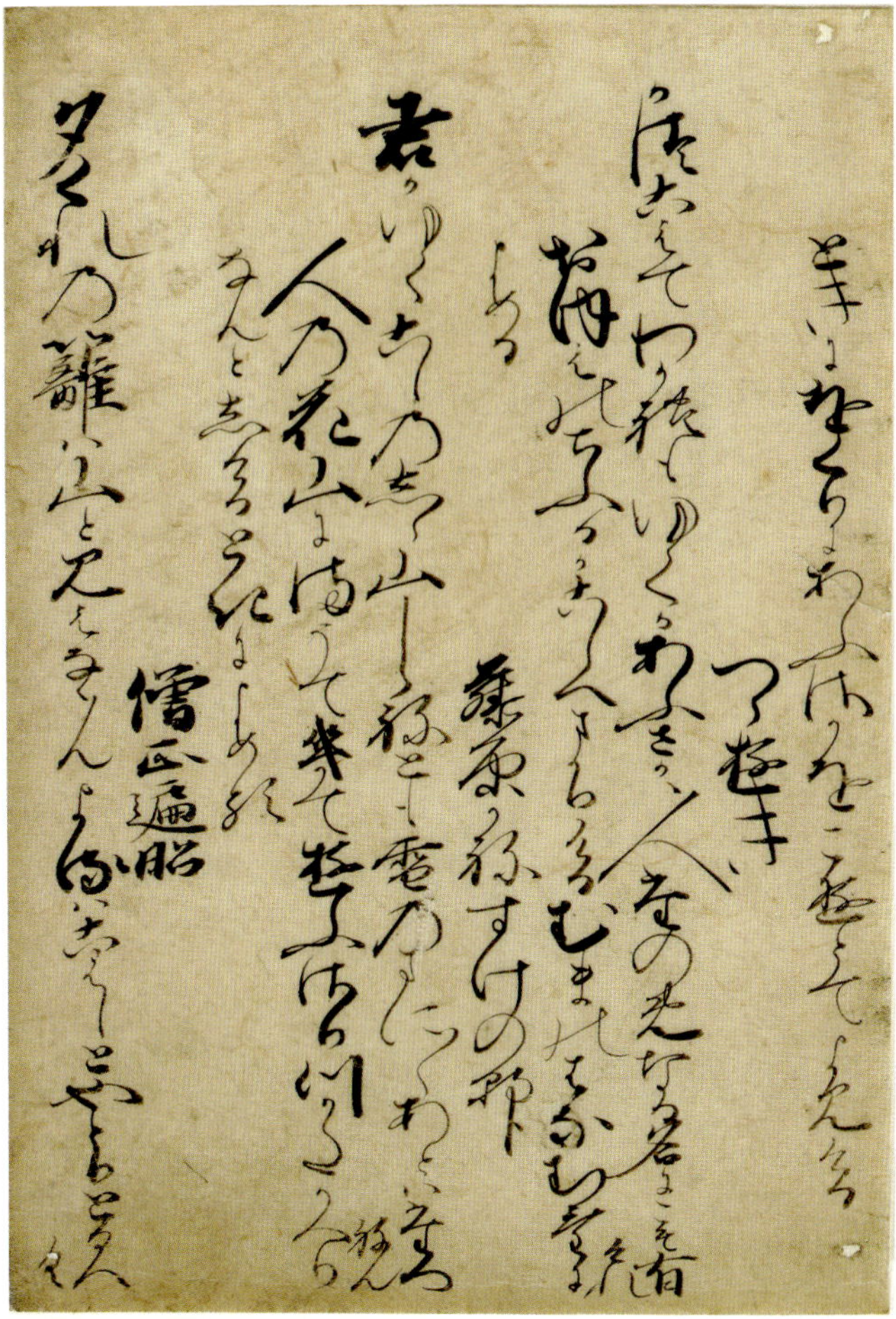

20 伝二条為忠筆　八半切（『古今集』）

12・4×8・3

『新撰古筆名葉集』の「八半　後撰歌一行書」に該当する後撰集切と同筆・同書式。三代集をまとめて書写したもので、『拾遺集』の奥書部分の断簡が残るが、それにより、正平八年（一三五三）に為忠によって書写されたものと推断される。

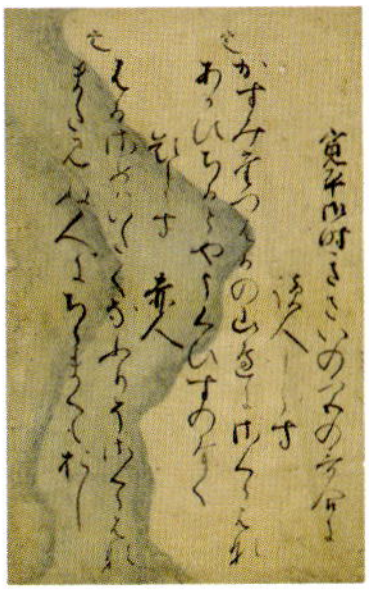

四半

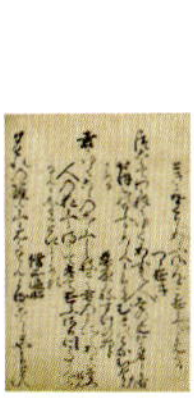

八半

巻物は、漉いた一枚の和紙を、ほぼそのままの大きさで横に継いでゆく書籍の形態で、巻子本ともいいますが、その断簡を「巻物切」といいます。縦の寸法が大きく、三十センチ前後あるものがよく見られます。もちろん一概に言えるものではなく、小さい巻子本の断簡（「小巻物切」）などもあり、巻子本でも裁断の仕方によっては冊子本の断簡に誤られることもあります。

大きな断簡で巻物特有の横皺「巻子皺（巻皺）」があったり、紙の継ぎ目に文字が掛かっている場合は、巻物切です。右の断簡（図21）には、巻子皺が確認できます。（太い線は金銀で引かれた霞。）巻子皺は、横に入ります。縦に線が入っている場合は「折れ」でしょう。

また、大型の冊子本の断簡が巻物切に誤られることもあります。見分け方の一例としては、料紙の端に広めの余白があったり、綴じ目の痕跡があれば、もとは冊子本でしょう。ただし、余白が切り落とされたり、料紙の辺を整える化粧裁ちがされてしまっていては、大きさで判断することが多くなりますが、稀に書写面に、そ

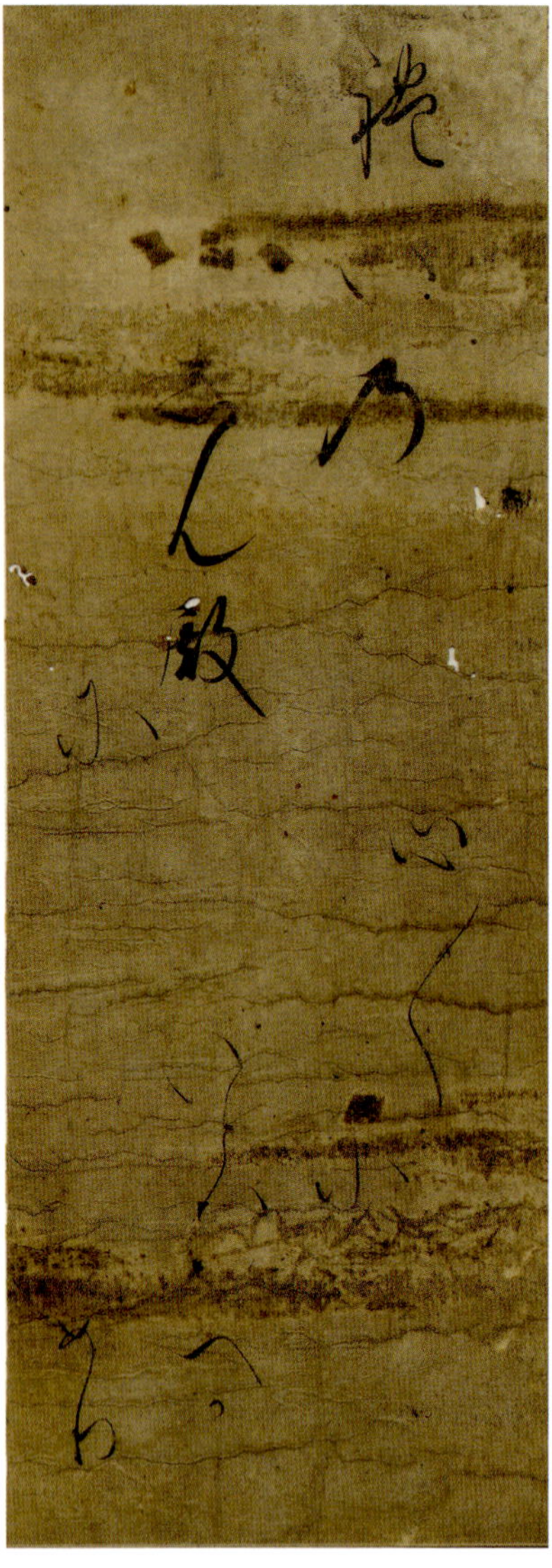

21 伝後光厳院筆 巻物切（『源氏物語』） 31・0×10・3
日比野「源氏物語断簡管見」（「愛知淑徳大学国語国文」34 平成二十三年）参照。

の裏側の面の文字が裏写りしていることで、冊子本であったことが判ることもあります。巻子本は、「裏書（うらがき）」や「紙背（しはい）」が有る場合もありますが、基本的に裏面に書写はしませんからね。なお、表裏に書かれた一枚の紙を、剥がして表面と裏面の二枚にすることを「相剥（あいはぎ）」（「間剥」と表記することもあるようです）といいます。

次の断簡（図22）の料紙右端、上下に二つずつ「**としの**」「**ちとせの**」の右辺に半長円形の穴の痕が残されて

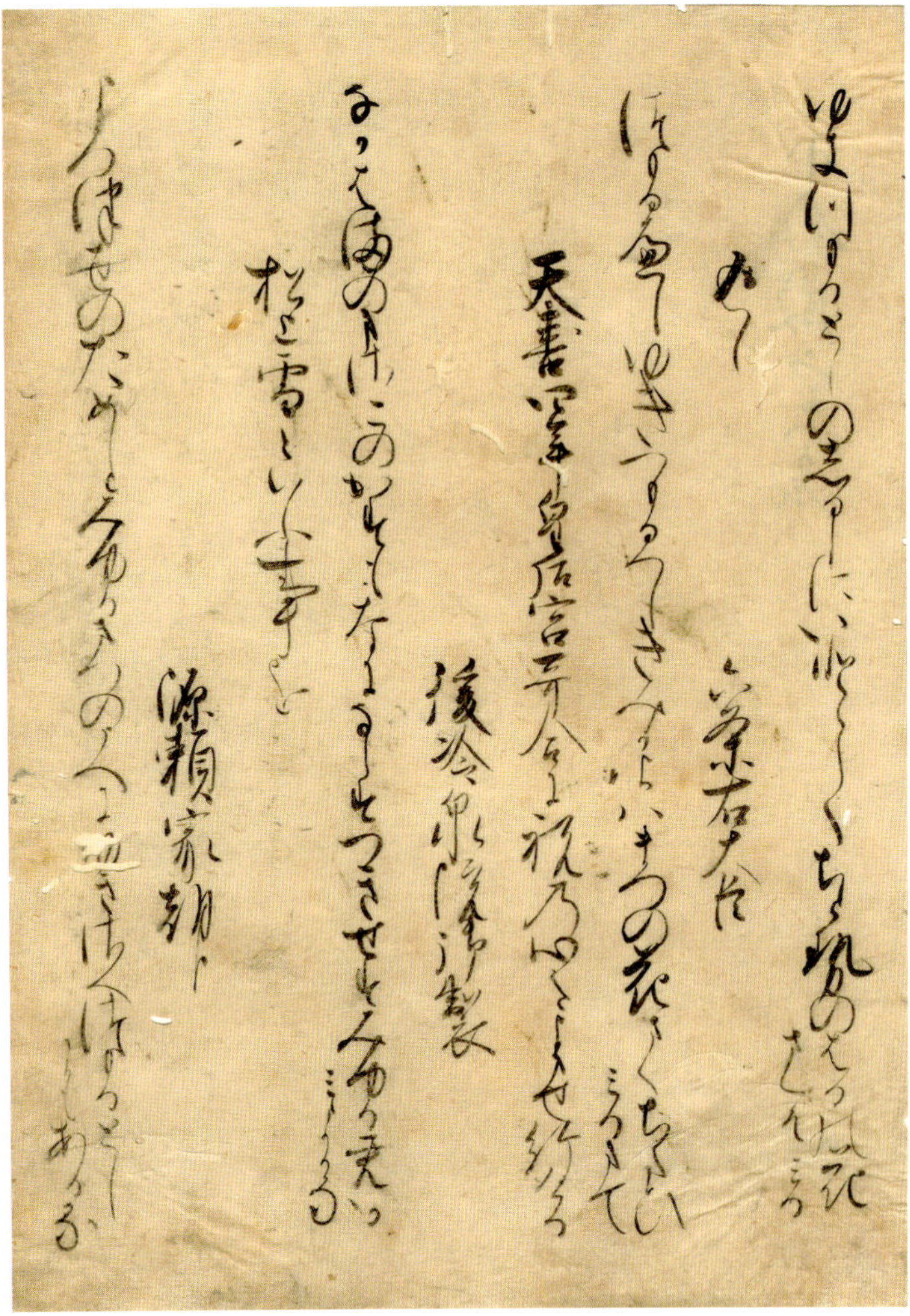

22 伝小倉実名（さねな）筆
四半切（『金葉集』）
23・6×16・2

実名を筆者とする古筆切に古今集切・新勅撰集切・玉葉集切・続後拾遺集切があるが、全て実名の真筆とみて良さそうで、その旺盛な書写活動が窺われる。実名真筆の金葉集切は『大手鑑』と『古筆切影印解説』IIに見られるが、前者が掲出切のツレと見られる。下草書き風の書式が特徴的。金葉集は、その成立事情によって初度本・二度本・三奏本とがあるが、当該断簡は最も一般的な二度本。実名は一三一五生、一四〇四没。

います。これは料紙を数枚重ねて二つ折りにし、それをいくつか重ねた折り目に切れ目を入れて糸を通して綴じる方法、綴葉装（てっちょうそう）の痕跡です。よって元来は綴葉装の冊子本であったと推察できます。また、綴じ目が料紙右にあるということはこの断簡、丁の表、見開き左側の頁だったことも判ります。

ともあれ、四半・六半はもとの冊子本の形状をいうのであり、「四半形の巻子本」「六半形の巻子本」などということはありません。巻子本がたまたま「四半切のような大きさ」に裁断されたり、まるで「六半切のような形」に切断されることはありますが、「もとは巻子本」であったことに変わりはありません。

③ 書写形式

一面当たりの行数や、和歌を何行書きにしているか、などです。このことは、書物としての性質のみならず、同じ書物から切り出された「ツレ」の認定にも重要な要素となります。もちろん例外もあり、一面当たりの行数が一定していないこともありますが、多くの場合、一面当たりの行数は首尾一貫しているようです。実は道也切にも、八行詰のものばかりではなく、九行詰のものもあります。更に本書掲出の道也切（14頁・図1）のように、恐らくは鑑賞の妨げになるという理由から、見映えをよくするためでしょう、詞書や作者名、上句だけ、下句だけといった半端な行が切り取られたり、削り消されたりするのは、よくあることですので、注意が必要でしょう。また、和歌を書写する際、同じ書籍の中で、ある部分では和歌を一行書、ある場面では和歌二行書などということは、無いわけではありませんが、滅多にありません。和歌が何行で書かれているか、また、詞書や作者名の書き出しの高さなども、その書籍の性質として確認すべきでしょう。

寄合書などで、それぞれの筆者によって書式が変化してしまったり、取り合わせ本（いわば「寄せ集め」）であるがために、元々の形式が違うものを書写していることがあるかも知れませんが、その場合は、もしこれが断簡になってしまっていたら、ツレとは断定できない可能性が高くなります。致し方ありません。

蛇足ながら、和歌の単位はそもそも「一首」なのですから、はじめから行を分けて書写しようという認識は薄かったようで、平安時代から鎌倉時代極初期書写の古いものでは、和歌を書いていって、下まで詰まったら改行、というのが一般的だったようです。従って、意識的に五・七・五・七・七の「句の切れ目で改行」することはしていません。少し下って鎌倉時代に入った頃から、上句・下句で改行するという二行書が多くなります。ただし、あくまで傾向の一つですから、そのつもりで。

次の断簡（図23）は、二首目と三首目が上句・下句の意識なく、二行書となっています。

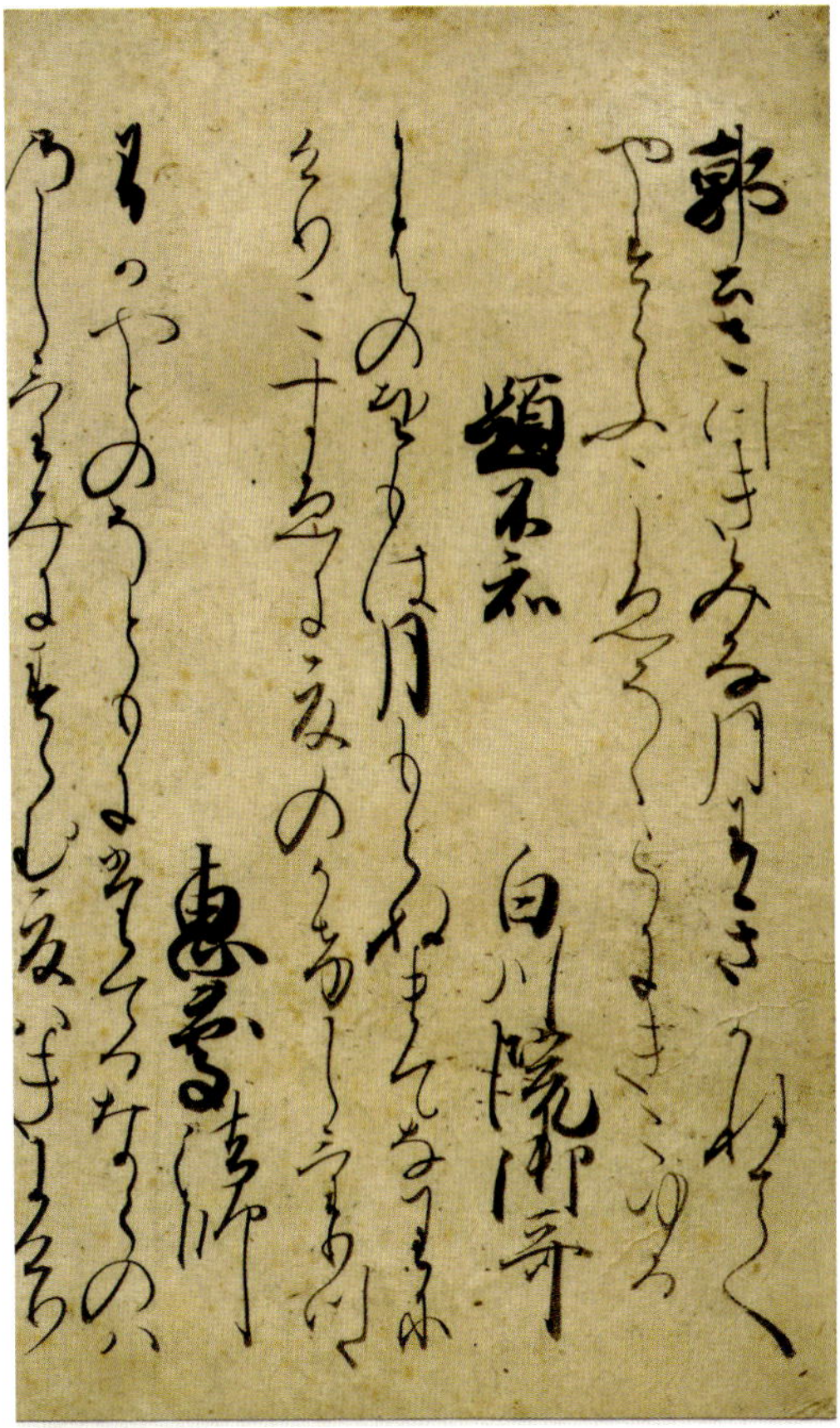

23 伝藤原清範（きよのり）筆
西山切（『新古今集』）
16・6×9・7

鎌倉初期写。『新撰古筆名葉集』では「石山切」として掲出するが、西本願寺本『貫之集』と『伊勢集』の断簡も「石山切」といい、区別のために「西山切」と称することが多い。『昭和古筆名葉集』では「西山切」として掲出し、「本家系手鑑によりて切名を訂正す」とする。もとは六半形の冊子本。掲出断簡には四行分ほど裁断がある。清範は一一五五生、一二一三没。

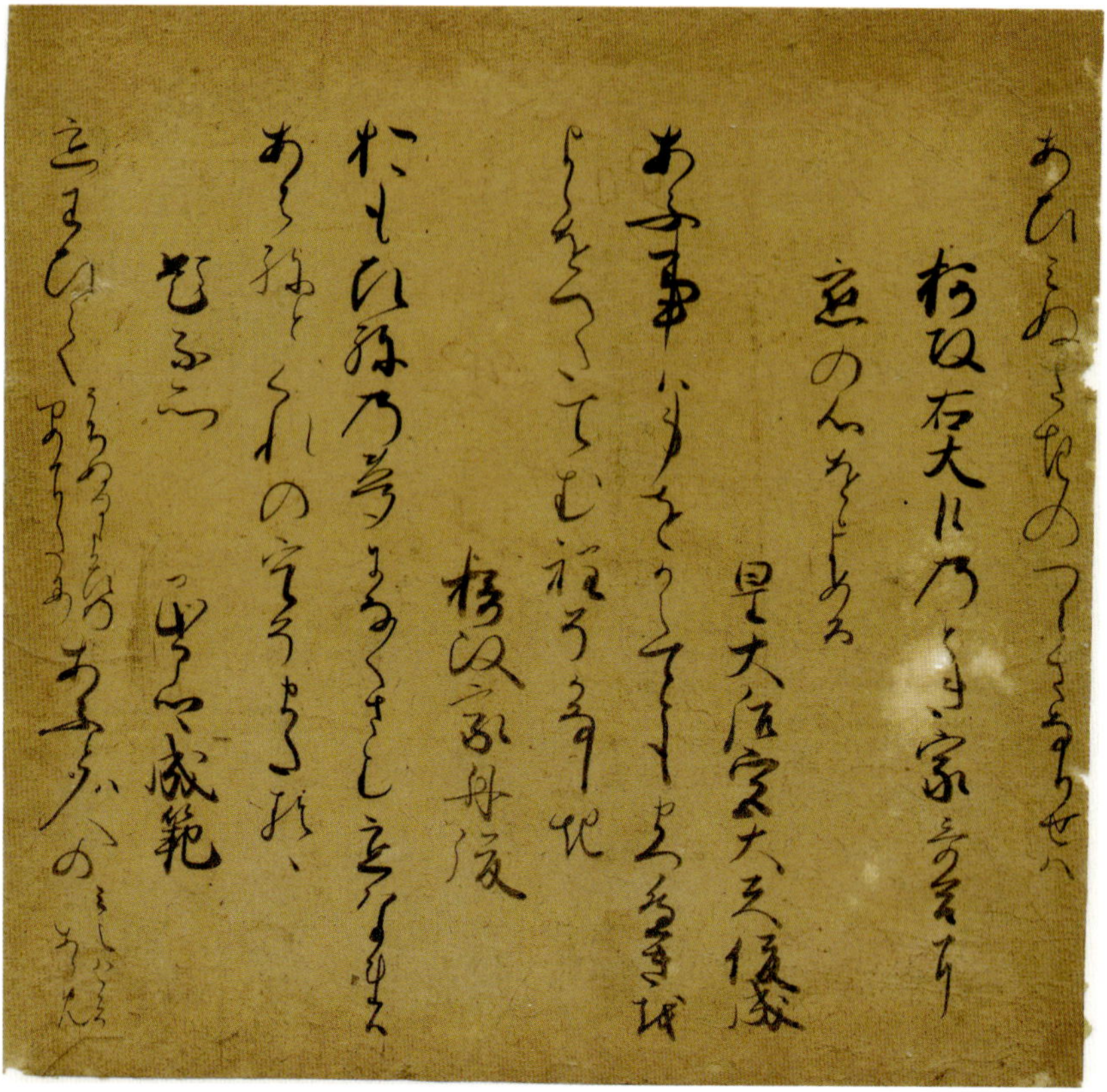

次の一葉（図24）の最後の行を見て下さい。

二句目・三句目と五句目を割書き（行に二行書き）にしています。これは、二行書にした和歌の上句と下句が丁の裏表の変わり目で泣き別れになってしまうことを避けるために、無理に、しかし、見た目に美しく一行に詰める為の処置でしょう。「一首」の意識と「句の切れ目」の意識、両方を持ち合わせた書写態度と

24　伝二条為定筆
　六半切（『千載集』）
　15・8×15・7

南北朝期頃写。為定真筆の『七夕御会三首和歌』と比べ同筆ではない。ツレの断簡が『古筆学大成』と『平成新修古筆資料集』二に見えている。前者は掲出切と同じく一面十一行、後者は十行書となっている。掲出切の一行目は和歌の下句のみであるが、最終行のように割書で前行には収められてはいない。

いえましょう。ただし、掲出断簡の場合、一行目には下句だけが残っていますので、見開きの頁などでは、全てにおいて適用させているわけではなさそうです。

和歌は一行、あるいは二行で書くものが大半ですが、次（図25）のように、三行で書くこともあります。和歌三行書の場合も、句の切れ目の意識が有るものと無いものとがあります。

表記についても触れておきましょう。漢文は漢字で表記されますが、和語（やまとことば）を用いた日本の文学は、大抵の場合は平仮名で書かれ、そこに漢字表記が混ざります。

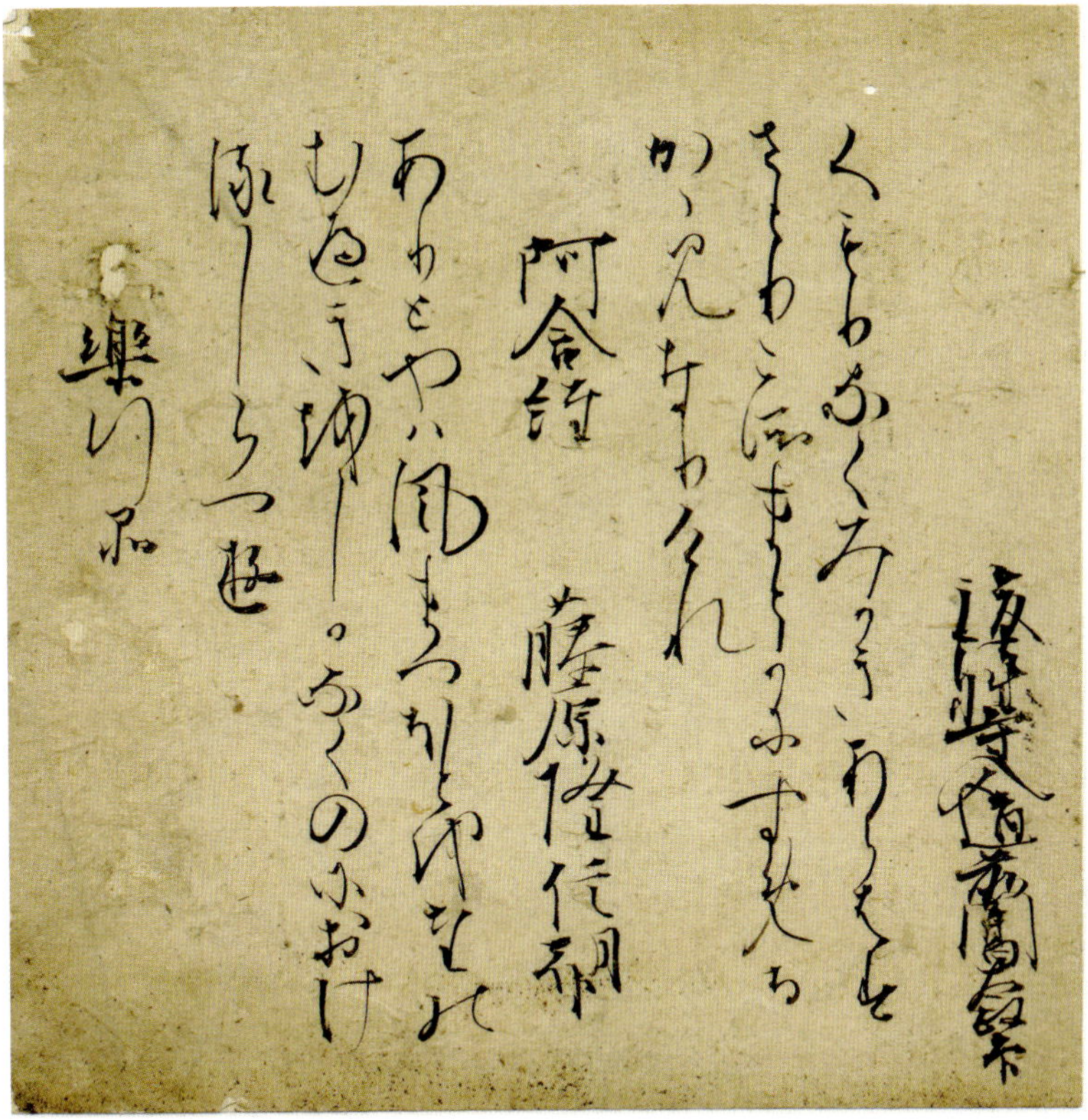

25 伝寂蓮（じゃくれん）筆
六半切（『新勅撰集』）
15・3×14・5

もとは六半形の冊子本で、一面八行～九行書。『新勅撰集』の最終的な成立は文暦二年（一二三五）で、もとより寂蓮の筆跡ではない。鎌倉初期から中期頃の書写。ツレの中には成立過程における除去歌を含む断簡もあり、注意される。寂蓮は一一三九頃生、一二〇二没。

ただ、時折、片仮名表記も見られます（図26）。僧侶や学者によって書写されたものに多いようです。

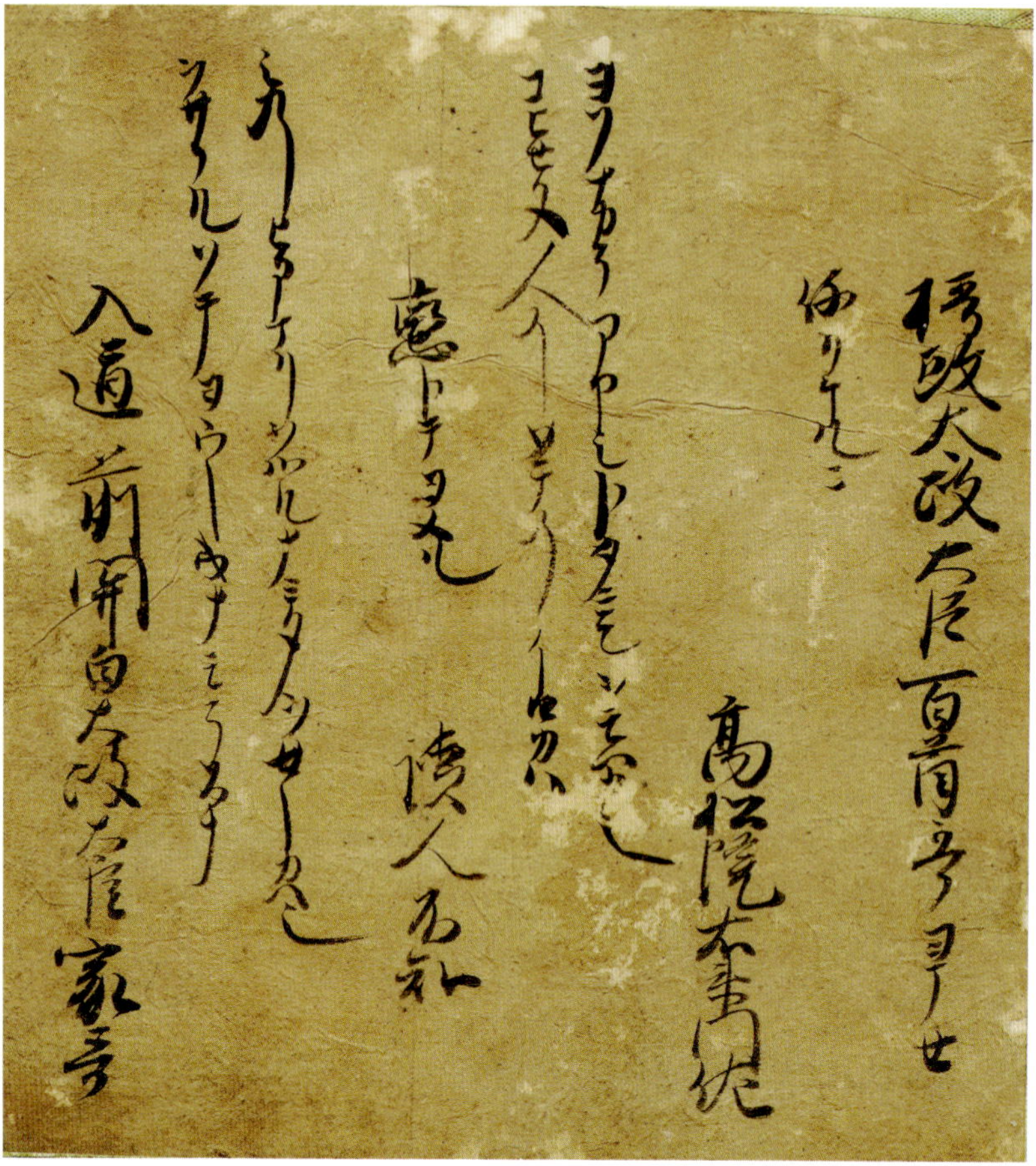

26 伝藤原清輔筆
六半切（『新古今集』）
16・2×14・5

もとは六半形の冊子本で、一面に九行を書写する。『古筆学大成』に片仮名で表記された伝藤原清輔筆切が収められているが、これとは別種。書写年代は鎌倉後期から南北朝期頃であろうか。いずれにせよ、片仮名で記された歌集の伝本そのものが、さほど多いわけではない。

④ 料紙（りょうし）

古筆切の料紙、すなわち紙は、特にa原料、b加工の二点を考慮すればよいでしょう。

a原料の違いによる料紙の別としては、雁皮（がんぴ）から作られる斐紙（ひし）（雁皮紙（がんぴし）。いわゆる鳥の子（とりのこ））、楮（こうぞ）から作られる楮紙（ちょし）が多いようです。ただ、それらを混ぜたもの（混ぜ漉き）や、木の棒で叩いて艶を出す「打ち紙」などもありますので、判断の難しいことがあります。誤解を恐れずに、極めて大ざっぱにいえば、すべすべした感触で、文字の墨が紙の上に乗っているように見えたら斐紙で割と高級品、少しざらざらした感があって墨が染み込んでいたら楮紙で一般的。「すべすべした良い紙に書かれているかどうか」くらいは気にしてみてもよいでしょう。昔は紙は貴重品ですから、良い紙に書かれていれば、それはその古筆切の品格、作品の重要度に関わることが往々にしてあります。写真などでは判りにくいので、図版の例示は省略に従いますが、是非、実物を見るように努めて下さい。

b加工を施した、装飾料紙に注目してみましょう。装飾を施していない「素紙（そし）」に比べて、装飾料紙は美術的に評価する要素となります。一冊の書籍の中でも装飾料紙と素紙が併用されていることがありますが、同じツレ同士ならば、装飾料紙のほうが美術的に（値段も）高く評価されます。

装飾料紙の中でも、割とよく見かけるのが、先の道也切のような「雲紙」です。紙を漉く際に、枠の縁に色水を垂らして揺するので、ゆらゆらとした色模様に紙の繊維が色づきます。古くは雲が縦に流れているものが多いようですが、時代が下ると料紙の上下に雲が横に流れるものが多い印象を受けます。室町以降は、ほとんど上・下のようです。また、上部に青雲（藍色）、下部に赤雲（紫色）を用いて天と地を表す、などとも言われますが、これもまた、当然例外はあります。

次の断簡（図27）は上部に青、下部に赤の雲紙が用いられていますが、これで完存していたら、さぞかし立派な冊子本だったはずで、しかるべき人の手元にあったものと思われます。また、『古今集』は、こうした立派な写本として所持するにふさわしい、重要な歌集であったこともうかがわせます。

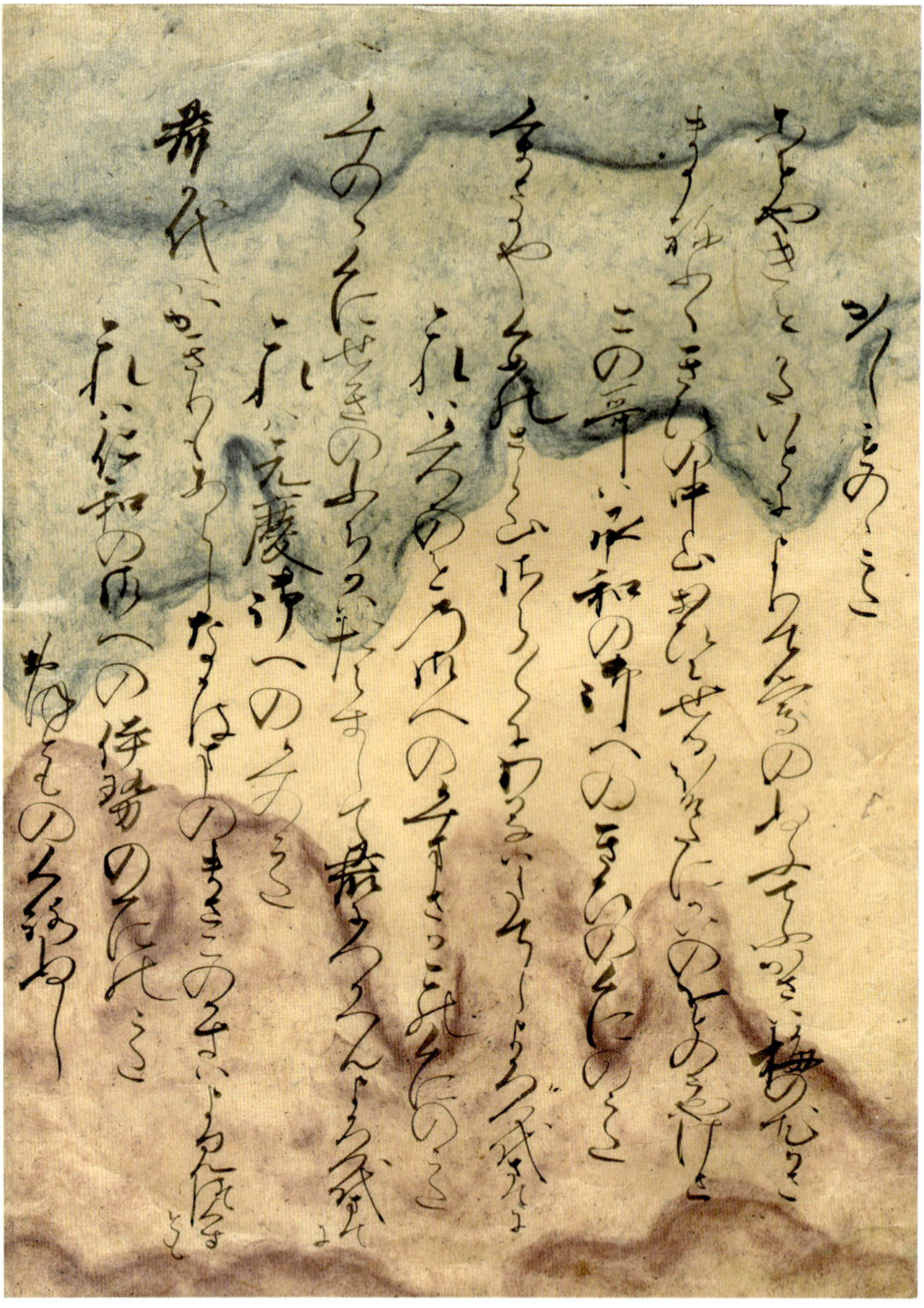

27　伝素眼（そがん）筆
大四半切（『古今集』）
28・8×20・5

素眼の真筆であるとの確証はないが、書写年代は室町前期頃。厚手の鳥の子紙に上青・下赤の雲紙を用いる。一見、巻物切かとも思われる大きさであるが、よく見ると料紙右端に綴じ目跡があり、大型の冊子本であったことが判る。素眼は生没年未詳。南北朝期の連歌師・書家。

雲母（きら）で文様を摺り出した「雲母摺り」料紙（図28）も、比較的よく見られます。光の当たり方によっては、一見、文様のない素紙のように見えたりもしますが、見る角度が変わった時にキラリと光って文様が浮き出る様子は、何とも言えない奥ゆかしい美しさです。昔は薄暗い部屋で、蠟燭の明かりなどで鑑賞することもあったでしょうが、燭台の炎の揺れに反応する雲母摺りの様子などは、さぞ幻想的だったのではないでしょうか。

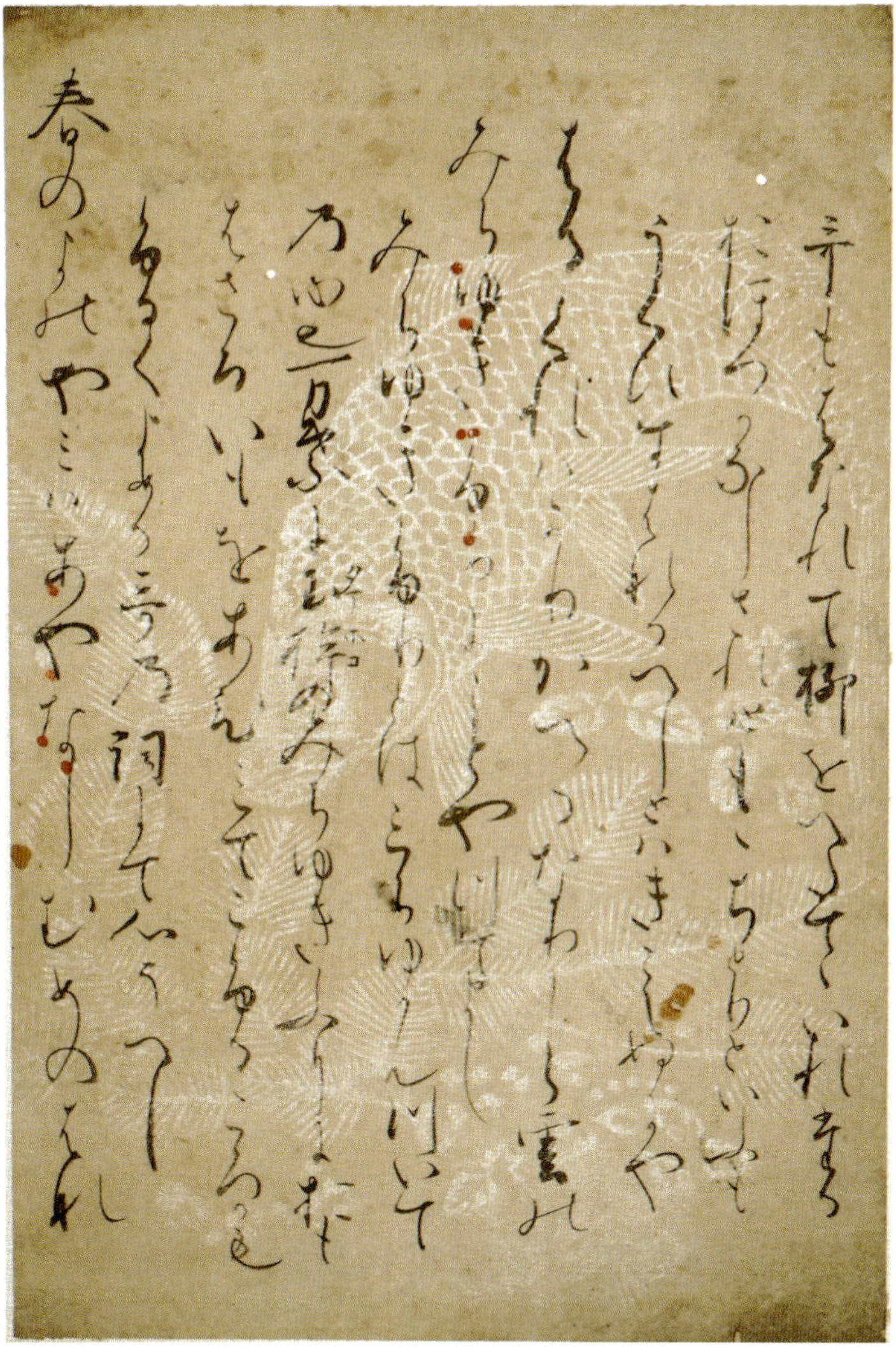

28 伝阿仏尼筆
鯉切（こいぎれ）（『僻案抄（へきあんしょう）』）
23・6×15・4
阿仏尼は生年未詳、六十余歳で一二八三没。
（『続々国文学古筆切入門』参照）

紙全体に着色するものは、「染め紙」です。染色液の中に紙を浸すものと、刷毛などで塗るものとがあるようです。散逸私撰集『麗花集』を書写した伝小大君筆香紙切などは、丁子という香料で染めた紙を用いていることから、その名があります。次の切（図29）は朱の染め紙を用いています。

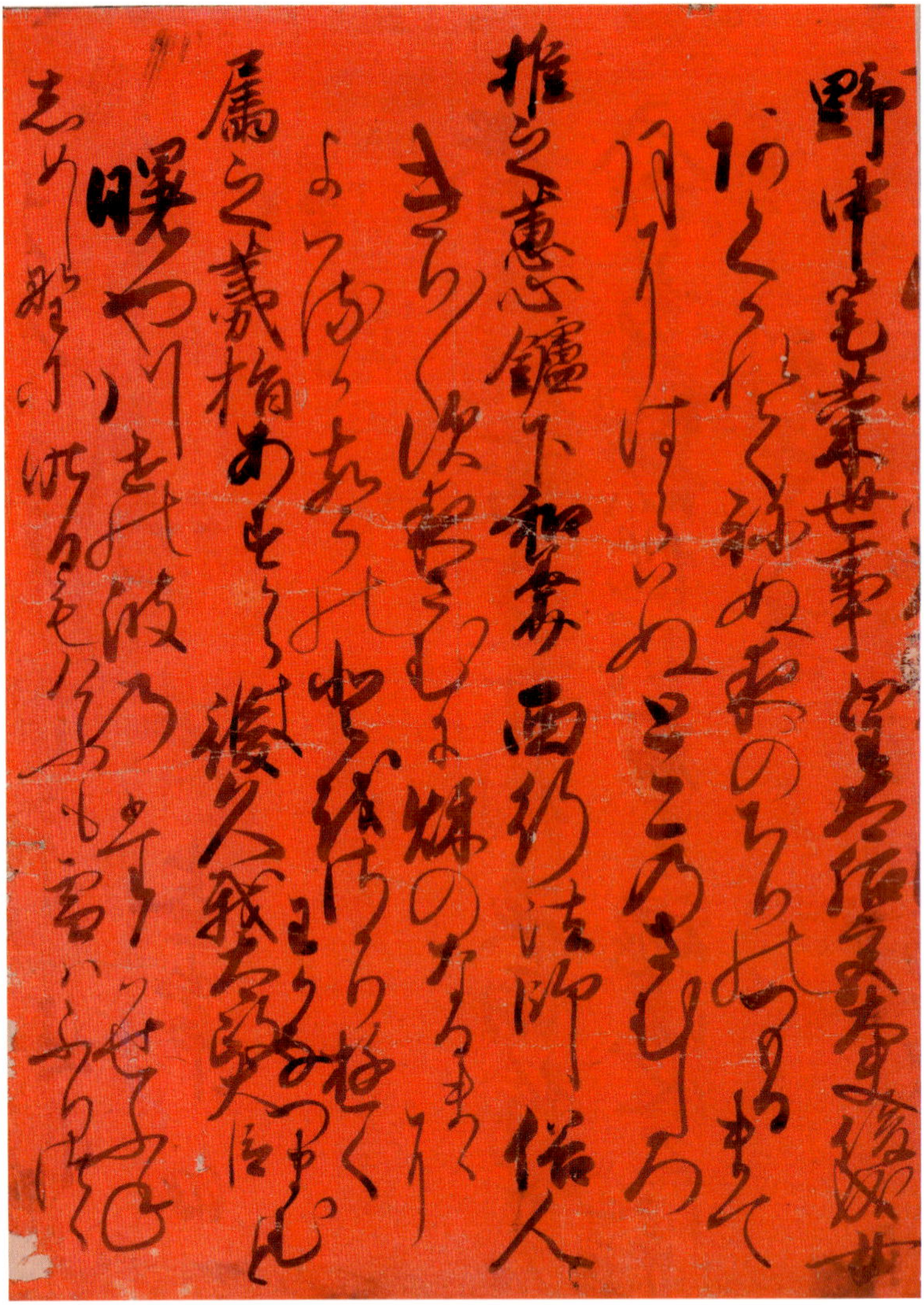

29 伝二条為重筆
四半切（未詳歌集）
26・7×18・4

もとは四半形の冊子本で、為重の真筆ではなかろうが、書写年代は南北朝期とみてよかろう。『新古今集』の抜き書き（四二九番歌・四七二番歌・四九三番歌）の行間に『和漢朗詠集』の漢詩（三四番）と和歌（三五番歌の初・二句及び三六番歌の三〜五句）が書き入れられている。書き入れは、手すさみであろうか。染め紙の見本として敢えて掲出しておく。

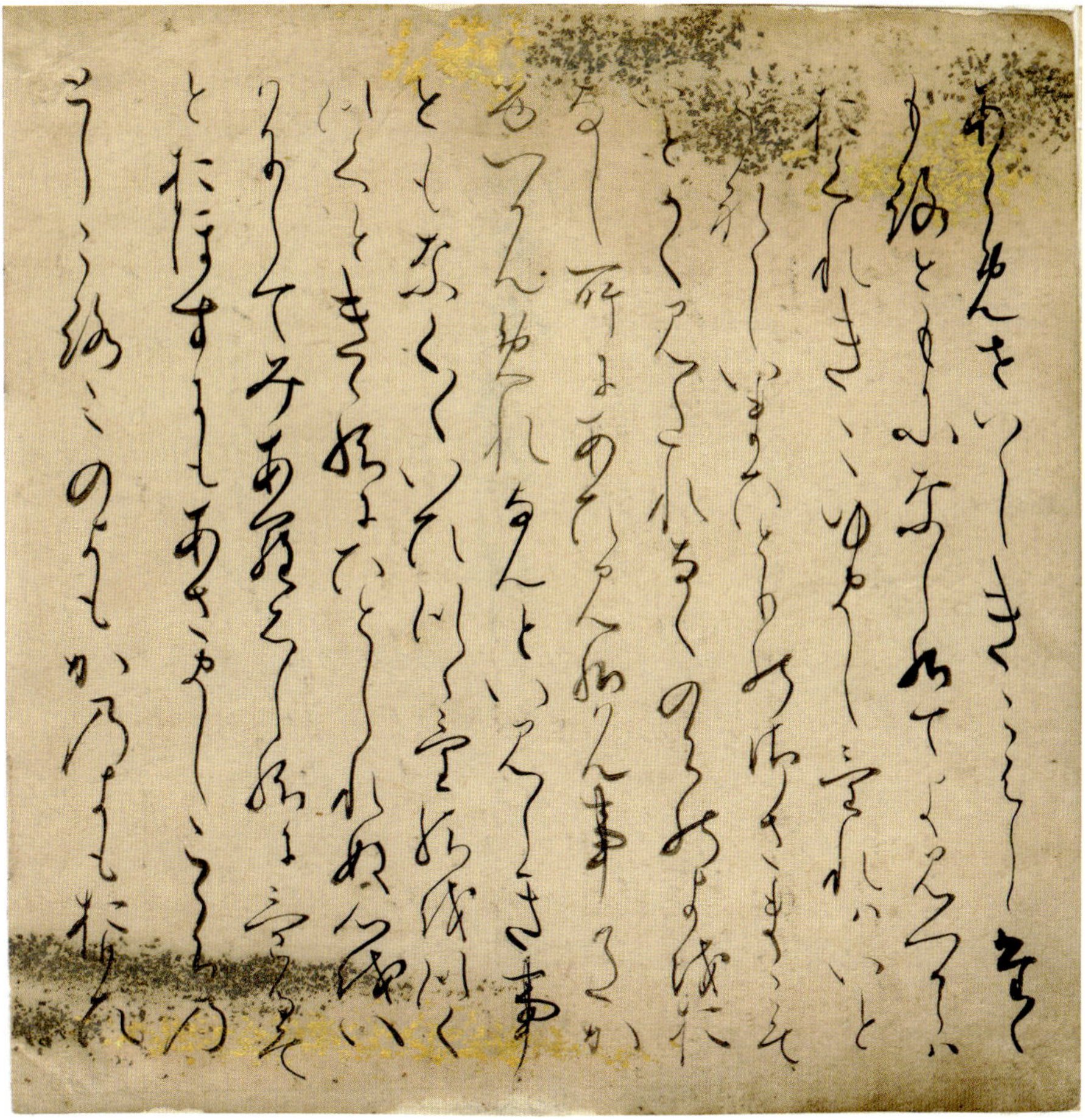

30 伝二条為明（ためあき／ためあきら）筆
六半切（『狭衣（さごろも）物語』）
15・7×15・2
為明は一二九五生、一三六四没。
（久曾神昇氏『物語古筆断簡集成』参照）

金銀の撒（ま）かれた美しい料紙（図30）も魅力的です。金銀を薄く延ばした箔（はく）を四角く切った切り箔、破（や）り千切ったような破り箔、細長く切って散らした野毛（のげ）、細かな粉末にした砂子（すなご）、膠（にかわ）で溶いて絵の具のように用いた泥（でい）などを文様としています。横に棚引くように撒かれているものを霞（かすみ）（霞紋）といいます。銀は酸化して黒くなっていることが往々にしてあります。

金泥・銀泥・緑・大赦などで料紙に絵や文様を描いた「下絵」もあります（図31）。

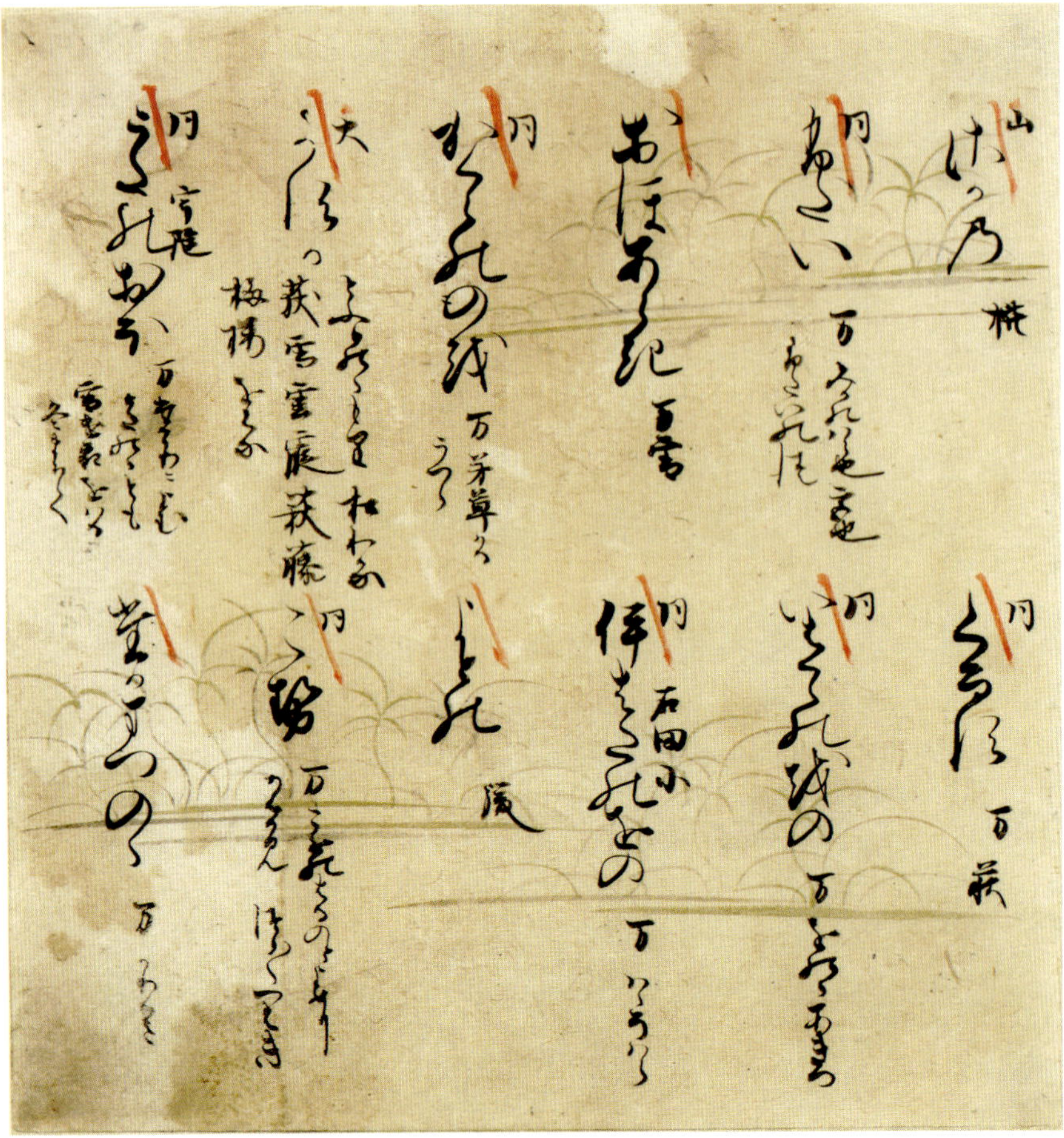

31 伝後二条院筆
藤波切（『八雲御抄』）
17・5×16・1

『新撰古筆名葉集』に「六半八雲御鈔金銀下画アリ」と記載されている。金銀泥で描かれた鳥蝶草木、項目と地名に付された朱点が特徴的。もとは一面六行詰の六半形の冊子本。後二条院の真筆ではなかろうが、鎌倉中～後期の書写。ハーバード大学美術館に巻第五名所部が冊子の状態で残っており（鴨脚家旧蔵）、そこから切り出されたのがこの藤波切である。後二条院は一二八五生、一三〇八没。

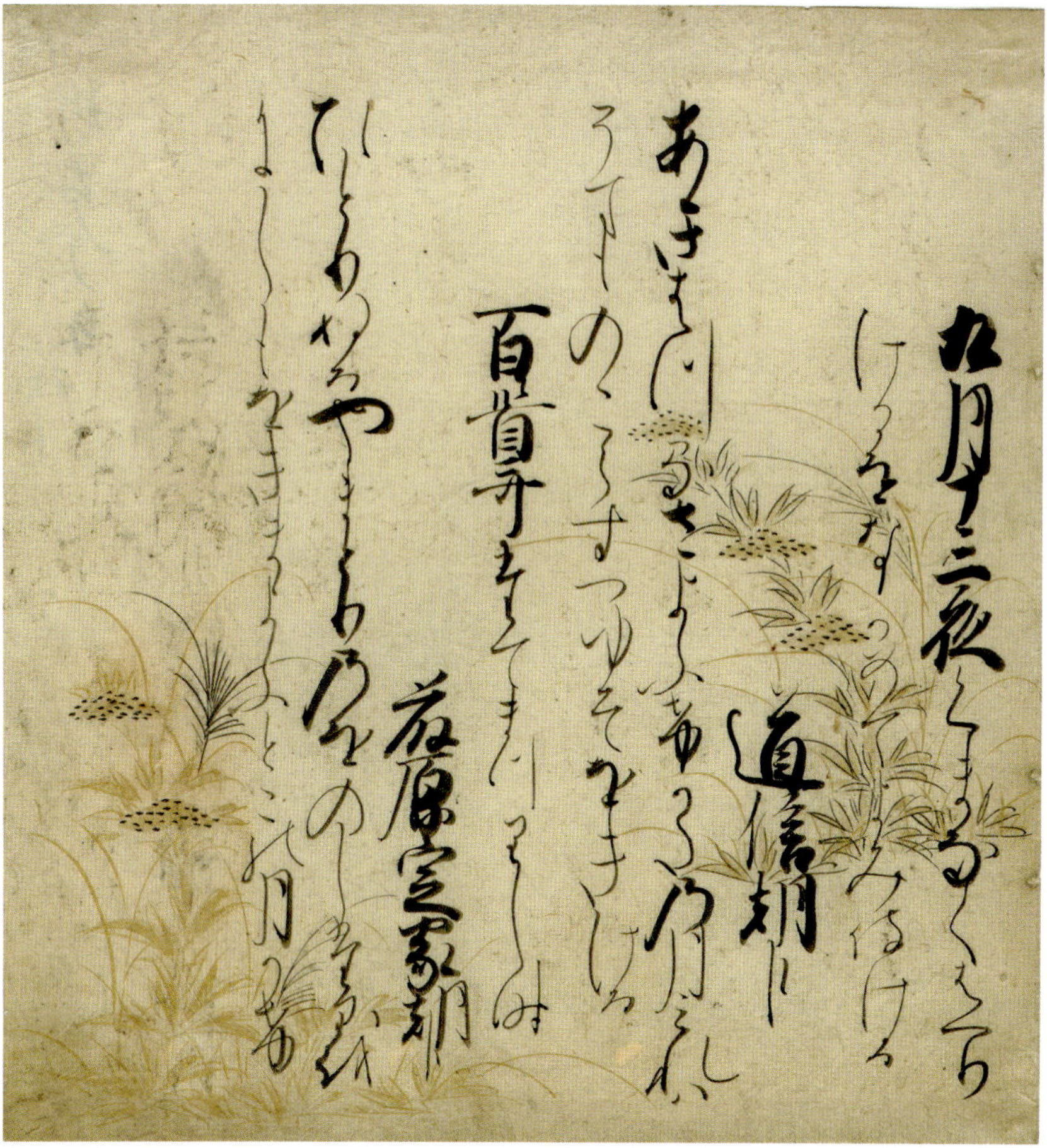

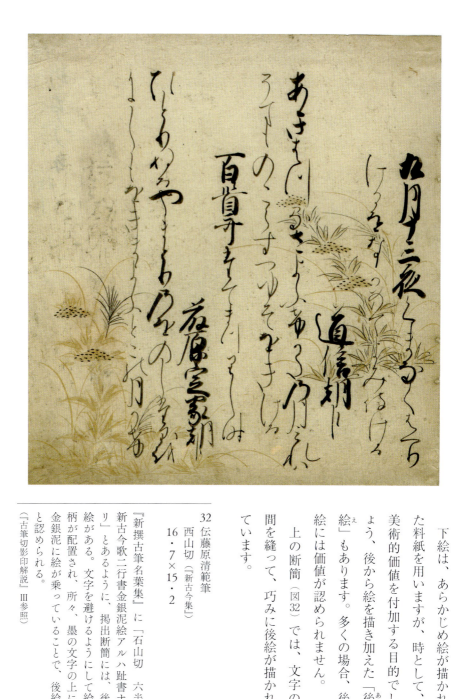

下絵は、あらかじめ絵が描かれた料紙を用いますが、時として、美術的価値を付加する目的でしよう、後から絵を描き加えた「後絵（あとえ）」もあります。多くの場合、後絵には価値が認められません。

上の断簡（図32）では、文字の間を縫って、巧みに後絵が描かれています。

32 伝藤原清範筆
西山切（『新古今集』）
16・7×15・2

『新撰古筆名葉集』に「石山切　六半新古今歌二行書金銀泥絵アルハ趾書ナリ」とあるように、掲出断簡には、後絵がある。文字を避けるようにして絵柄が配置され、所々、墨の文字の上に金銀泥に絵が乗っていることで、後絵と認められる。

（『古筆切影印解説』Ⅲ参照）

熱した金属の篦や籠手などで紙を焦がして絵を描くとされる「焼絵」もあります。が、残されたものの中には、銀や緑が金属焼けをして紙が焦げたようになっているものも見受けられます。焼け具合の均一感、線の細やかさやなめらかさによっては、金属泥の焼けた跡と考えるべきものもあるかも知れません。（図33）

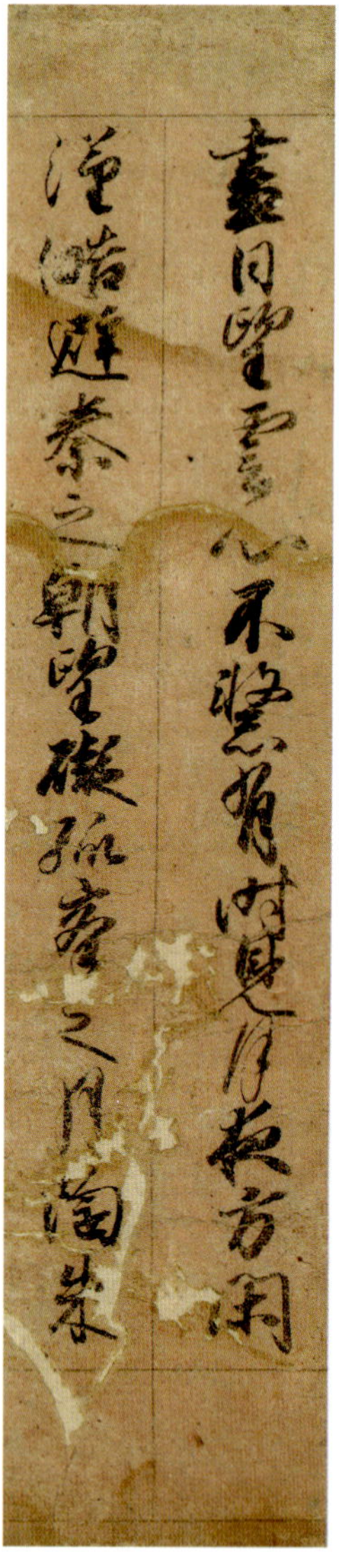

33 伝二条為重筆
巻物切（『和漢朗詠集』）
26・3×5・5
（『和漢朗詠集切集成』参照）

版木に蠟で紋様を摺るとされる「蠟箋」という紙もあります。（図34）ただ、「蠟は墨を弾いてしまうはず」というので、疑問視もされています。絵具を塗っていない空の版木を強く擦ることによって、文様の部分にだけ紙に光沢を出す「空摺り」とみる考えです。その一方で、「水蠟」という蠟は墨を弾かないともいわれてお

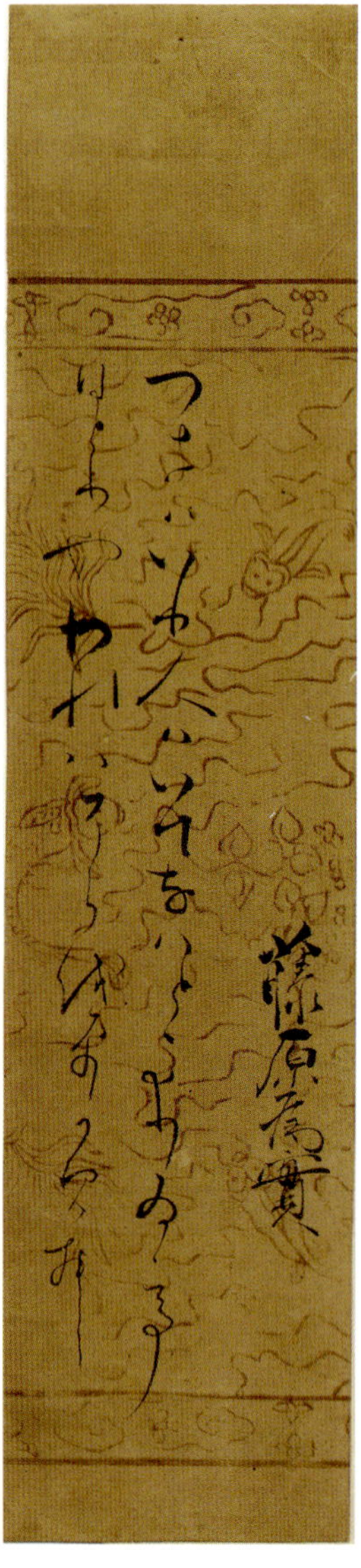

34 伝二条為世筆
四半切（『詞花集』）
26・9×6・2
書写年代は為世の時代よりも下ると思われる。為世は一二五〇生、一三三八没。

り、説の分かれるところです。ちなみに、蠟箋らしき料紙を数葉、絵の部分を少しナイフの刃で削ってみましたが、試した範囲では、蠟らしきものを削り取ることはありませんでした。

次の断簡（図35）の料紙下部には「墨流し」があります。水に墨を垂らして浮かせ、水面に紙をそっと置き、

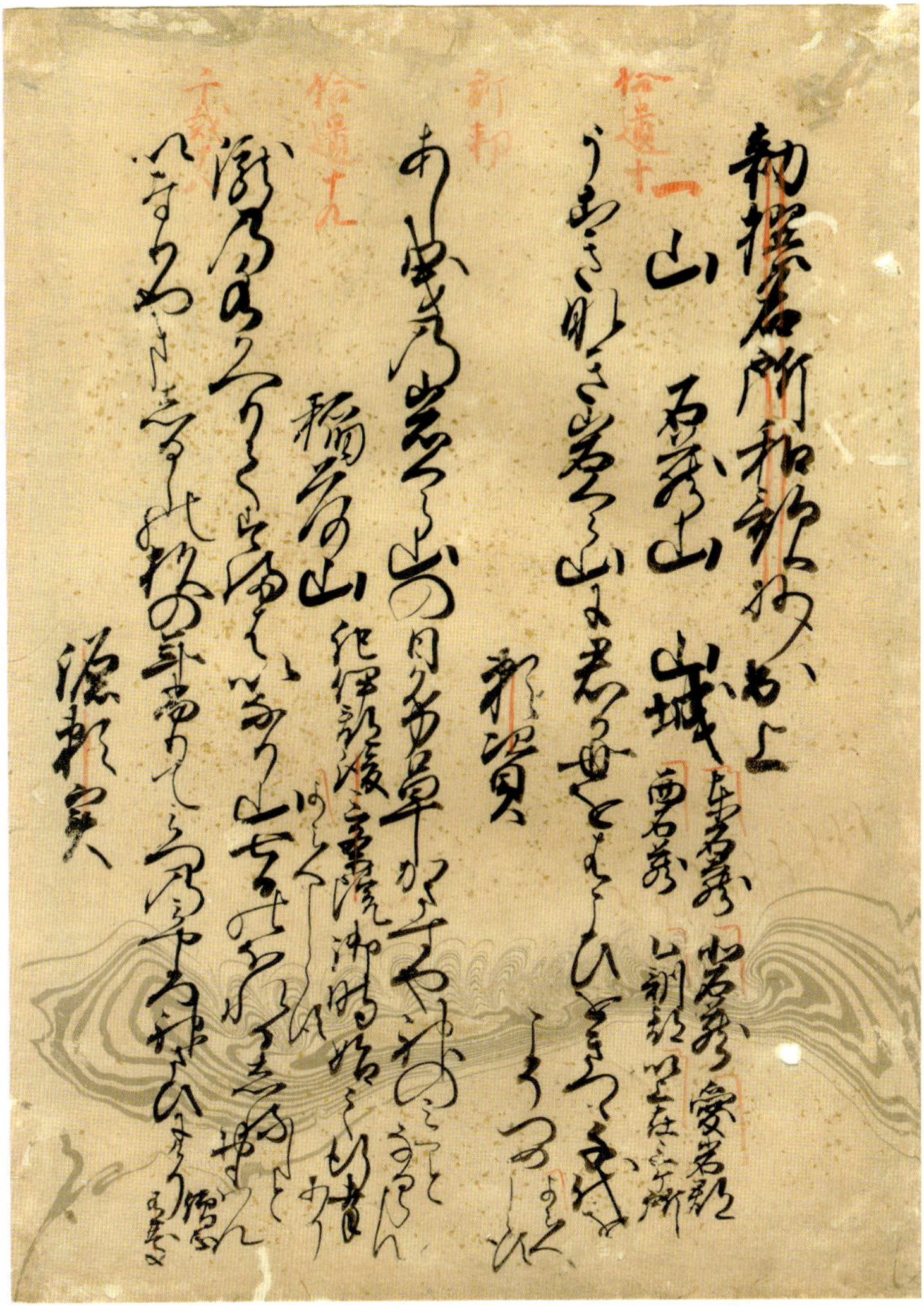

35 筆者未詳
四半切
（『勅撰名所和歌抄出』）
25・2×17・8

『勅撰名所和歌抄出』は『古今集』以下の勅撰集から名所を詠み込んだ歌を抄出したもので、永正三年（一五〇六）、連歌師宗碩（一四七四～一五三三）の編。当該断簡は筆者未詳ながら、成立後間もない頃の書写と思われる。金箔散らし墨流し料紙を用いる。

紋様を付着させます。西洋画の「マーブリング」とかトルコの「エブル」と同種の技法です。

⑤ 名葉集での記述

先に「B 切名」(20頁)でも述べていますので、省略しますが、刊行されたものでは、伊井春樹氏他編『新版古筆名葉集』(和泉書院 昭和六十三年)が、四種の名葉集を併記していて便利です。

⑥ 伝称筆者の人物像

伝称筆者がどのような人物かを知っておくことで、いつ頃の書写年代かの大体の見当、その書写内容とどのように関わる人物か、その人物の筆跡や、同じ伝称筆者の古筆切の存在の有無などに繋がります。詳細不明の人物ということもありますが、総じて、古筆切の筆者としてさほど有名でもない人物が伝称筆者に当てられている場合などは、切断前、典籍の状態だった時に、奥書などで名前が記されていた可能性さえありますので、より注意が必要になることもあります。

⑦ 伝称の当否

古筆切の筆跡が伝称通りの筆者の真筆であるか否かは、大きな問題です。二条為重の場合は解説中(15頁)にも触れたように冷泉家時雨亭文庫に自筆の『百首愚草』が伝存し、それと比較して同筆なので、為重の真筆といえます。また、これと同一筆跡の他の古筆切を、為重の真筆と認めることが出来るようになります。複製・影印などで刊行されている筆跡が誰の筆跡と認め得るか、各作品の伝本についても、書写年代・奥書・書名・

花押(かおう)などの書誌情報に留意しておくのがよいでしょう。筆跡の検討材料として有益です。

もう少し一般的な筆跡資料としては、署名入りの短冊があります。中には「古歌短冊(こかたんざく)」といって、古の人物が詠んだ歌を短冊に揮毫(きごう)することもありますが、古歌短冊の場合は、基本的に署名はしませんし、和歌を二行

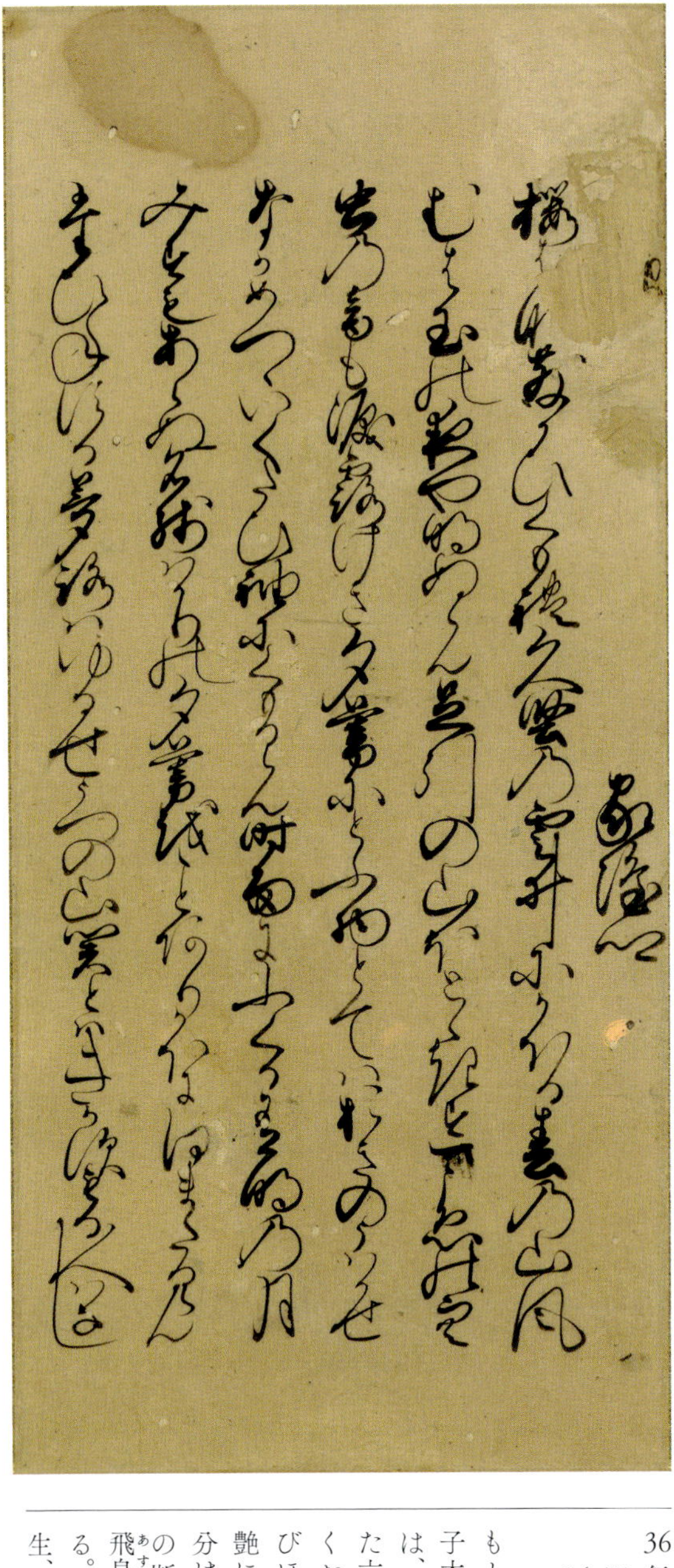

36 伝道澄筆
四半切(『三体和歌(さんたいわか)』)
26・2×11・5

もとは四半形の冊子本。『三体和歌』は、後鳥羽院が催した六首歌会(かかい)で「ふとくおほきに」「からびほそく」「ことに艶に」の歌体に詠み分ける。『三体和歌』の断簡は、他に伝飛鳥井頼孝(あすかいよりたか)筆切がある。道澄は一五四四生、一六〇八没。

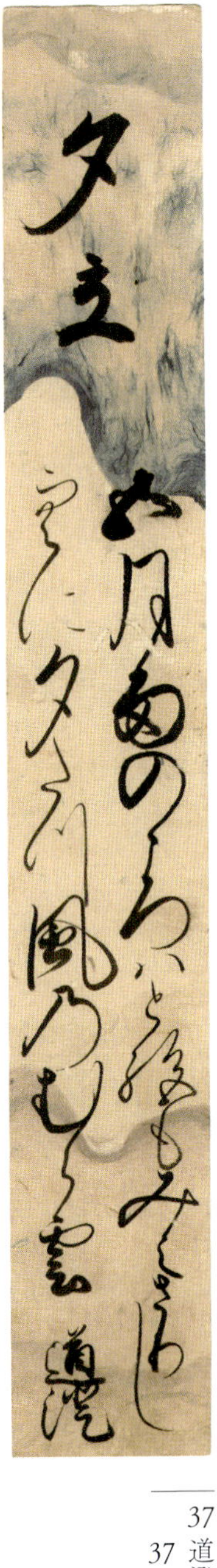

37 道澄短冊
37・3×5・1

に書きますが、その二行目の書き出し位置を、一行目より少し下げて書く、というルールがありますので、比較的容易に見分けられます。鎌倉末期・南北朝期以降の署名入り短冊には注目すべきでしょう。短冊手鑑の複製もありますので、図書館などで利用可能です。

例として、高照院道澄（一五三四～一六〇八）を伝称筆者とする古筆切と、道澄の署名入りの短冊を並べてみました。（前頁・図36、図37）

「む」や「の（乃）」、小さく書かれた「と」、行末左にずらして極度に長く書かれた「し」、釣り針のような「も」、漢字では「夕」「雨」「空」。本を一冊写すのと、短冊を一枚書くのとでは、全く同じ書写態度ではないこともありますが、同筆と認めてよさそうです。掲出の伝道澄筆四半切は、「伝称通り道澄の真筆と認められる『三体和歌』の断簡」ということになります。これによって、道澄という人の書写活動の実態の一つが明らかになり、伝記的研究にも資することができます。

次頁の断簡（図38）は、伝二条為親筆島田切で『続千載集』を書写内容としています。

伝称筆者の為親（?～一三四一）には、幸いにして署名入りの短冊（図39）が伝わっており、これと島田切とを比べてみると同筆、すなわち、島田切は伝称通り為親の真筆であることが判ります。すると、島田切の書写年代は、『続千載集』が成立した元応二年（一三二〇）から、為親が没した暦応四年（一三四一）以前の、わずか二十年ほどの間であることが確定します。成立に近い頃に、実際に用いられていた本文が、現在にまで伝わっている、というわけです。

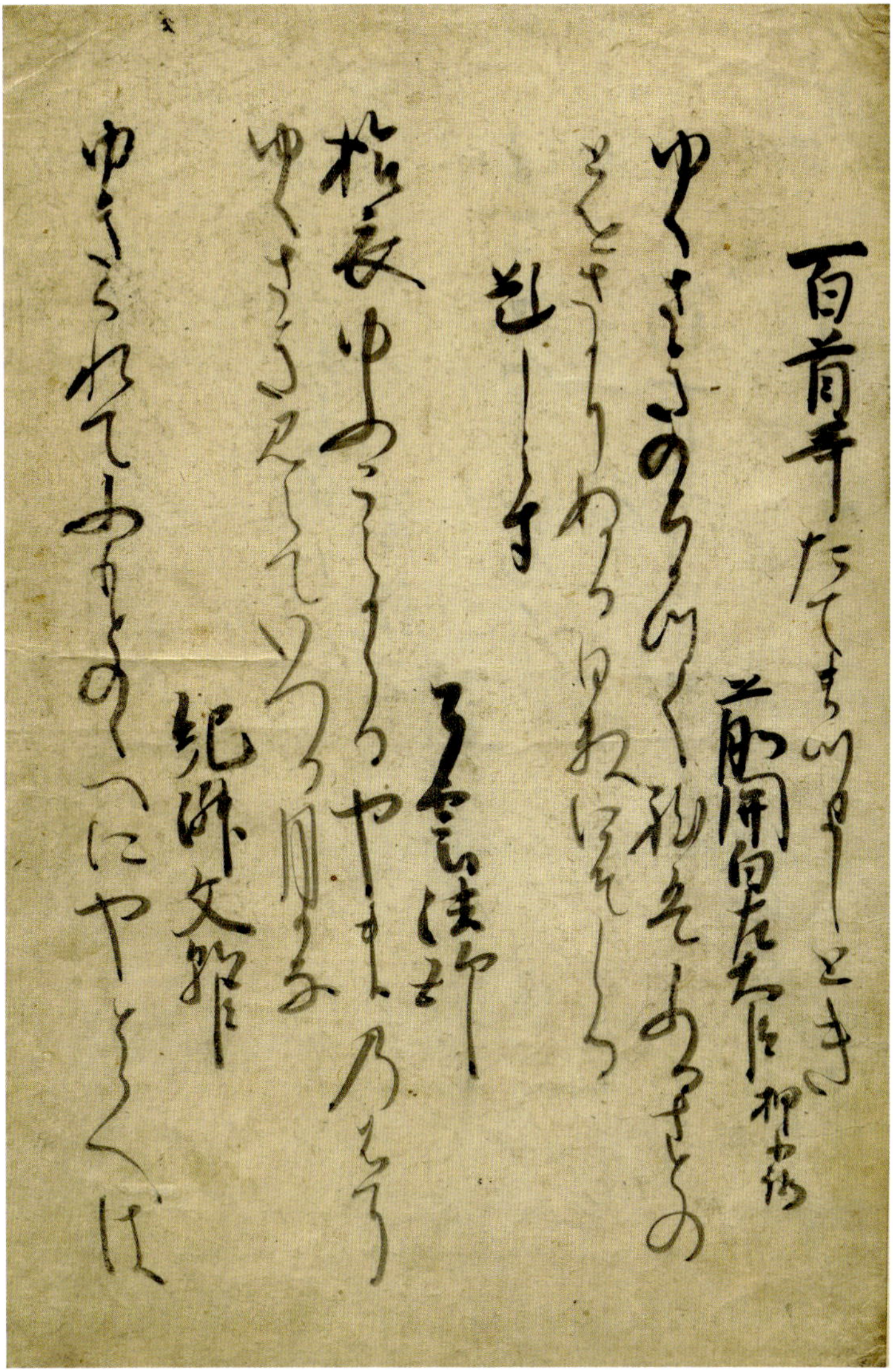

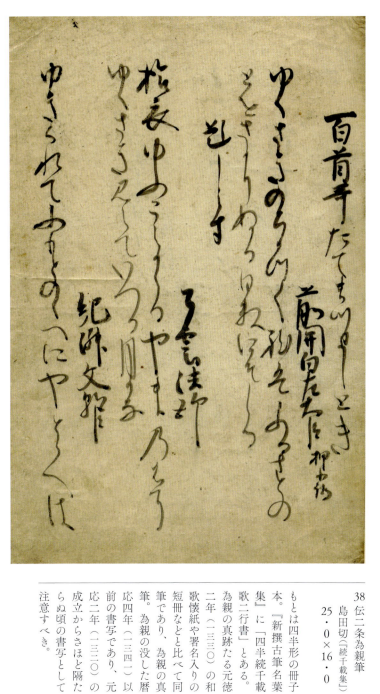

38 伝二条為親筆
島田切（『続千載集』）
25・0×16・0

もとは四半形の冊子本。『新撰古筆名葉集』に「四半続千載歌二行書」とある。為親の真跡たる元徳二年（一三三〇）の和歌懐紙や署名入りの短冊などと比べて同筆であり、為親の真筆。為親の没した暦応四年（一三四一）以前の書写であり、元応二年（一三二〇）の成立からさほど隔たらぬ頃の書写として注意すべき。

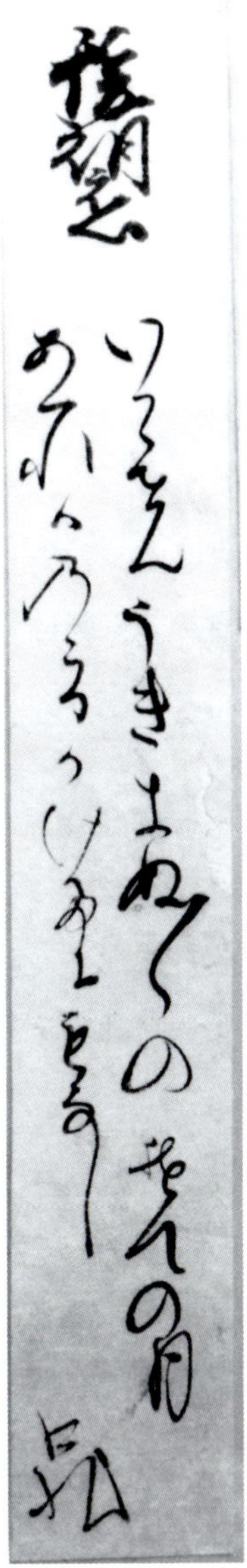

39 二条為親短冊
34・8×4・9
（田中登氏蔵）

『古今集』の最古写本は、かの有名な伝紀貫之筆高野切ですが、この最古写本でさえ十一世紀、『古今集』成立から百年ほど後の筆跡とされています。骨董的価値はともかくも、国文学の資料としては、何も古いものを無条件に賛美しようと言うわけではありません。古いもの＝その作品の成立に近いものと考える為です。成立後百年を隔てた本文と、成立後わずか二十年以内の本文とでは、どちらが転写の機会が少なく、劣化の度合いが小さいか、という可能性を考えれば、成立に近い頃の書写本を求めるのは当然のことといえましょう。

平安時代成立作品のありふれた室町期写本であれば、つい軽視してしまいそうですが、室町期成立作品の室町期写本であれば、それは成立と同時期の書写本であり、国文学的価値が極めて高いことが容易に推察できます。時代や作品に応じた価値を見出すことができる点、それが国文学研究の立場からの古筆切の資料性の一つであるといえるでしょう。

また、古筆切の伝称筆者は、その多くが「はずれ」「出鱈目（でたらめ）」とさえ言われます。確かに、古いものについては、その書流・時代・内容・印象などから、無理矢理にでも筆者を当てがいます。鑑定家が「さあ、判りません」では困りますからね。しかし、特に時代が下ってくると、古筆見（こひつみ）（＝古筆鑑定家）たちも何百年も前の遺品を極めるのとは違って、懐紙・短冊などの自筆資料も多く残っていますので、そうそういい加減なことを言うわけにはいかなくなってきます。時代が下るほど、伝称通りの筆者の筆跡ということも増えてくるようです。

ここで、大切なことを付け加えておきます。「真筆」とよく似たイメージの言葉に「自筆」がありますが、「真筆」と「自筆」は、厳然と区別すべきであると考えています。

「真筆」は、「その人物の筆跡に間違いない」という時に使います。

「自筆」は、「その作品の作者（撰者）の筆跡」という場合に用いるべきです。

例えば「藤原定家自筆『古今集』」はありませんが、「藤原定家自筆『新勅撰集』」はあります。『古今集』は延喜五年（九〇五）に紀友則（生没年未詳）・紀貫之（?〜八五九）・凡河内躬恒（生没年未詳）・壬生忠岑（生没年未詳）によって撰ばれた最初の勅撰和歌集。一方の『新勅撰集』は文暦二年（一二三五）に藤原定家（一一六二〜一二四一）が奏上した九番目の勅撰和歌集です。つまり、その作者（撰者）か、そうではないか、という違いです。作者（撰者）の筆跡である場合は、自らの作品に自分で筆を執ったわけですから「自筆」、自分の作品ではないものに、ある人が筆を執った場合は、その人の「真筆」というわけです。

次の一葉（図40）は、一条兼良（一四〇二〜一四八一）を筆者と極める断簡。兼良には署名入りの短冊や奥書のある伝本など多くの自筆資料が残されており、この一葉も兼良の筆跡に間違いありません。

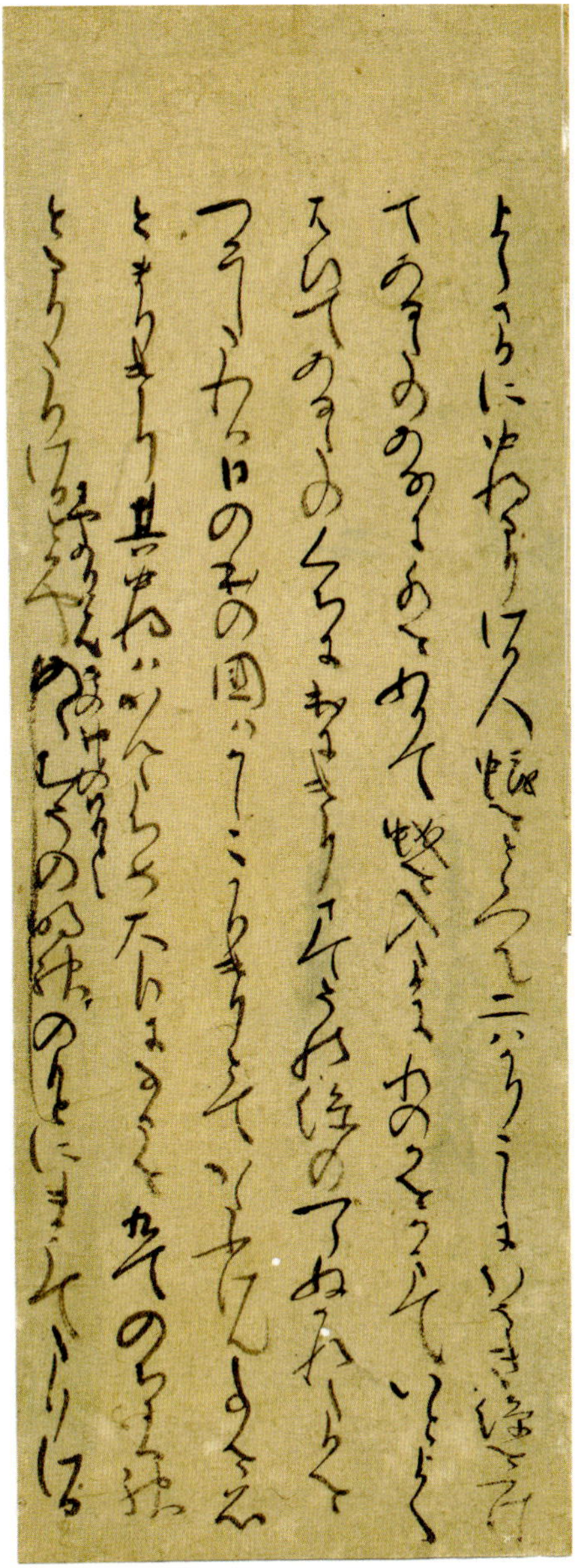

40 伝一条兼良筆
大四半切
（『歌林良材抄』）
27・0×9・7
『新撰古筆名葉集』の「同（大四半）歌ノ註」に該当。掲出切は『平成新修古筆資料集』三所収切の直前に位置する。著者自筆の断簡であり、絶大な価値を有する。

問題は、書写内容です。詳しく調べてみると、これは、『歌林良材抄（かりんりょうざいしょう）』という歌学書を書写内容としていることがわかります。実は『歌林良材抄』は、兼良によって著された歌学書です。すると、この一葉は作者である兼良自身が筆を執った「自筆」の断簡ということになります。
では、次はどうでしょう。同じく兼良の筆跡と認められる断簡（図41）です。

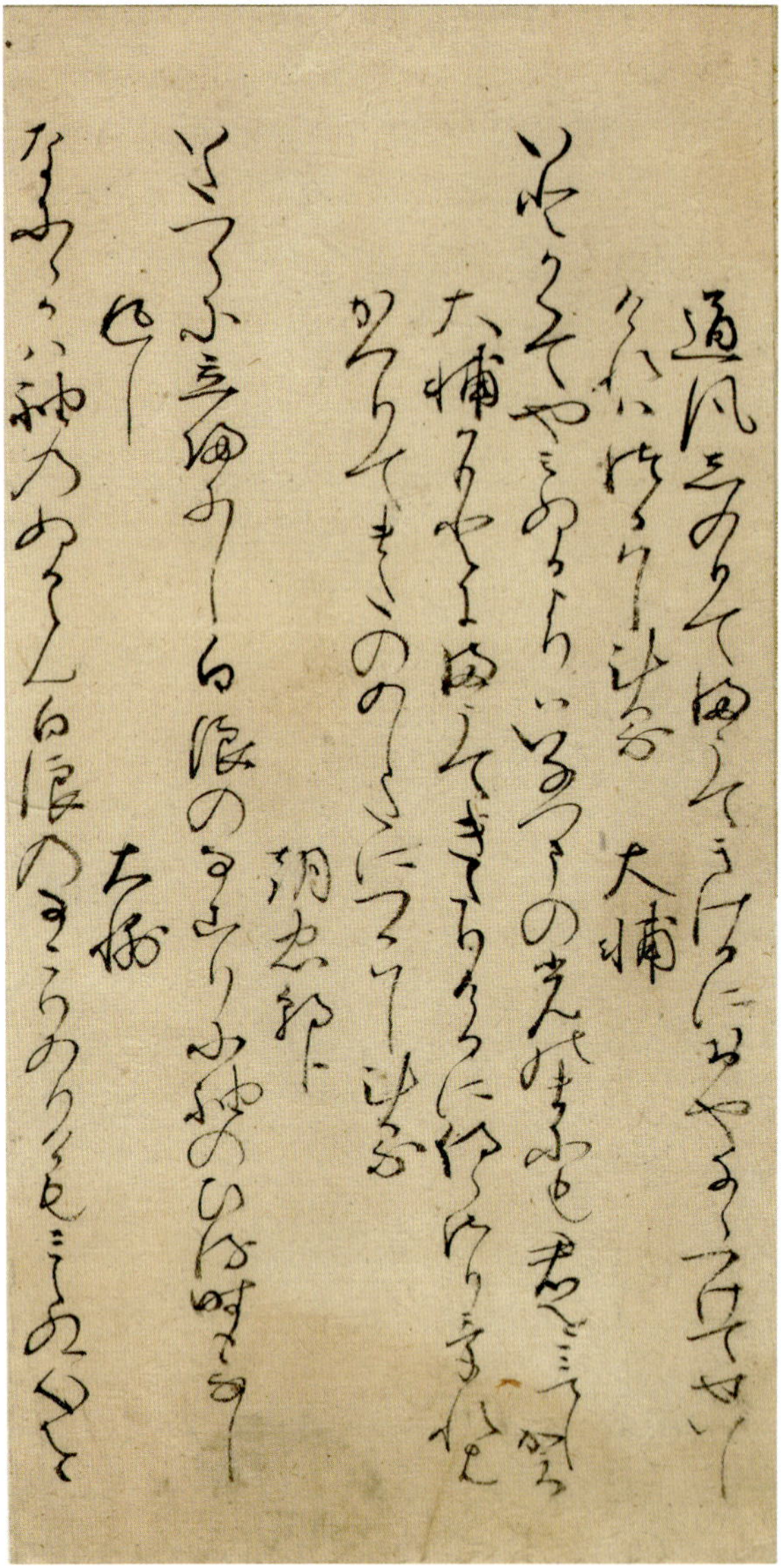

41 伝一条兼良筆
大四半切（『後撰集』）
25・0×22・3
『新撰古筆名葉集』に「大四半　同（袋本）後撰歌一行書」とある。もとは袋綴じの冊子本。ツレの断簡が岡山美術館蔵『世々の友』・『続々国文学古筆切入門』・『古筆切影印解説』Ⅱ・『平成新修古筆資料集』一にある。

和歌が書かれていますので、『新編国歌大観』で調べてみてください。そう、『後撰集』です。『後撰集』は大中臣能宣、清原元輔、源順、紀時文、坂上望城の、いわゆる「梨壺の五人」が撰者であって、兼良の作品ではありません。よって、これは、兼良「真筆」の『後撰集』の断簡ということになります。

他にも兼良には、自身の紀行文である『藤川日記』の「自筆」断簡（藤川日記切）があります。（図42）

文学作品としては、作者自筆本に勝るテキストはありません。

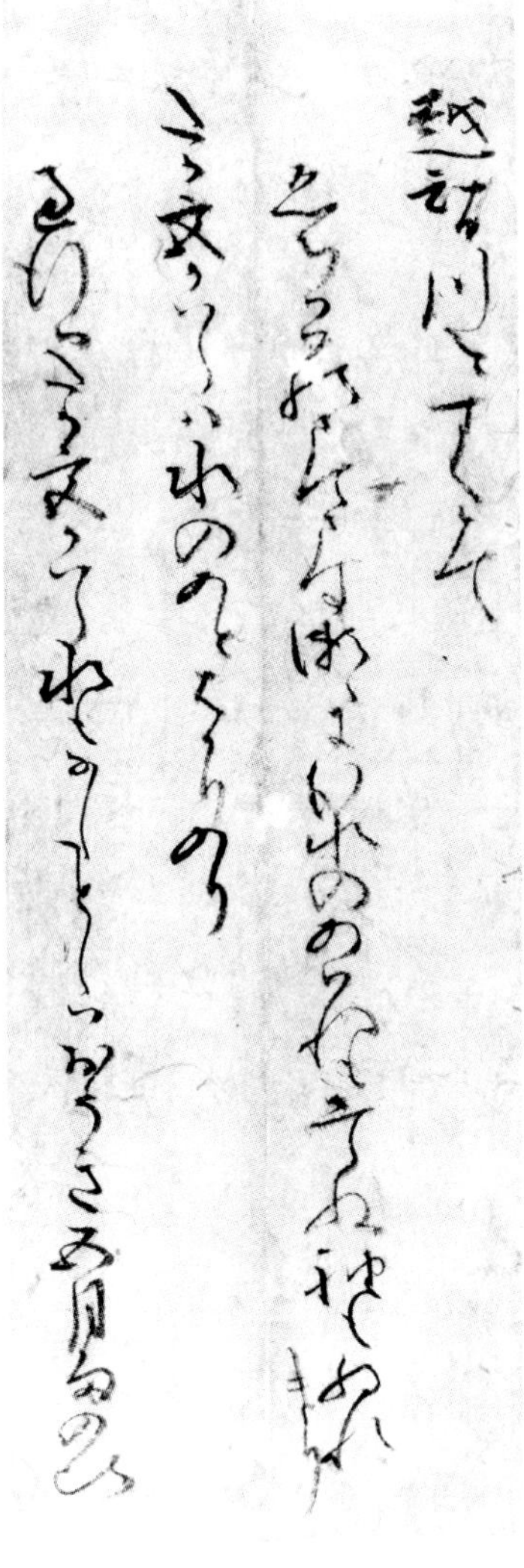

42 伝一条兼良筆 藤川日記切（『藤川日記』）23・8×7・8（『平成新修古筆料集』一参照 田中登氏蔵）

また、兼良が序文を執筆した『新続古今集』の断簡の中には、兼良の「真筆」切があります。（次頁・図43）

こちらのほうは、兼良は『新続古今集』の撰者ではありませんし、歌集部分の断簡ですので、兼良の「真筆」です。が、『新続古今集』には兼良の歌も九首入集していますので、そこを書写した部分であれば、また、序文を書写した箇所が出現すれば、「自筆」ということになります。

ただ、冊子本の断簡であることは注意する必要があるでしょう。和歌一行書き、詞書の下に余白があれば改

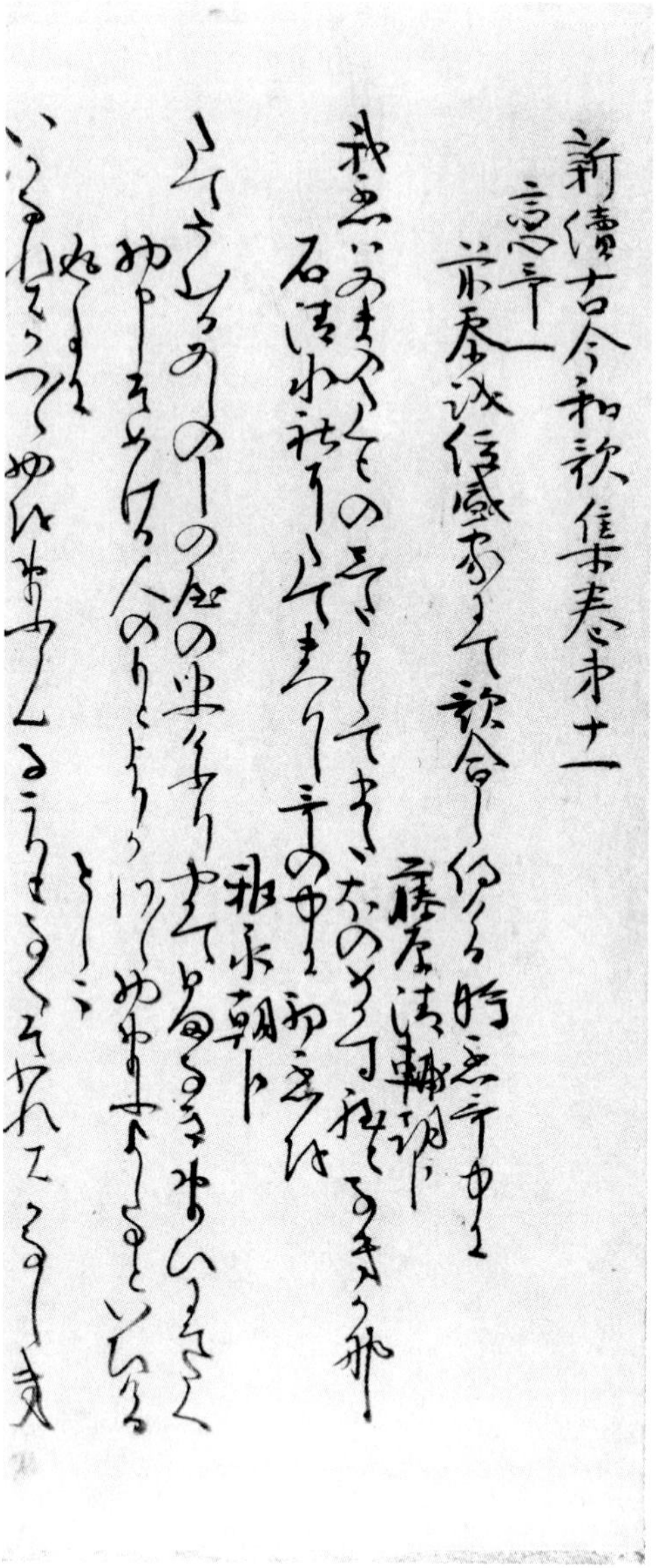

43 伝一条兼良筆
大四半切
（『新続古今集』）
26・7×11・1
（『平成新修古筆料集』二
参照　田中登氏蔵）

行せずに作者名を書き、行間も窮屈に詰まっています。極めて実用的で、勅撰集としての最も重要な「天皇に奏覧（そうらん）する」という特質は持ち合わせていないということになります。撰集に関わった人物による書写本とはいえ、次に掲出する二種類の『新続古今集』切の性質とは、根本的に異なります。

まず、伝尭孝（ぎょうこう）筆仏光寺切（ぶっこうじぎれ）という、『新続古今集』を書写内容とする名物切があります。（次頁・図44）

尭孝（一三九一〜一四五五）は『新続古今集』編纂の和歌所開闔（わかどころかいこう）を務めた人物、いうなれば、勅撰和歌集編纂事務局長という感じの役職です。この仏光寺切と尭孝の署名入りの短冊（次頁・図45）とを比べると、同筆、すなわち、仏光寺切は尭孝の真筆と認められます。撰者ではないものの、直接撰集に関わった人物の真筆です。

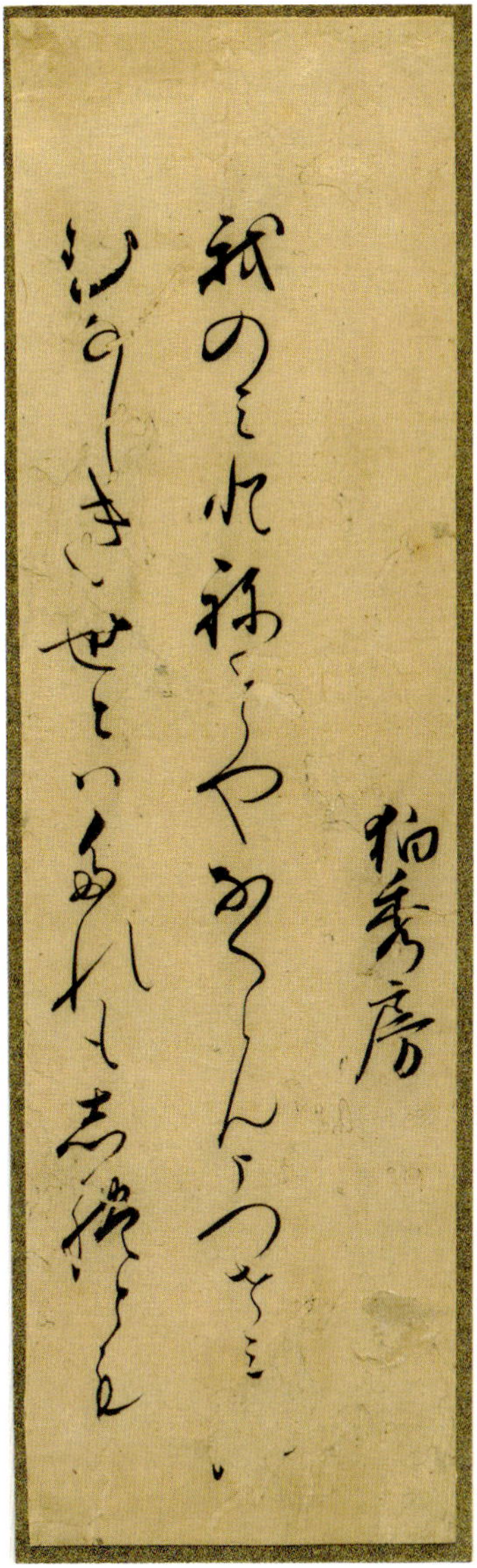

44 伝尭孝筆
仏光寺切
（『新続古今集』）
25・7×7・1
『新撰古筆名葉集』に「仏光寺切　巻物新続古今歌二行書」とある。

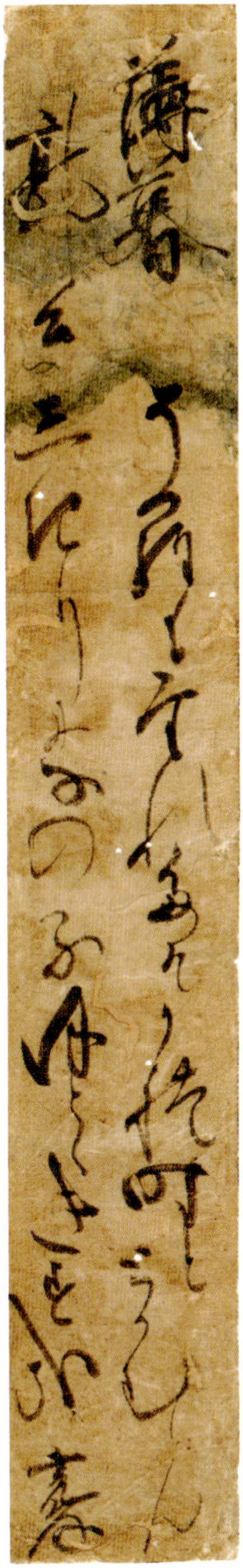

45 尭孝短冊
33・7×5・0

さらに、行間をたっぷりとって、ゆったりと書写された、もとは巻子本であることにも重要な意義があります。勅撰集は、天皇に奏覧されることで完成します。おそらく仏光寺切は、『新続古今集』の奏覧本（そうらんぼん）、あるいは奏覧本に極めて近い副本（手許に残す為に全く同じに写した本。いわば、コピー）から直接書写されたものであり、形態的にも奏覧本に準ずる重要な本の断簡といってもよいでしょう。

また、『新続古今集』の撰者である飛鳥井雅世（あすかいまさよ）（一三九〇～一四五二）を筆者と極める『新続古今集』の巻物切があります（69頁・図46）。仏光寺切とよく似ており、雅世を筆者と極めた仏光寺切があったり、この伝雅世筆切を尭孝筆としていたりと混乱もあります。子細に比べると、仏光寺切とは筆跡も異なります。仏光寺切には多く虫食いがみられるようですので、絶対ではありませんが、見分けの一つの目安となるかも知れません。これも、雅世の署名入りの短冊（次頁・図47）などと比べると、その真筆と認められる断簡、つまりは撰者自筆本の断簡なのです。「返し」という短い詞書で、下部に十分の余白があるにもかかわらず改行して作者名を記すなど、やはりゆったりした書式で、奏覧本もかくや、と思わせる堂々たる巻子本です。

奏覧本には雲紙が用いられたようですので、この伝雅世筆切は奏覧本そのものではありませんが、本文としても書物の形態としても、奏覧本に準ずる最重要資料であることは間違いありません。

こうしてみると、『新続古今集』には、撰者（雅世）・和歌所開闔（尭孝）・序文執筆者（兼良）と、その編纂に携わった人物の自筆・真筆という最重要資料三種までもが、古筆切として残っているわけで、中世以前の作品としては、全く希有なことであるといえます。

今後、『新続古今集』は、現存する伝本の中から、これら自筆切・真筆切に近い本文を選び出すことで、それを最善本として利用するという、確かな本文の選択基準ができたわけです。

一般に美術品としての古筆切は、平安時代の仮名を最も「エライもの」とするようですので、室町期の断簡などはあまり注意されることがありませんが、国文学の資料としては重要なものが少なくありません。むしろ、時代が下れば下るほど、作者自筆、関係者による伝播、成立に極めて近い頃の書写などの重要資料が、まだまだたくさん残っているのです。

46 伝飛鳥井雅世筆
巻物切（『新続古今集』）
26・3×33・8
（『古筆切影印解説』Ⅳ参照）

47 飛鳥井雅清（＝雅世）
短冊
34・5×4・7
雅清は、雅世の初名。
（田中登氏蔵）

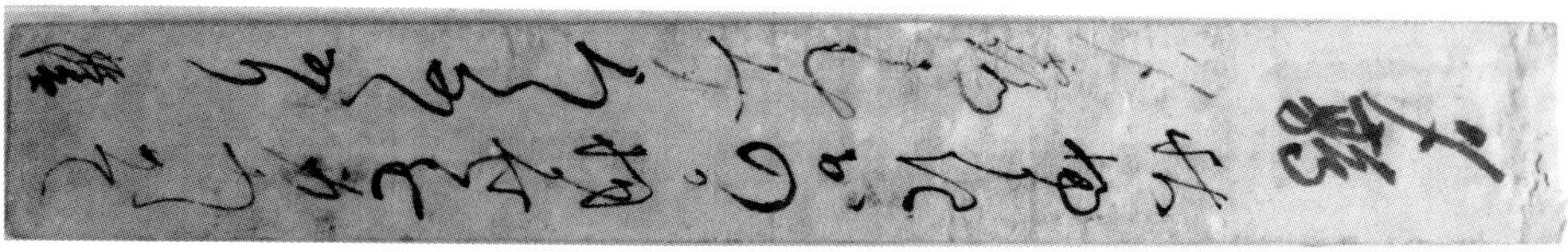

47

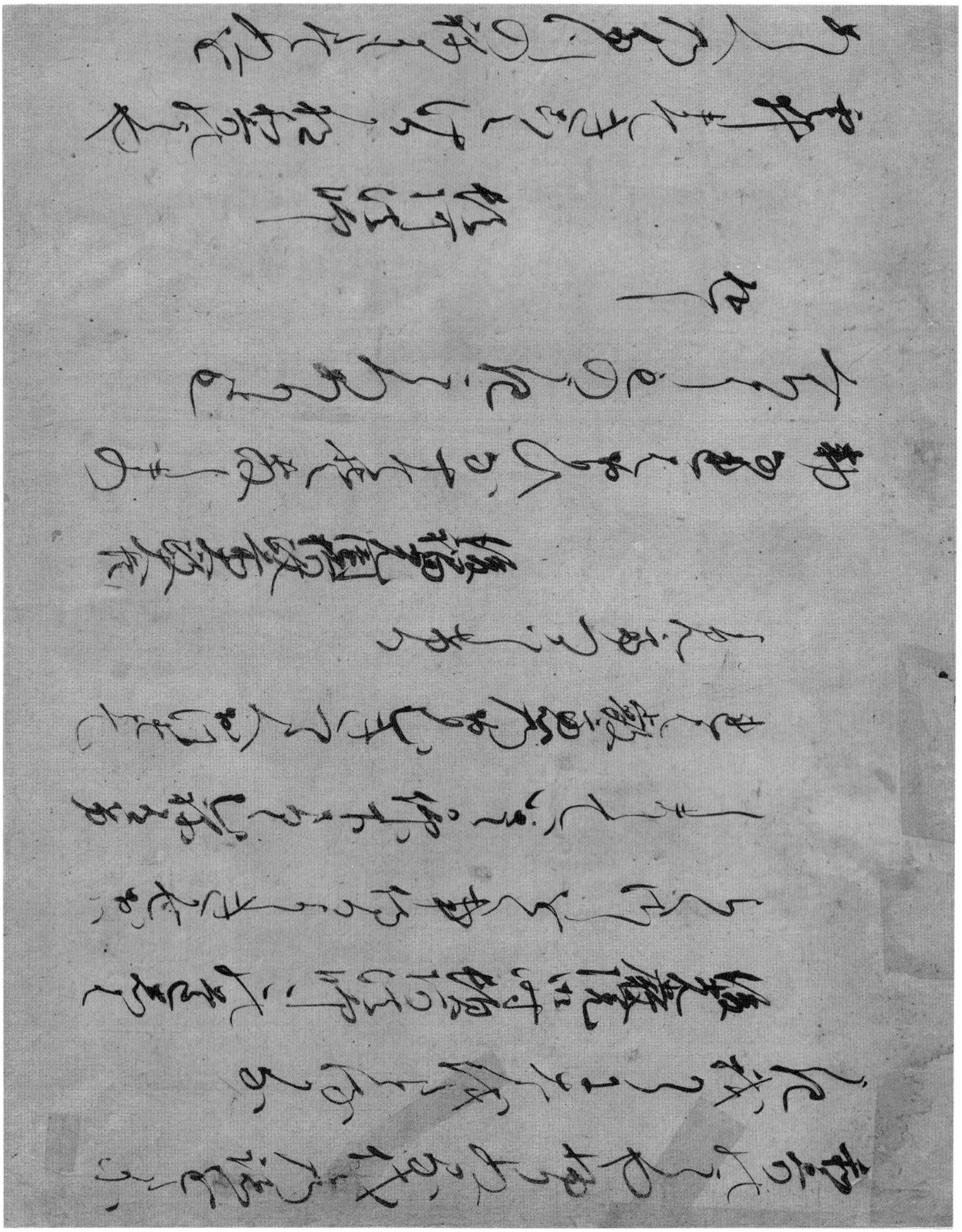

46

⑧ 書写年代

書写年代は、単に骨董的な「古さ」を知るだけではなく、例えば、伝称筆者の整合性、作品の成立からの隔たりの大小、その時代の享受の実態などを考える手掛かりとなる重要な問題を孕みます。ただ、一巻・一冊の書籍にせよ、一葉の古筆切にせよ、一目見て「これは××頃の書写」と断言することは容易ではありません。奥書などによって書写年代の明らかな伝本と比較することや、伝称筆者の生存年代をヒントにすること、先達の解説などを参考にすることで目を養うほかありません。

その一方で、炭素14の測定という科学的な年代測定方法があります。紙の原料である木が伐られてその生命活動を終えた時から、その木に含まれていた炭素14という物質が一定の割合で減っていきます。紙の炭素14がどれ程残っているか（減っているか）を測定することで、木の生命活動が終わった年代、すなわち、その木が伐られて紙にされた年代を測るという方法のようです。

この測定方法による書写年代の確定や、推定年代の修正は少なくありません。例えば、鎌倉時代初期書写とされていた、後鳥羽院（一一八〇～一二三九）を筆者と極める『新古今集』の水無瀬切（みなせぎれ）（次頁・図48）は、鎌倉末期から南北朝期頃との測定結果がでました。まあ、美術的・文化的には、後鳥羽院ご自身が下命した『新古今集』を手づから書写した堂々たる筆跡の名物品として大事にされていたことには変わりはありませんけどね。

しかし、国文学の立場から見ると、後鳥羽院の真筆ではないにせよ、『新古今集』の成立に極めて近い鎌倉初期に書写された本文なのか、成立から百三十年を経た南北朝頃の本文なのかによって、その扱いを同じくするわけにはいきません。書写年代が重要な問題となる所以でもあります。

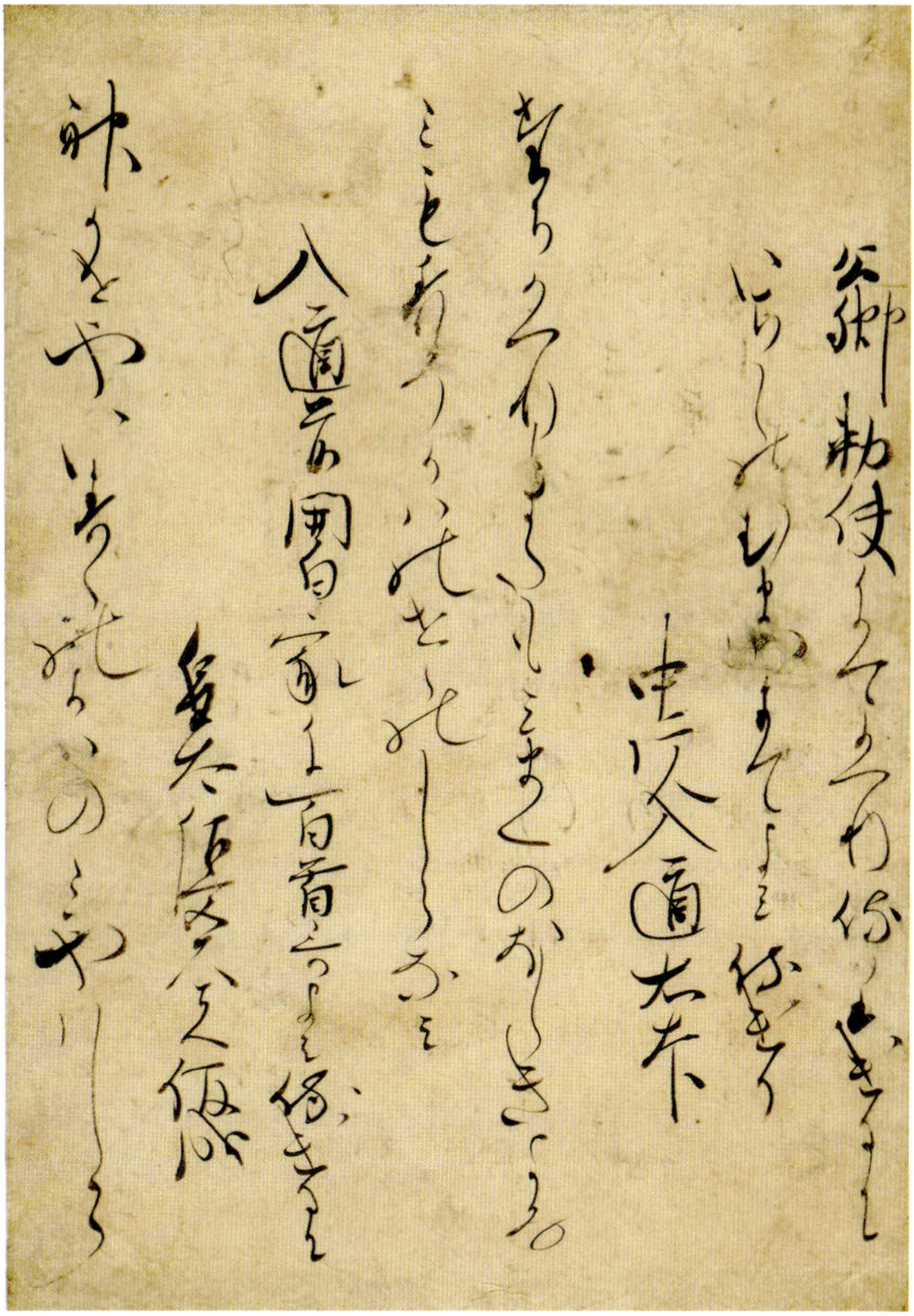

48 伝後鳥羽院筆
水無瀬切（『新古今集』）
22・0×15・1
（『古筆切影印解説』Ⅲ参照）

ただ、この炭素14の測定にはかなりの費用と時間がかかること、試料として紙の一部を切り取らなくてはならないことから、全ての古筆切について適用することは困難と言わざるを得ません。

結局、書風・墨色・料紙・書式・雰囲気などを加味しての「経験」と「勘」に拠るところが中心となってしまいます。例えば初対面の人をみて「何歳くらいか」を推測することはありませんか。よほどではない限り、それほど大きくはずれることはないのではないでしょうか。服装を替えても、変装していても、お化粧をしても、後ろ姿からも、仕草や声からも、何となく判るものです。たくさんの人を見てきた結果でしょう。何より、「書写年代はいつ頃だろうか」を意識しながら、たくさん見ることが、最も現実的な書写年代推定方法ということになりそうです。

⑨ 本文上の特色

国文学研究の立場から何より重要視される資料性は、その本文にあります。

そこで、まずは広く利用されている本、いわゆる流布本と比較して異同の有無を確認します。異本と比べてしまうと、流布本の一般的な本文を「異文」と勘違いしかねませんからね。流布本と比べて異同がなければ、特殊な本文ではないことになります。それでも、古筆切は流布本に比べて格段に古い書写年代のものが多くありますから、流布本本文の成立を遡らせることができるかもしれません。

流布本と比較して、その本文が異なる場合、すなわち異文がある場合は、異本の断簡として注意されます。それは、取りも直さず、我々がよく利用している本文とは違った本文で、その作品を読んでいた人がいた、ということであり、その作品の享受本文を考える上で大変重要な要素です。しかも、流布本は、広く用いられたというのに過ぎませんので、異本のほうが原本に近い可能性や、古態を伝えている可能性なども考慮されます。

本文の相違は、成立や享受に関わる重要な異同かも知れませんし、単純な誤写かも知れません。

いずれにせよ、ただ「異同がある」ことより、「どのような性質の異文か」が重要となります。

さて、次の断簡（図49）は二条為忠を伝称筆者とする南北朝期頃の書写断簡です。

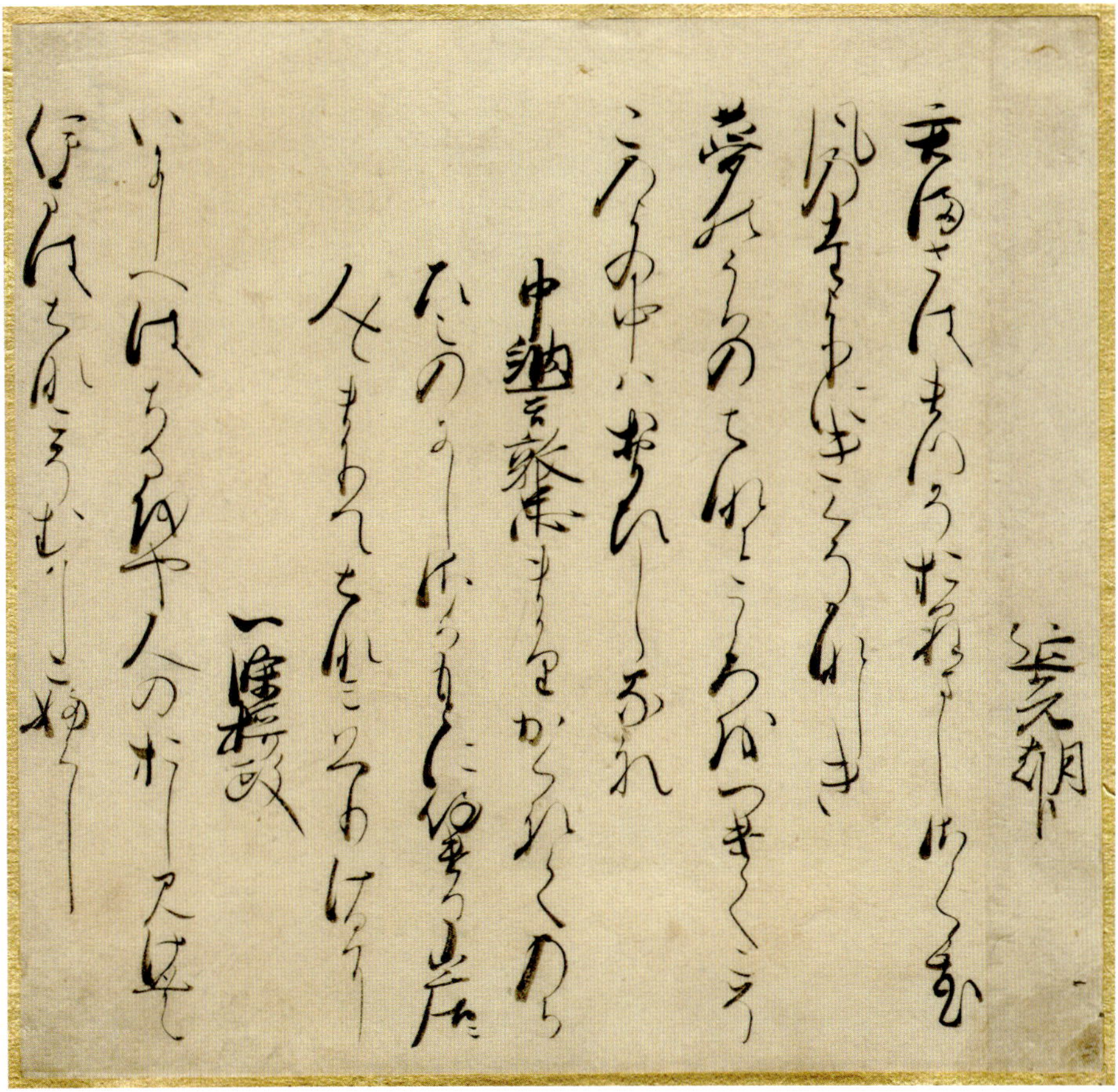

49 伝二条為忠筆
六半切（『拾遺集』）
15・8×16・1

横幅が16・1センチあるが、1・7センチと14・4センチの料紙が継がれている。もとは六半形の冊子本。書写年代は南北朝期頃。ツレは北野克氏『算合本拾遺集の研究』（昭和五十年　勉誠社）に巻十四の零本（巻子本に改装）が「異本拾遺集」として紹介されている他、『古筆学大成』・『古筆切影印解説』II・『平成新修古筆資料集』五にみられる。

まず、本文に従って「君まさば……」の歌を『新編国歌大観』で検索してみましょう。すると、

3	**拾遺集**	**1278**	**君まさばまづぞをらまし桜花風のたよりにきくぞかなしき**
3'	**拾遺抄**	**552**	**きみまさばまづぞをらましさくらばなかぜのたよりにきくぞかなしき**

の二件がヒットします。

そこで、『拾遺抄』・断簡・『拾遺集』を並べてみると、次のようになりました。

『拾遺抄』	断簡	『拾遺集』
このことをききはべりて 源延光朝臣 552 きみまさばまづぞをらましさくらばなかぜのたよりにきくぞかなしき	延光朝臣 君まさはまつそおらましさくら花風のたよりにきくそかなしき	この事をきき侍りてのちに 大納言延光 1278 君まさばまづぞをらまし桜花風のたよりにきくぞかなしき
	夢のうちのはなにこゝろをつけてこそこのよの中はおもひしらるれ	
中宮かくれたまひてのとしのあき、御前の前栽につゆのおきたるをかぜのふきなびかしたるを御覧じて 天暦御製 553 あきかぜになびくくさばのつゆよりもきえにし人をなににたとへん	中納言敦忠まかりかくれてのちひえのにしさかもとに侍ける山庄に人〳〵まかりてはなみはへりけるに 一条摂政 いにしへはちるをや人のおしみけむいまははなこそむかしこふらし	中納言敦忠まかりかくれてのち、ひえのにしさかもとに侍りける山ざとに、人人まかりて花見侍りけるに 一条摂政 1279 いにしへはちるをや人の惜みけん花こそ今は昔こふらし

歌の並びからすると、『拾遺抄』ではありません。では『拾遺集』かというと、断簡二首目の「夢のうちの

……」の歌が、『拾遺集』にも見あたりません。困りました。

しかし、基本的に古筆切は、ただ一葉から物が言えるものではありません。そこで、ツレの断簡を探してみます。複製手鑑などを手当たり次第に探してもいいのですが、まずは、「古筆切所収情報データベース」で検索してみましょう。国文学研究資料館のホームページから入ることができます。今回は「為忠・（スペース）・拾遺」で検索しました。二十二件がヒットしましたが、同じ為忠を伝称筆者とする『拾遺集』とはいっても、一種類しかないとは限りません。それらを一々、図版で丁寧に確認していきます。すると、次の四葉が見つかりました。上段にツレの断簡の本文、下段に『新編国歌大観』所収本文を並べてみます。

『古筆切影印解説』II所収切	『新編国歌大観』所収本文
題不知　読人不知 はふりこかいはふやしろのもみち葉も しめをはこゑてちる**てふ**物を 九月晦日男女野にあそひて 紅葉をみる　源順 いかなれはもみちにもまたあかなくに 秋はてぬとは今日をいふらん	題しらず　よみ人しらず 1135 はふりこがいはふ社のもみぢばもしめをばこえてちるといふものを 九月つごもりの日、をとこ女野にあそびてもみぢを見る　源したがふ 1136 いかなればもみぢにもまだあかなくに秋はてぬとはけふをいふらん
『古筆学大成』所収切	**『新編国歌大観』所収本文**
服ぬき侍とて　**紀貫之** ふちころもはらへてすつるなみた河 きしにもまさる水そなかるゝ	服ぬぎ侍るとて 1291 ふぢ衣はらへてすつる涙河きしにもまさる水ぞながるる 1292 藤衣はつるるいとはきみこふる涙の玉のをとやなるらん 恒徳公の服ぬぎ侍るとて　藤原道信朝臣

読人不知
ふちころもはつるゝいとは君こふる
なみたのたまのおとや成らん
恒徳公の服ぬき侍とて
藤原道信朝臣
かきりあれはけふぬき**すつる**ふちころ
はてなきものはなみたなりけり

1293 限あればけふぬぎすてつ藤衣はてなき物は涙なりけり

『古筆切影印解説』II所収切

さるゝ人は重服を**して**な**ん**まか
るときゝて母かもとよりきぬ**を**む
すひつけて侍ける
人なしゝむねのちふさをほむらにて
やくすみそめのころもきよ君
おもふめにおくれて**なけきける**
ころ**よめる**　大江為基
ふちころもあひみるへしとおもひせは
まつにかゝりて**なけかさら**まし

『新編国歌大観』所収本文

としのぶがながされける時、ながさるる人は重服をきてまかる
ときききて、ははがもとよりきぬにむすびつけて侍りける
1294 人なししむねのちぶさをほむらにてやくすみぞめの衣きよきみ
思ふめにおくれてなげくころ、よみ侍りける
大江為基
1295 藤衣あひ見るべしと思ひせばまつにかかりてなぐさめてまし

『平成新修古筆資料集』五所収切

くらきよりくらきみちにそ入ぬへき
はるかにてらせ山のはの月
極楽を願てよみ侍ける
仙慶法師
こくらくは**とをきところと**きゝしかと
つとめていたるところなりけり

『新編国歌大観』所収本文

1342 暗きより暗き道にぞ入りぬべき遥に照せ山のはの月
極楽をねがひてよみ侍りける　仙慶法師
1343 極楽ははるけきほどとききしかどつとめていたるところなりけり
市門にかきつけて侍りける　空也上人
1344 ひとたびも南無阿弥陀仏といふ人の蓮の上にのぼらぬはなし

市の門にかきつけて侍ける
空也上人
一たひもなもあみたふつといふ人の
はちすのうゑにのほらぬはなし

こうしてみると、本文に多少の異同があるものの、この歌の並びは、『拾遺集』のそれと一致することが判ります。すると、最初に提示した断簡も、やはり『拾遺集』であると考えるべきであり、二首目の「夢のうちの……」が、どうやら「異本歌」であるらしい、ということになります。

では、『拾遺集』の伝本としてはどうでしょうか。そこで、この異本歌らしき歌を、やはり『新編国歌大観』で検索すると、ただ一件、

3 拾遺集 1360 夢のうちの花に心をつけてこそこのよのなかはおもひしらるれ

が、ヒットしました。そこでその本文を見ると、「異本歌」として、次のようにあります。

返し
1359 このこにて心をさなくとはずともおやのおやにてうらむべしやは（北野天満宮本巻九、五四五の次）
題不知
読人不知
1360 夢のうちの花に心をつけてこそこのよのなかはおもひしらるれ（同巻二十、一二七八の次）

やはり『拾遺集』の異本歌のようです。そこで、今度は、北野天満宮本を見ることになりますが、既に先学のご研究があり、本文が提示されています。片桐洋一氏の『拾遺和歌集の研究』（大学堂書店　昭和四十五年）では、『拾遺集』の本文を「藤原定家書写本系統」「異本第一系統」「異本第二系統」に分類し、その全文が翻刻されていますので、該当部分を並べてみましょう。

藤原定家書写本系統所収切	異本第一系統本文	断簡	異本第二系統
この事をきゝ侍りてのち に　大納言延光 君まさはまつそおらまし桜花 風のたよりにきくそかなしき 中納言敦忠まかりかくれ てのちひえのにしさかも とに侍りける山さとに人 〲まかりて花見侍ける に　一条摂政 いにしへはちるをや人の惜み 剣花こそ今は昔こふらし	このことをきゝ侍てのちに **延光朝臣** ゆめのうちの花に心をつけて こそこの世の中はおもひしら るれ 中納言敦忠まかりかくれ てのちひえの西坂本に侍 りける**山庄**に人ゝまかり て花み侍りけるに 一条摂政 いにしへは散をや人のをしみ けん花こそいまはむかしこふ らむ	**延光朝臣** 君まさはまつそおらましさく ら花風のたよりにきくそかな しき 夢のうちのはなにこゝろをつ けてこそこのよの中はおもひ しらるれ 中納言敦忠まかりかくれ てのちひえのにしさかも とに侍ける**山庄**に人くま かりてはなみはへりける に　一条摂政 いにしへはちるをや人のおし みけむ**いまははなこそ**むかし こふらし	このことをきゝはへりて のちに　大納言延光 君まさはまつそおらましさく ら花かせのたよりにきくそか なしき 題不知　読人不知 夢のうちの花に心をつけてこ そこのよのなかはおもひしら るれ 中納言敦忠まかりかくれ てのちひゑのにしさかも との山さとに人くまかり てはな見はへりけるに 一条摂政 いにしへはちるをや人のおし みけん花こそいまはむかしこ ふらし

『拾遺集』の伝本の中に、断簡と同様「君まさば……」「夢のうちの……」「いにしへは……」の三首全てを同じ歌順で備えている伝本がある、ということが明確になりました。改めて、断簡は『拾遺集』の異本を書写内容としたものであるらしいことが確認できたわけです。

ここでは、これ以上踏み込みませんが、少し問題提起をしておきます。

三首の歌の並びからは、断簡は異本第二系統に近いように見えますが、それ以外に本文を比べると、異本第一系統の本文と近いことも判るはずです。一体どの系統が最も古態を伝えているのでしょうか。また、断簡を含め、各系統間には、どのような関係性を想定することができるでしょうか。

さらに、各系統間の相違は、成立段階・享受段階のいずれに起こったのでしょうか。その上で、異本第二系統と同一の歌の並びでありながら、異本第一系統に近い本文をもつ断簡は、どのような性質の本文として位置付けるべきでしょうか。

少なくとも、南北朝期にはこのような本文を持つ『拾遺集』が存在していた、ということは事実です。

従来の伝本研究や本文研究は、本文が全て残っている完本によって行われるのが普通です。時代の古いものは残りにくいので、どうしても時代の下る書写本によって検討がなされることが多くなります。古筆切は、現存伝本に比べて書写年代の古いもの、すなわち、成立の時代により近いものなどが少なくありませんし、古い時代の、今では読まれなくなってしまった本文や、従来の検討結果には収まり切れない本文の存在が明白になることさえあります。このような本文の存在が明らかなうえは、たとえ断片であるとはいえ、古筆切の本文をも加味した上で、本文や伝本系統を再検討してみる必要があるのではないでしょうか。

また、古筆切の中には、現存する伝本の一部を補い得る断簡もあります。ツレと称すべきものが、一部を失ったり、一部のみが残存する「零本（れいほん）」や「残欠本（ざんけつぼん）」として確認できる場合です。

次の断簡（図50）は、二条為貫（ためつら）を伝称筆者とする『歌枕名寄（うたまくらなよせ）』の四半切です。東京の静嘉堂文庫には、三条

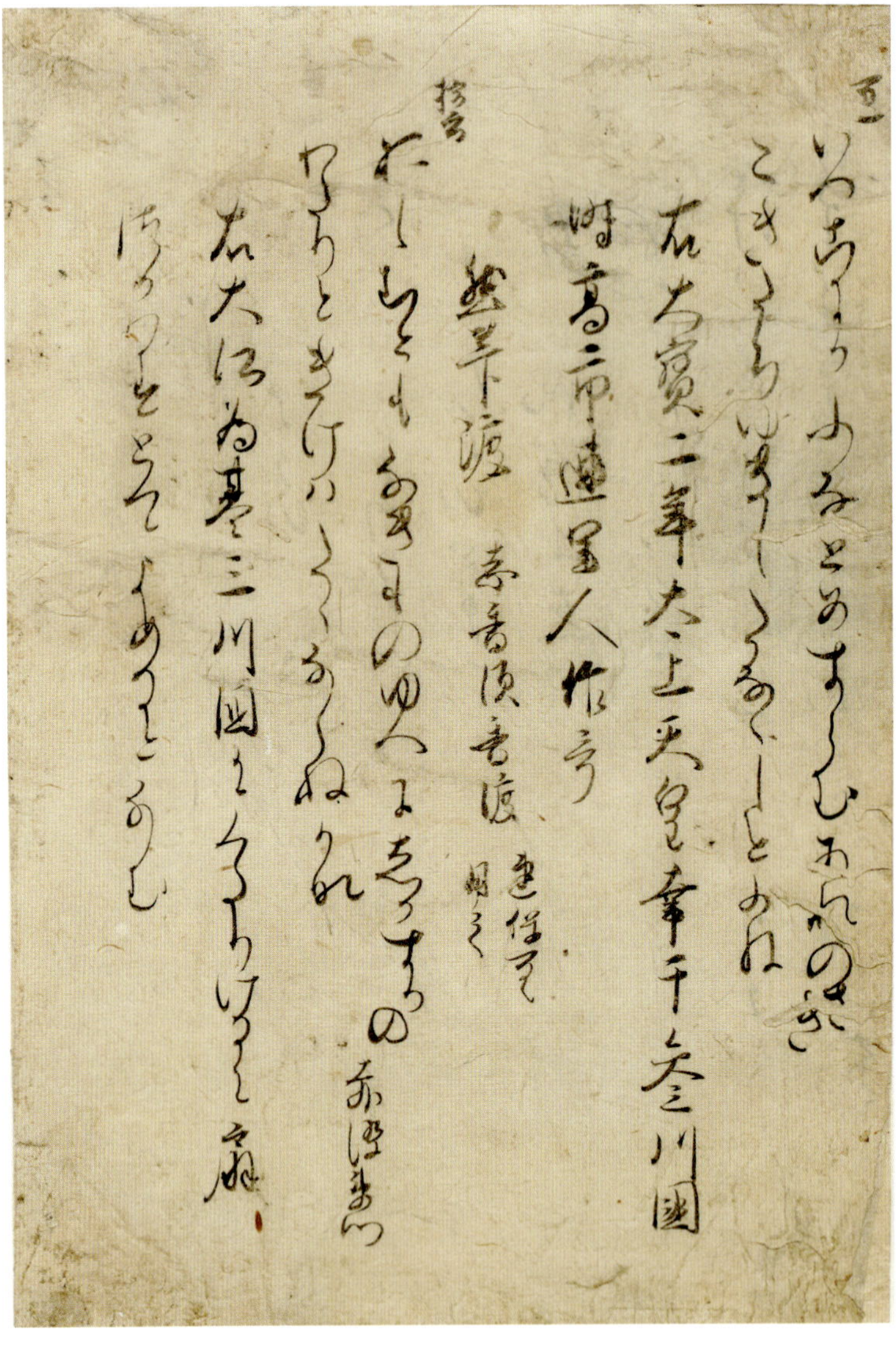

50 伝二条為貫筆
四半切（『歌枕名寄』）
23・7×15・6

もとは四半形の冊子本。ツレは静嘉堂文庫蔵伝三条実任筆本（三十八冊のうち十六冊の残欠本）の他、徳川美術館蔵『玉海（ぎょっかい）』と『藻叢（こうそう）』、五島美術館蔵手鑑『毫戦（ごうせん）』・『古筆への誘い』にみられる。伝三条実任筆淡路切（あわじぎれ）（『古今集』）と同筆。二条為貫は生没年未詳。為定（一二九三～一三六〇）の息。

実任(さねとう)を筆者と極める十六冊の残欠本があります。元来は三十八冊だったようですので、全体の半分以下しか残っていませんが、『歌枕名寄』の伝本としては現存最古写本で、他本に比べて異同が多いことが報告されています。この静嘉堂本と伝為貫筆切とを比べてみると、筆跡や書式からツレと認めて良さそうです。異同の多い現存最古写本という重要伝本の欠落を、わずかながらも補い得る断簡と言えるわけです。

いずれにせよ、古筆切は、現存伝本との関連から考慮されなければなりません。異文の存在にせよ、現段階での位置付けにせよ、現存本と比較してこそ、古筆切の性格付けが可能になります。

現存本による伝本・本文研究があってこその古筆切研究なのです。

また、先の伝二条為忠筆『拾遺集』切のように、たった一葉からは、その作品の同定すら困難な事がありま す。たいていの場合は、たまさかに目に(手に)入った一葉で物が言えるわけではありませんので、その点は心得ておく必要があるでしょう。

「一葉の古筆切だけからは、特質は見えてこない」。これは本書における「奥義」の一つです。

⑩ その他の特色

他にも、何か特徴があれば付加します。道也切(14頁・図1)の場合、歌の上部に「定」と書かれています。これは撰者名注記といわれるものです。『新古今集』は、源通具(一一七一~一二二七)・藤原有家(一一五五~一二一六)・藤原定家(一一六二~一二四一)・藤原家隆(一一五八~一二三七)・藤原雅経(一一七〇~一二二一)・寂蓮(一一三九頃~一二〇二)の六人が撰者に任命されました。「定」は、中途で没した寂蓮を除いた五人のうち、「藤原定家が撰んだ」という印です。全ての『新古今集』の断簡・伝本にあるわけではありませんが、これが付いていれば、まず間違いなく『新古今集』。

この撰者名注記にもいろいろなパターンがあり、「衛（あるいは「亻」）（衛門督＝通具）」「ナ（有家）」「宀（定家）」「阝（家隆）」「牙（雅経）」のような漢字の偏などを記号的に用いたもの（図51）や、「衛（門督）」「有（家）」「定（家）」「（家）隆」「雅（経）」のように、漢字一字で記すものもあります（図52）。

51 伝兼好法師筆
四半切（『新古今集』）
23・7×5・3

もと薄雲母引き料紙の四半形の冊子本。鎌倉末期写。『古筆切影印解説』Ⅲ（第九五図）のツレと思しい。兼好は一二八三頃生、一三五二頃没。

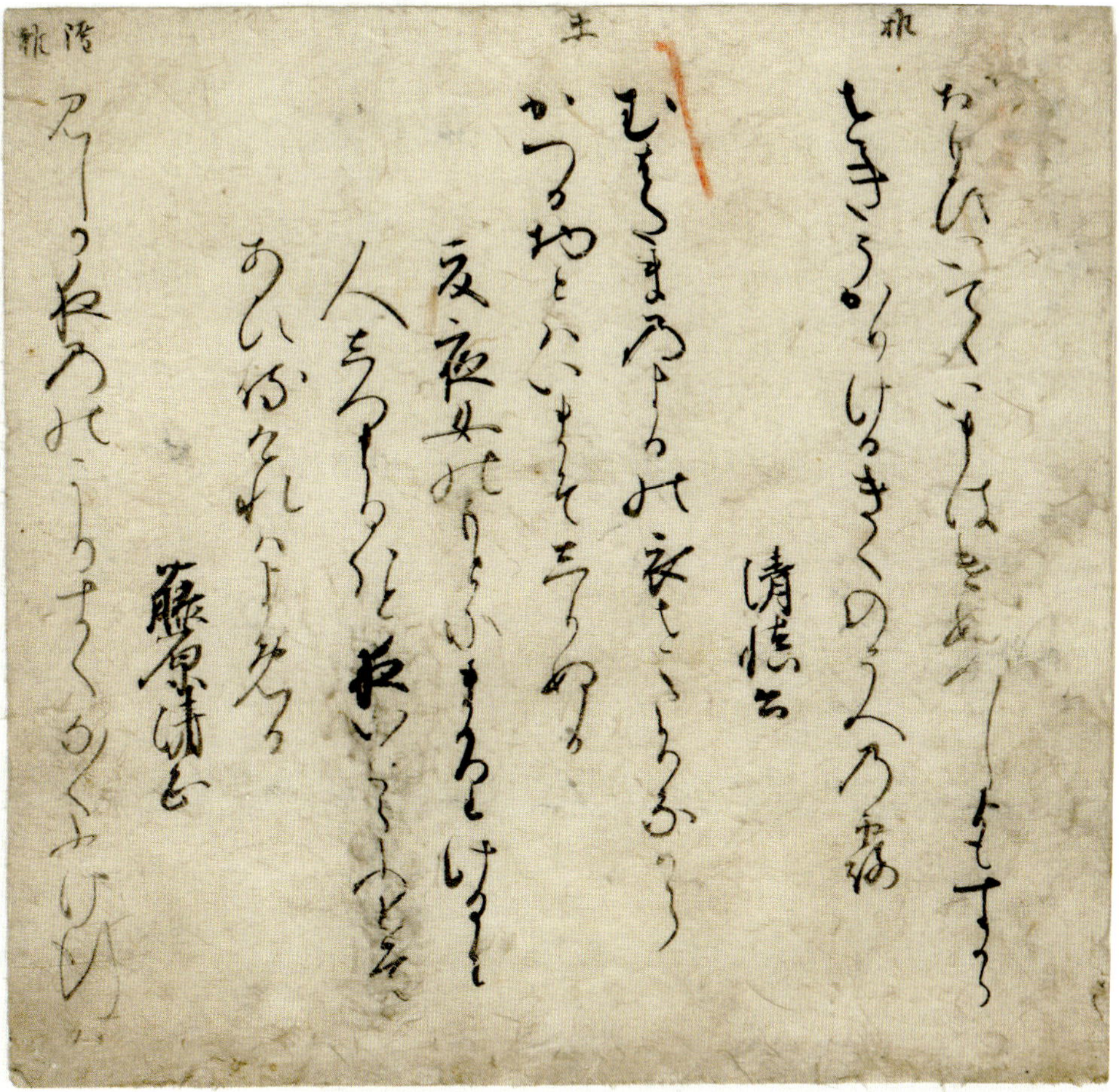

52 伝二条為明筆（ためあき／ためあきら）

六半切（『新古今集』）

14・9×15・2

もとは六半形の冊子本で、書写年代は鎌倉後期頃であろうか。『新撰古筆名葉集』の為明の項には二種の新古今集六半切の記載があるが、そのうちの「同（新古今）歌二行書朱点首ニ書入アリ」というのに該当しよう。『古筆学大成』の伝為明筆切のうち（一）の二葉がツレに当たると思われる。為明は一二九五生、一三六四没。

珍しいものとしては、「｜（通具）」「一（有家）」「二（定家）」「三（家隆）」「四（雅経）」のように、数字で示された撰者名注記もあります（図53）。

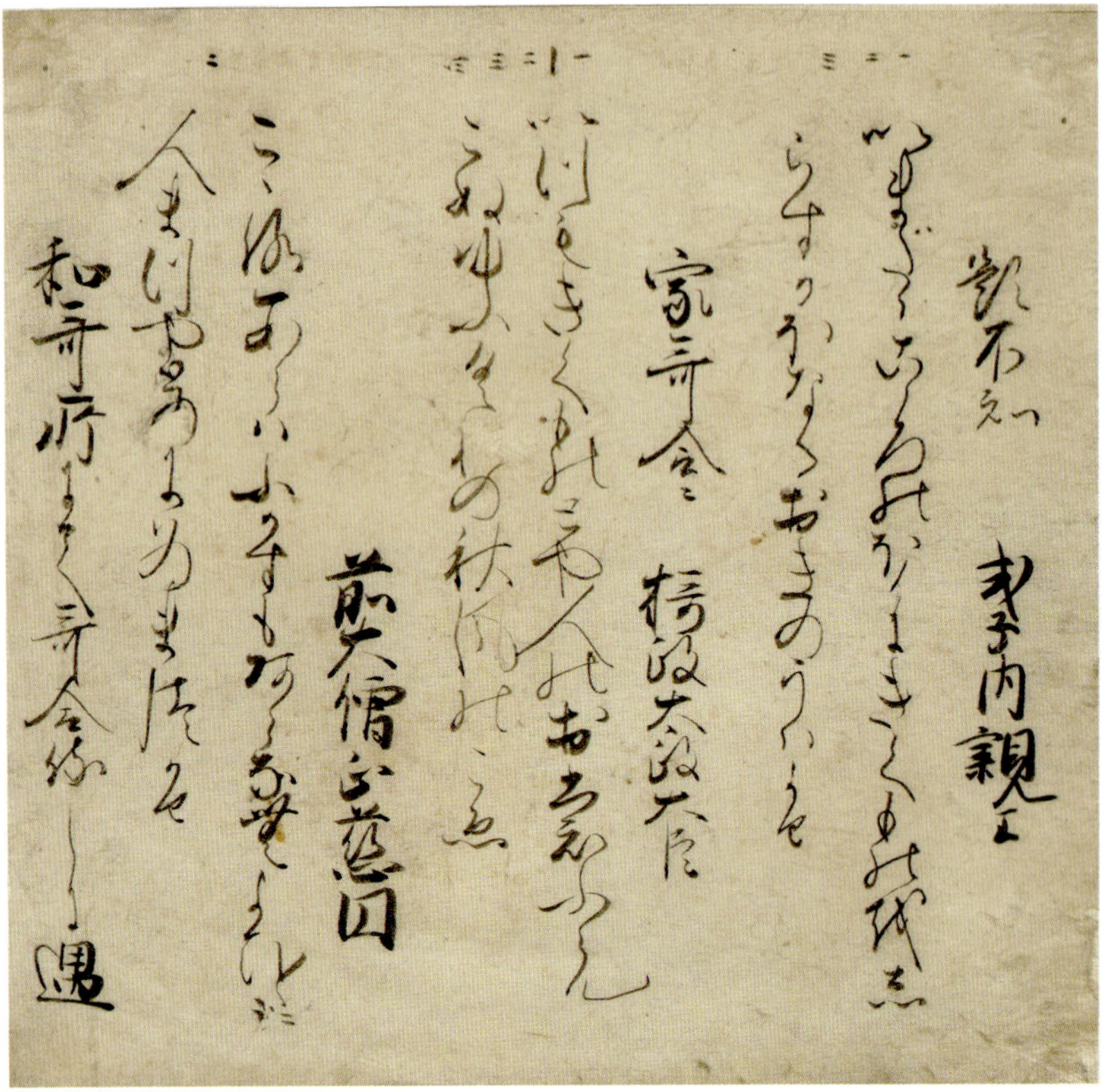

53 筆者未詳
六半切（『新古今集』）
16・3×16・6
もとは六半形の冊子本で一面十行書。書写年代は鎌倉後期頃であろう。数字で作者名注記を示す断簡には伝二条為藤（ためふじ）筆肥前切（ひぜんぎれ）、あるいは『続々国文学古筆切入門』所収切がある。前者は四半形で朱による注記、後者は六半切だが筆跡が異なり掲出断簡とは別種で、ツレは管見に入っていない。

「隠岐本合点」が付された『新古今集』もあります（図54）。承久の乱で破れた後鳥羽院は、出来上がった『新古今集』を携えて隠岐島に配流されました。その地で、約二千首の『新古今集』から約四百首を除去したものが、いわゆる「隠岐本」です。そこで撰抄された歌や、除去された歌に記号が付けられていることがあります。

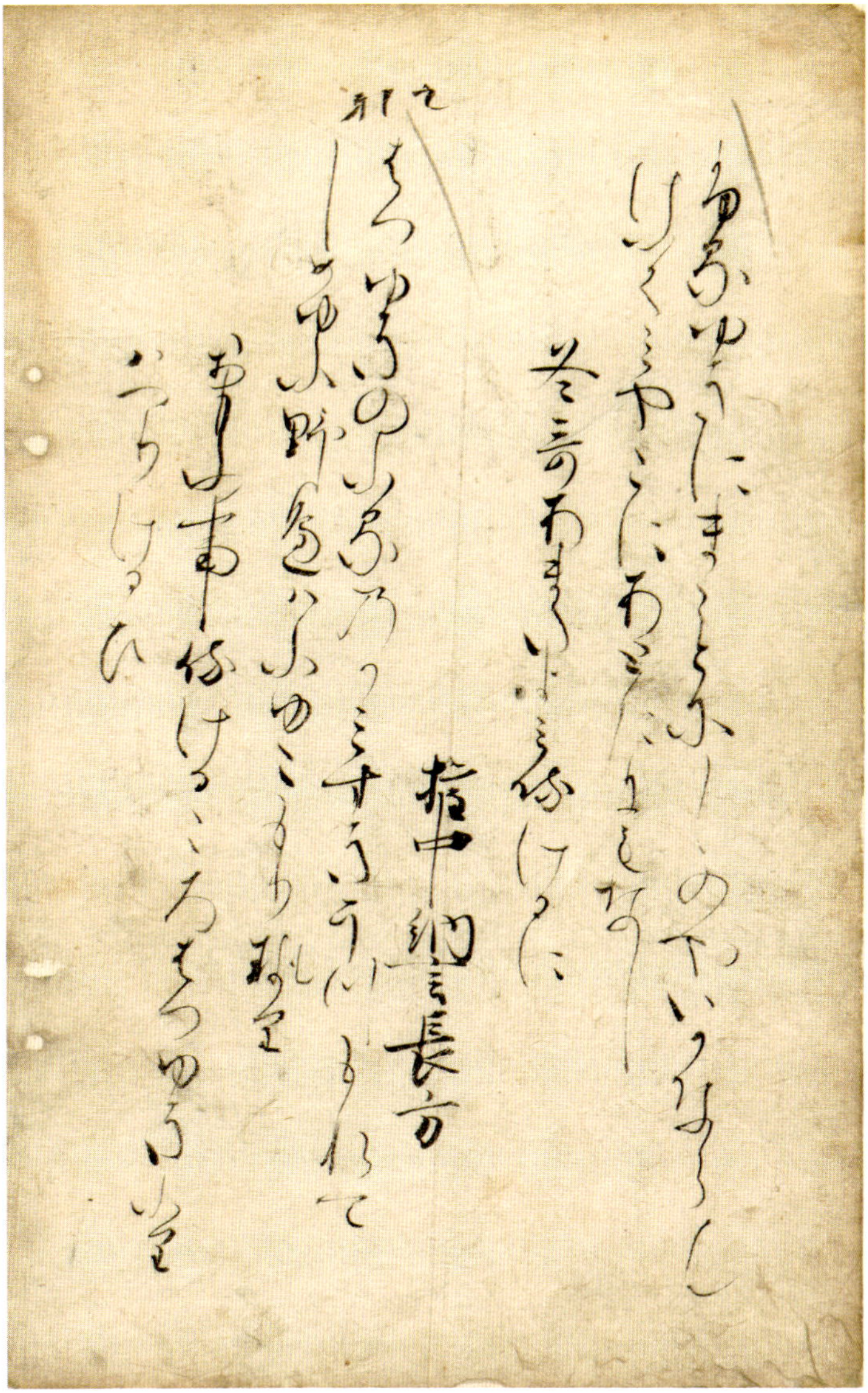

54 伝甘露寺光経筆
八坂切（『新古今集』）
23・9×14・8

『新撰古筆名葉集』には「四半新古今歌二行書首ニ作者名略字ニテアリ」とある。料紙左端に綴じ目跡が見られる通り、もとは四半形の冊子本。薄雲母引きの料紙で、一面の行数は、七～九行と一定していなかったらしい。撰者名注記・隠岐本合点のほか、勘物が記された断簡もある。鎌倉初期の書写。光経（生没年未詳）は鎌倉時代初期の歌人。

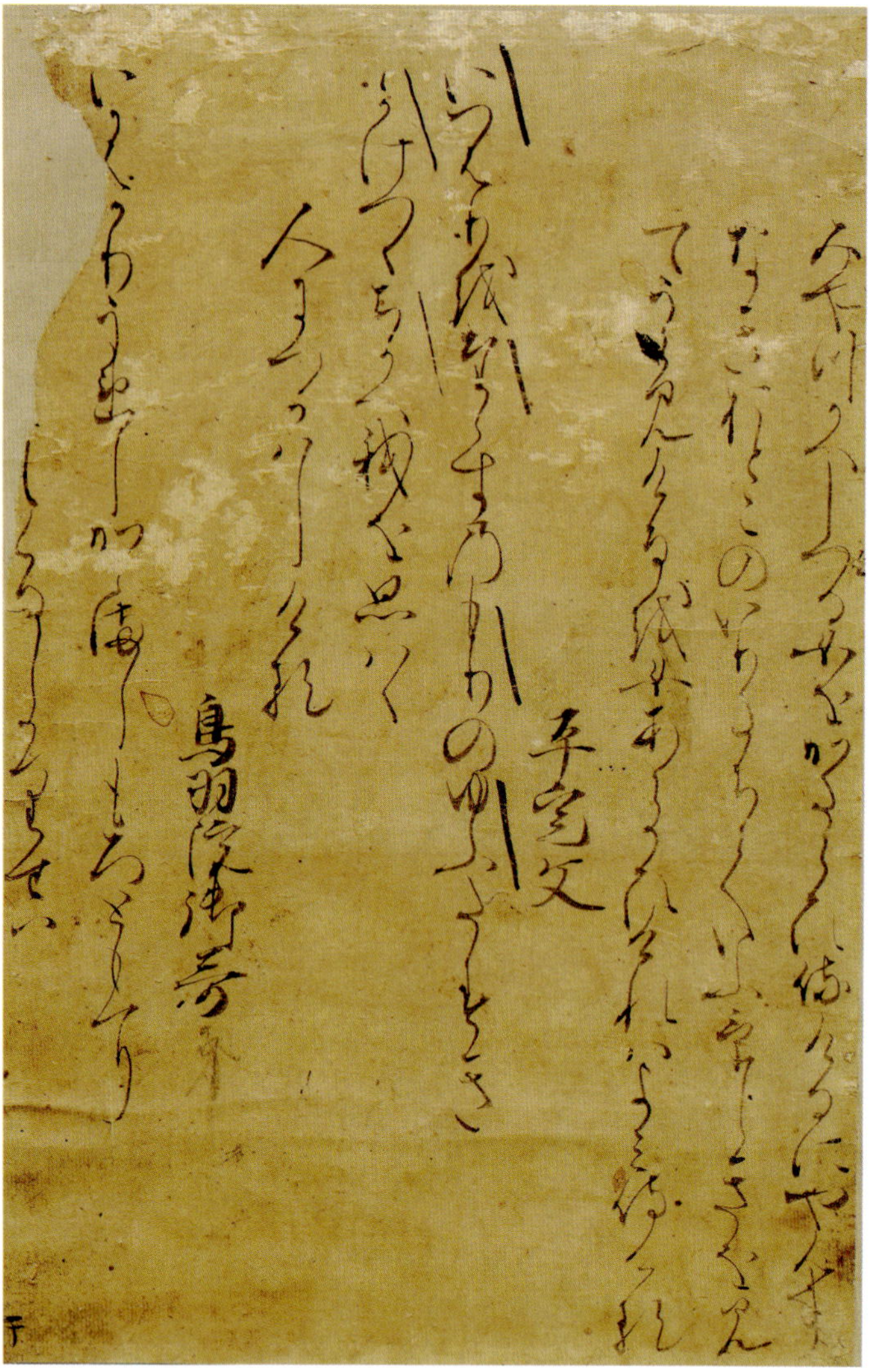

55 伝民部卿局筆
四半切（『新古今集』）
21・7×13・7
『新撰古筆名葉集』の「四半　新古今歌二行書」に当たるか否かは判断できない。『古筆学大成』に当該断簡の直前の一葉が収載されており、隠岐本除去歌の各句頭に加点があるが、当該断簡の歌は隠岐本除去歌ではなく、必ずしも各句頭への加点でもない。

ただ、撰抄歌か除去歌か、または右（図55）のようにそれ以外の加点もありますので、よく吟味する必要があります。

ここではたまたま、『新古今集』を紹介しましたが、たくさんの古筆切を見たり、各作品をよく知ることで、その特色はいろいろと見つかるはずです。

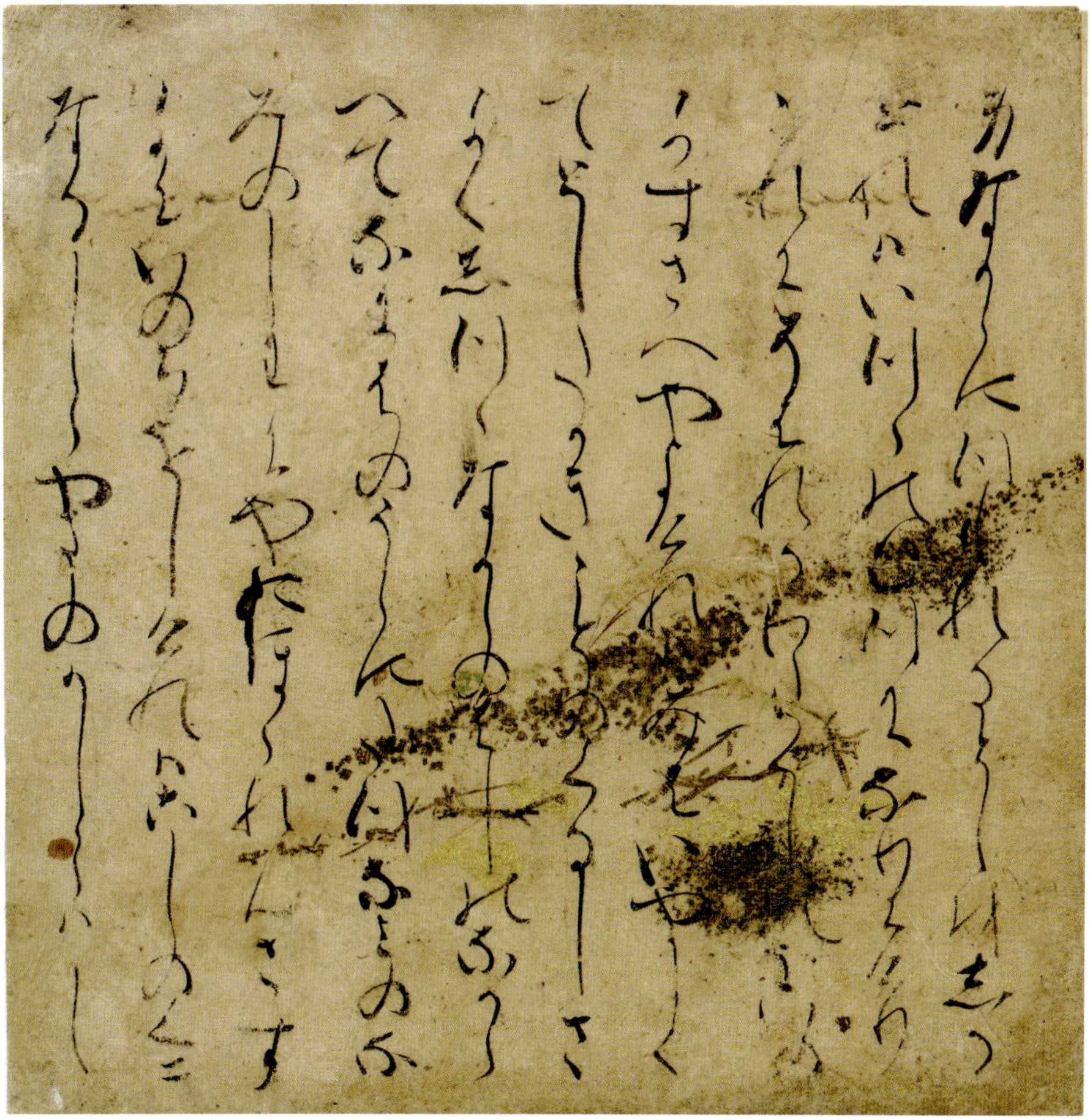

56 伝藤原兼実筆
中山切（『古今集』）
16・7×16・0

『新撰古筆名葉集』に「六半古今歌二行書金銀砂子緑青ニテ小草ノ下画アリ」とある。兼実真筆で俊成本系統と考えられた事もあったが、墨滅歌の部分が出現し、初期定家本系統で鎌倉初期書写と見られるようになった。もとは六半形の冊子本で一面十行書。巻第十一から十五までの零本一冊が伝存する。

⑪ ツレ

古筆切を資料とするに当たり、ツレの博捜は、確かに重要な課題です。同じ本から切り出されたツレをできるだけ集めることで、元々の書籍全体を通観できる状態に近づける必要があるからです。

ツレを探し出すことによって、たった一葉からは判らなかったことが判るようになる、というのが最も大きな効能でしょう。その一葉の本文が流布本と同じであっても、別の箇所には異同などの特色があるかもしれません。

例えば、前頁の伝藤原兼実筆中山切（『古今集』）（図56）は、かつては、平安時代の書写で兼実（一一四九～一二〇七）の真筆、本文は藤原俊成（一一一四～一二〇四）が書写した系統（俊成本）に近いとされていました。しかし、「墨滅歌（すみけちうた・ぼくめつか）」を書写した箇所が発見されたことで、鎌倉期の書写、藤原定家が書写した系統のうち早期のもの（初期定家本）であろうことが指摘されました。

この墨滅歌とは、定家の父俊成が写した『古今集』（俊成本）で「見セ消チ」にされていた十一首を、定家が巻末に移行してまとめた歌群です。定家の所作である墨消歌が存在するのですから、定家以降に決まっています。ただ、独自に本文を整定する以前の定家は、俊成本を書写していました。巻末に移行された歌は、『古今集』約千百首の内の十一首に過ぎませんので、墨滅歌以外のほとんどの箇所で、俊成本に近いと判断されたのは、むしろ当然だったとさえいえます。

次の一葉（図57）はやはり『古今集』の墨滅歌の部分の断簡で、伝藤原顕輔（あきすけ）筆鶉切（うずらぎれ）です。雲母で鶉や人物などの紋様が摺り出された美しい断簡で、平安時代後期の書写とされてきましたが、『続後撰集』の伝津守国夏（くになつ）筆長尾切（ながおぎれ）や、『続拾遺集』の伝津守国冬（くにふゆ）筆伊勢切にも同一の料紙が用いられているところから、鎌倉後期の書写と考えられるようになりました。その本文はというと、定家本系統であろうと推測されるに至っていましたが、こうして墨滅歌の部分が出現してみると、推測通り定家本であったことが確定的になったわけです。「決め手」の一葉といったところでしょう。

57 伝藤原顕輔筆
鵜切（『古今集』）
24・6×5・1
『新撰古筆名葉集』に「大四半古今白キラ粟ニ鵜人形草木等アリ哥一行又ハ二行書」とある。顕輔は一〇九〇生、一一五五没。

さて、ツレの存在によって誰を伝称筆者としているかが判明することもあります。

次頁の一葉（図58）には、極め札もなく、裏書きなどもない、何の情報もありません。

書写されている内容を読んでみると、二～三行目に和歌があります。

ぬしやたれとへとしらたまいはなくにさらはなへてやあはれとおもはん

という歌は、『古今集』（八七三番歌）、『新撰和歌』（三四九番歌）、『定家八代抄』（一四五五番歌）のいずれかですが、後には長い詞書の「としゆき（敏行）朝臣」の歌が続くことから、『古今集』であることが比較的容易に断定できます。『古今集』の断簡は特に数も種類も多いので、いくつかの特色を探し出し、目星を付けます。同じ一冊の本から切り出されたものですから、一冊の本に共通する点として、まず、書写年代はおおむね鎌倉末・南北朝期頃であろうといったところでしょうか。少なくとも平安・鎌倉初期にまで遡るものではありませんし、室町にまで下るものではありません。もとは四半形の冊子本で一面十一行書、料紙の上下にかなりの空白があります。和歌は二行書ですが、詞書の行末と比べて、かなり上の方で書き終わっています。

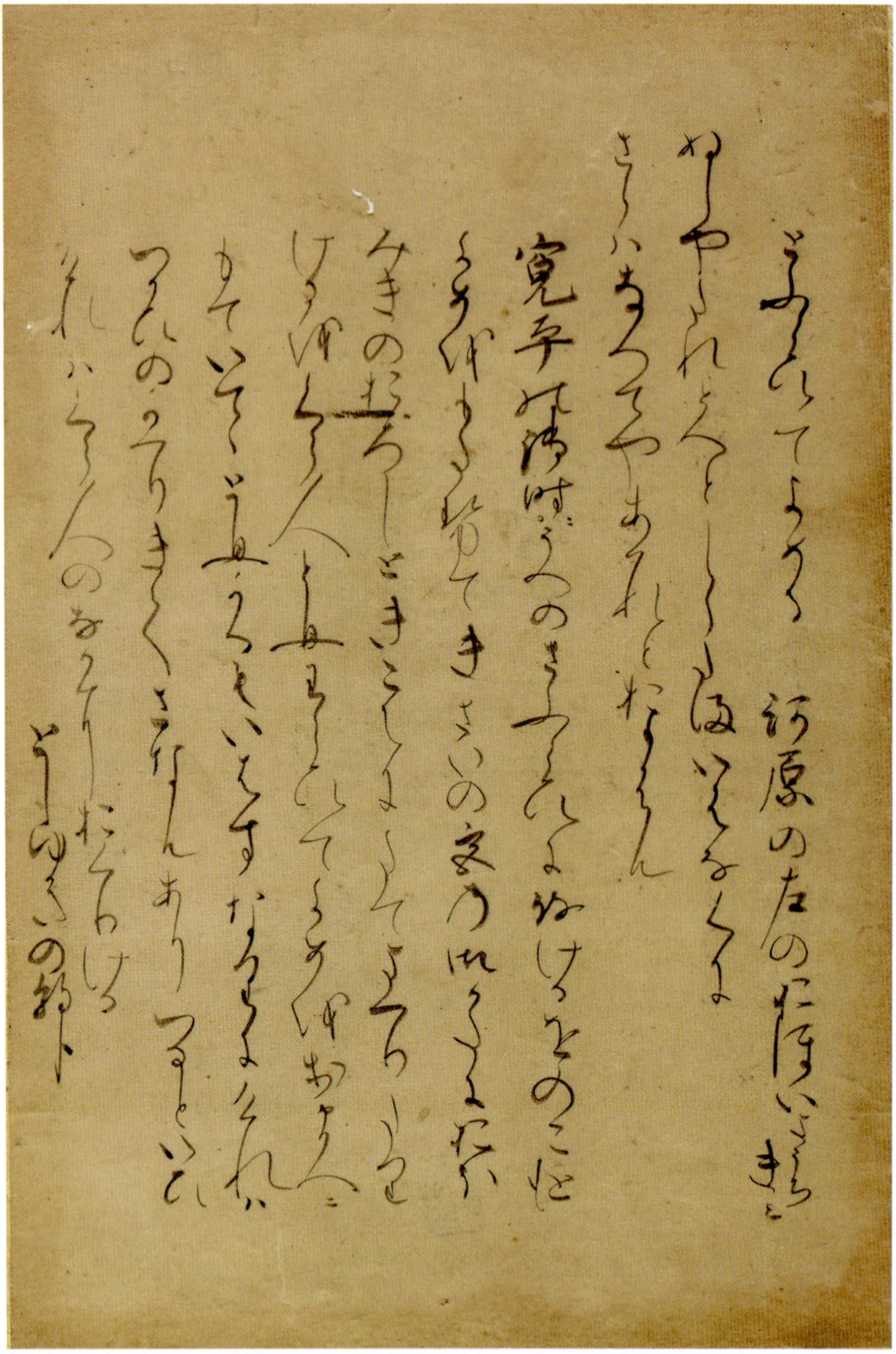

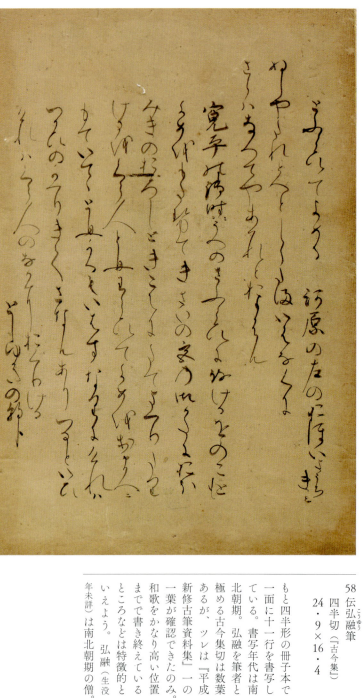

58 伝弘融筆
四半切（『古今集』）
24・9×16・4

もと四半形の冊子本で一面に十一行を書写している。書写年代は南北朝期。弘融を筆者と極める古今集切は数葉あるが、ツレは『平成新修古筆資料集』一の一葉が確認できたのみ。和歌をかなり高い位置までで書き終えているところなどは特徴的といえよう。弘融（生没年未詳）は南北朝期の僧。

ただ、行数や余白などは、裁断の仕方によって変わってしまう可能性がありますし、書式も一定しない場合がありますので、念のため、全体の印象や、文字の形にも注意します。

幾分か小粒で窮屈な感じがしますが、線の弱さは感じません。むしろ一文字ずつは力強く、文字が繋がった連綿（れんめん）も四～五文字あってそこそこ巧みです。時折、筆の側面を使うのでしょうか、墨の濃淡に、筆先の濃さと側筆の薄さをあわせ持った立体的な線質の箇所があります。縦長の文字が多いのですが、「や」や「の」のように扁平な文字が混じります。「ひ」が随分右に傾いています。「き」の三筆目がほぼ垂直に降り、緩やかに払うように左に撥ねます。「人」が大きく書かれます。「な」の三筆目の「、」が右上の高い位置に書かれます。「め」の一筆目はそのまま右上がりして二筆目に繋がります。「も」に横棒の長い「母」という字母が使われています。「ん」の一筆目の縦棒が長く、小さく戻った後にほぼ真下に降り、ほぼ水平に右に払います。助詞の「に」を小さく「二」と書くことがあります。

伝称筆者が判らないのですから、複製手鑑や資料集・図版の類の古今集切を片っ端から見るしかありません。このような時に、伝称筆者が古筆切の分類整理の手だてとして、重要な役割を果たしていることが痛感されます。ともあれ、一葉だけですが、ツレが見つかりました（図59）。

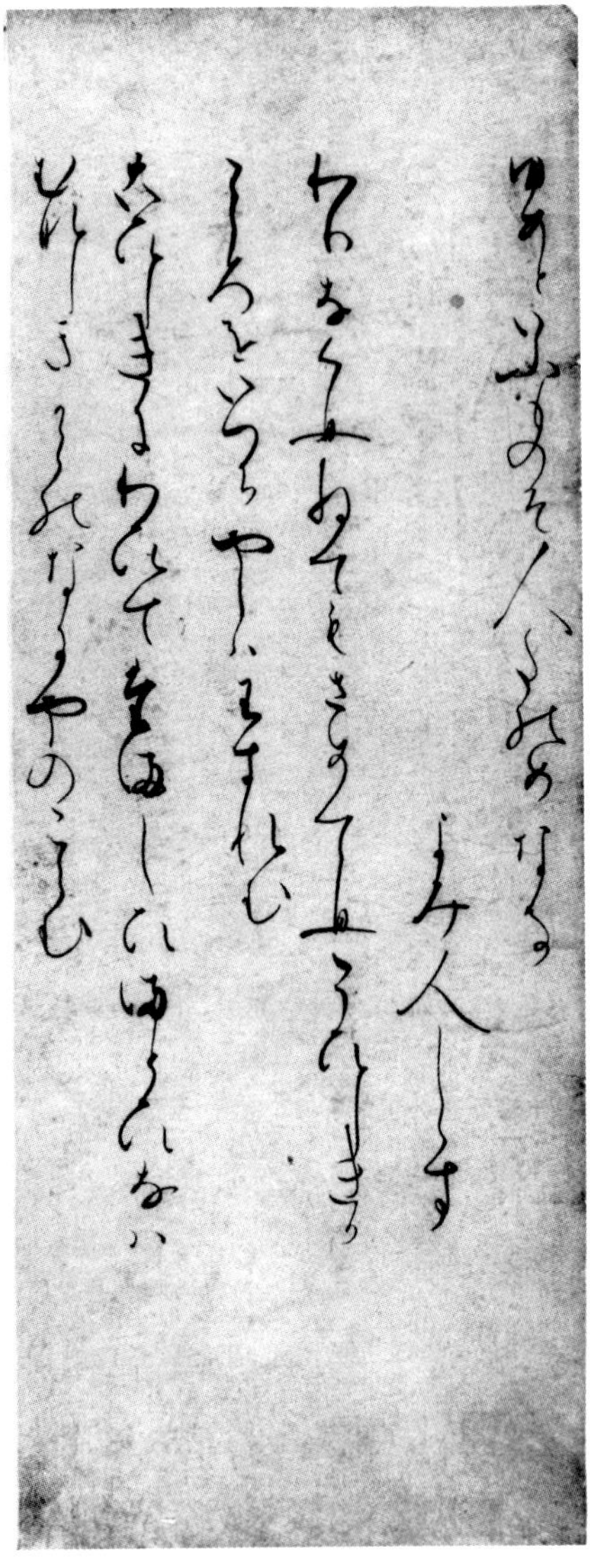

59 伝弘融筆
四半切（『古今集』）
24・7×9・1
（『平成新修古筆資料集』一
参照　田中登氏蔵）

『平成新修古筆資料集』一に伝弘融筆として掲載されています。六行に裁断されていますが、料紙下部には、やはりかなりの余白があります。また、「母」を字母とした「も」が目を引きました。他にツレは無いようです。未詳としか言いようのなかった伝称筆者が、ツレの存在によって、伝称筆者を弘融に特定出来たわけです。

また、次（図60）の一葉は、たった一行だけの小切（こぎれ）ですが、世尊寺行俊（ゆきとし）（?〜一四〇七）を筆者と極めています。

60 伝世尊寺行俊筆　長門切（ながとぎれ）（『平家物語』）
28・9×2・0

本文は「はむするには矢比にたにも候は、たとひ下」とあります。本文をあれこれと調べてみますが、短いこともあり、なかなか作品が見つかりません。口語的で「矢ごろ」などとありますので、語りの要素の多い軍記であろうかとの想像はつきますが、これだけでは何も判りませんので、やはりツレを探してみます。縦二十八・九センチの大きさは、巻物切でしょう。上部九ミリ、下部七ミリの所に界（かい）（罫（けい））が引かれています。界の高さは二十七・三センチ。伝称筆者が世尊寺行俊であると判っていますので、名葉集の記述を確認しましょう。すると、『新撰古筆名葉集』の行俊の項の筆頭に「平家切　巻物平家物語上下横卦アリ」とあります。この「平家切（へいけぎれ）」は、国宝手鑑『藻塩草』の付属目録では「長門切（ながとぎれ）」と呼称される名物で、炭素14の測定結果から、行俊の時代より少し遡って、鎌倉時代後期頃の書写であることが判っています。やはり国宝の『見ぬ世の友』・『翰墨城』といった手鑑を始め、少なからず紹介されていますので、比較してみてください。『平成新修古筆資料集』一に掲載の一葉（図61）は、その解説によると、やはり高さ二十七・三センチの界があるようです。文字も同筆。よって、この断簡は、『平家物語』を書写内容とする伝世尊寺行俊筆長門切であると認められます。ただ、疑問が残ります。『平家物語』の現存本を一生懸命探しても、同じ文章が検索できなかったことです。異本を含め、もう一度、『平家物語』を通覧しても同一の文は見つかりません。

すると問題は、『平家物語』を書写内容とする長門切でありながら、現存の『平家物語』（『源平盛衰記』を含む）に一致する本文がないことをどう考えるか、です。

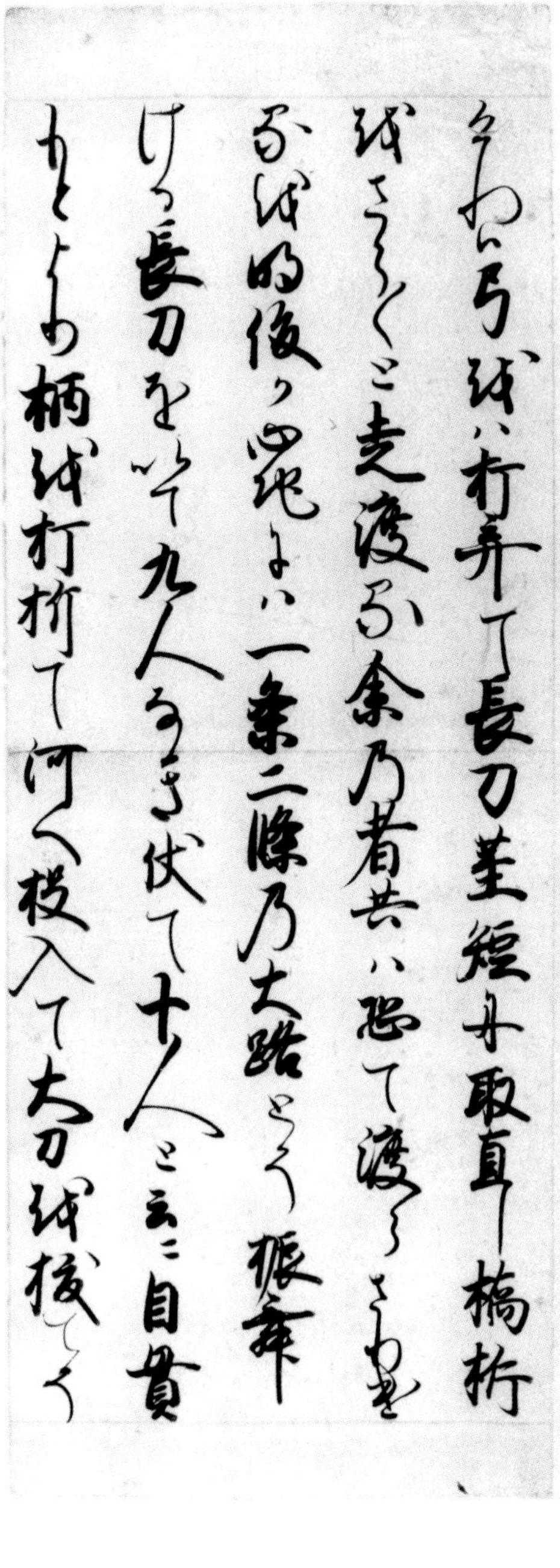

61 伝世尊寺行俊筆　長門切（『平家物語』）
30・5×11・1
（『平成新修古筆資集』一参照　田中登氏蔵）

一つ言えることは、鎌倉時代後期には、『平家物語』にこのような本文が存在していた、このような本文を持つ『平家物語』が存在していたという事実です。現存する作品が国文学作品の全て、などということは当然ありません。現在読まれている本文がその作品の全て、ではないのです。

既に失われてしまった本文も存在していたことを示す物的証拠が少なからず残っているのです。

ついでに、散逸作品の古筆切についても触れておきましょう。

『風葉集（ふうようしゅう）』という、全二十巻（現存十八巻）からなるユニークな歌集が作られました。何がユニークかというと、その歌集の作者が全て架空の人物、すなわち、物語中の人物。『風葉集』は勅撰和歌集の形式に準（なぞら）えて作り物語の歌ばかりを集めた「物語歌集」なのです。この歌集が成立した切っ掛けの一つは、十一番目の勅撰集である『続（しょく）古今集』に、『浜松中納言物語（はままつちゅうなごんものがたり）』の歌が二首、その作者である菅原孝標女（すがわらのたかすえのむすめ）（一〇〇八～一〇五九以後）の作として採られたことのようです。作り物語の歌を勅撰集に採っても良いということになれば、優れた歌の多い『源氏物語』の歌も作者を紫式部（九七〇?～?）として入集させてもいいことになってしまいます。勅撰集が混乱してしまいます。そこで、作り物語の歌ばかりを集めてみよう、となったのでしょう。今ならさしずめ「映画名言集」とか「アニメ名ゼリフ集」といった感じでしょうか。

『風葉集』には、現存十八巻に千四百二十首を収めていますが、作者名は、「たけとりのかぐや姫」とか「源氏の冷泉院御歌」と言うように物語名と共に記されています。その物語名を拾い上げてみると、およそ二百作品余り。うち、現在にまで伝わる作品はといえば二十作品ほどしかありません。『風葉集』に歌が採られなかった物語もあるはずですから、実に九割以上の物語作品が、時代の彼方に埋もれてしまったわけです。今残っているものをこそ、奇跡というべきでしょう。

左の断簡（図62）は、伝後伏見院筆桂切（かつらぎれ）（『風葉集』）。ここにも「みづからくゆる」「むぐらのやど」という現

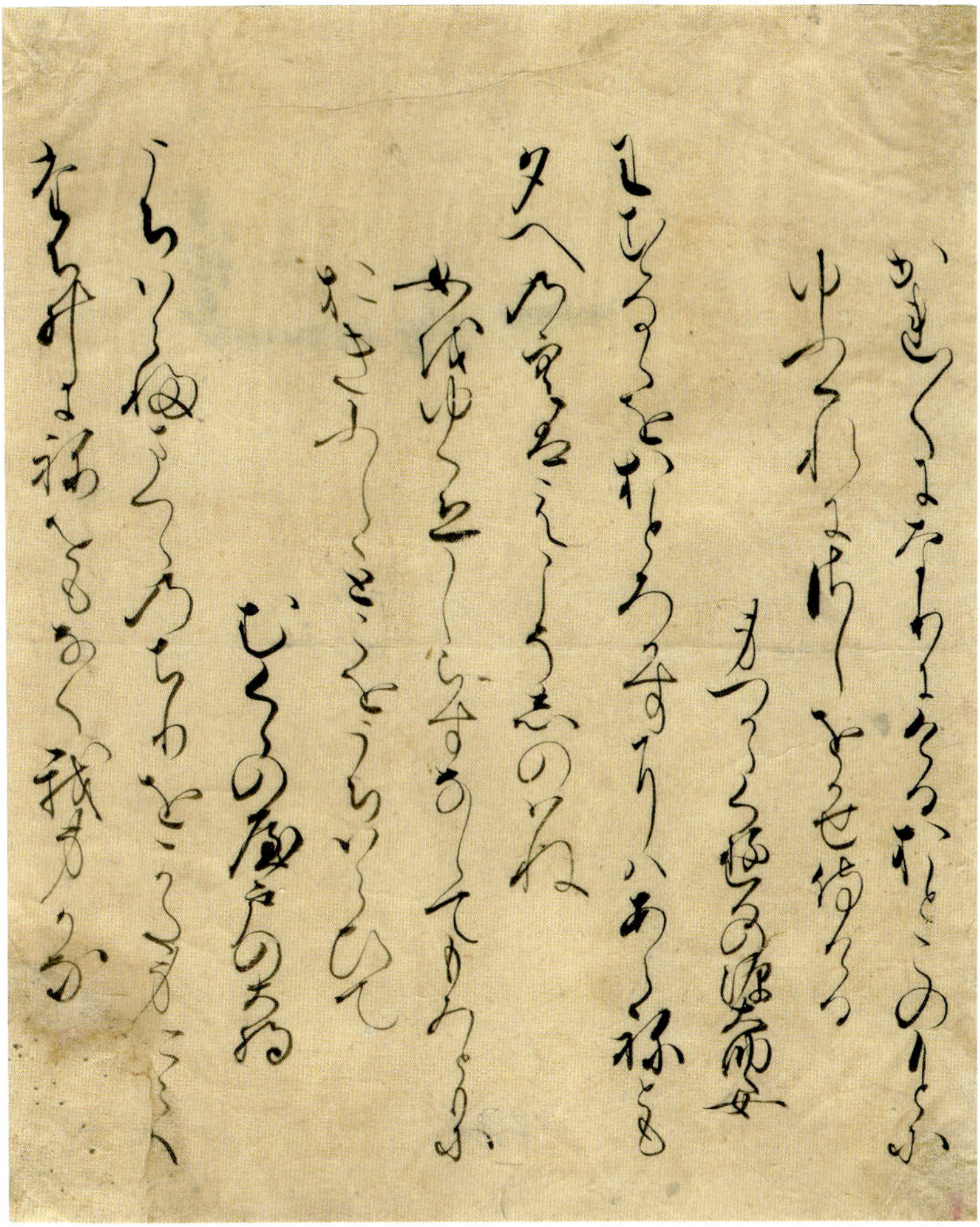

62 伝後伏見院筆
桂切（『風葉集』）
20・6×16・5
（『私撰集残簡集成』参照）

在では散逸してしまった物語名と、その物語の中で詠まれていた和歌が記されています。ちなみに「みづからくゆる」については、藤原定家筆本『更級日記』巻末の跋文に、

よはのねざめ、みつのはま松、みづからくゆる、あさくらなどはこの日記の人のつくられたるとぞ

と記されていて、菅原孝標女の手に成る物語であると考えられます。

ともあれ、散文・韻文を問わず、散逸作品は決して少なくはない、ということです。ですから、古筆切の中にも、散逸作品を書写内容とするものが沢山有るわけです。

同種の断簡、すなわちツレを収集することで散逸作品であることが判明する場合もあります。

次の一葉（図63）は、光厳院（こうごんいん）（一三一三〜一三六四）を伝称筆者とする六条切（ろくじょうぎれ）で、『藻塩草』・『翰墨城』・『見ぬ世の友』といった国宝手鑑にも収められる名物切です。

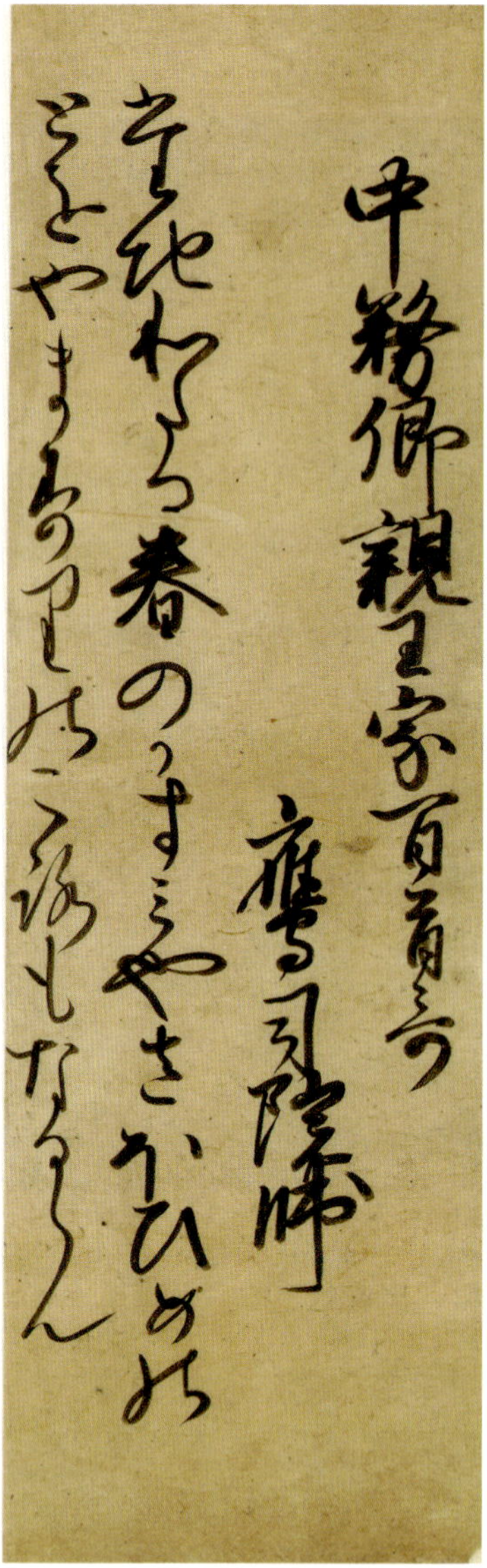

63 伝光厳院筆
六条切（『八代和歌抄』）
24・8×7・6
もと四半形の冊子本で一部素紙もあるが、藍・紫の雲紙を用いる。鎌倉末から南北朝期頃の書写。

『新撰古筆名葉集』の光厳院の項の筆頭に「六条切　四半　雲紙　続古今ノ異本歟　未詳」と記述されてい

る通り、切断されて古筆切になってから何百年もの間、未詳歌集の断簡だったのです。

この六条切の書写内容が明らかになったのは、平成十九年のことです。六条切のツレの中でも、次の、巻頭の書名を伴う一葉（図64）が発見されたことによります。

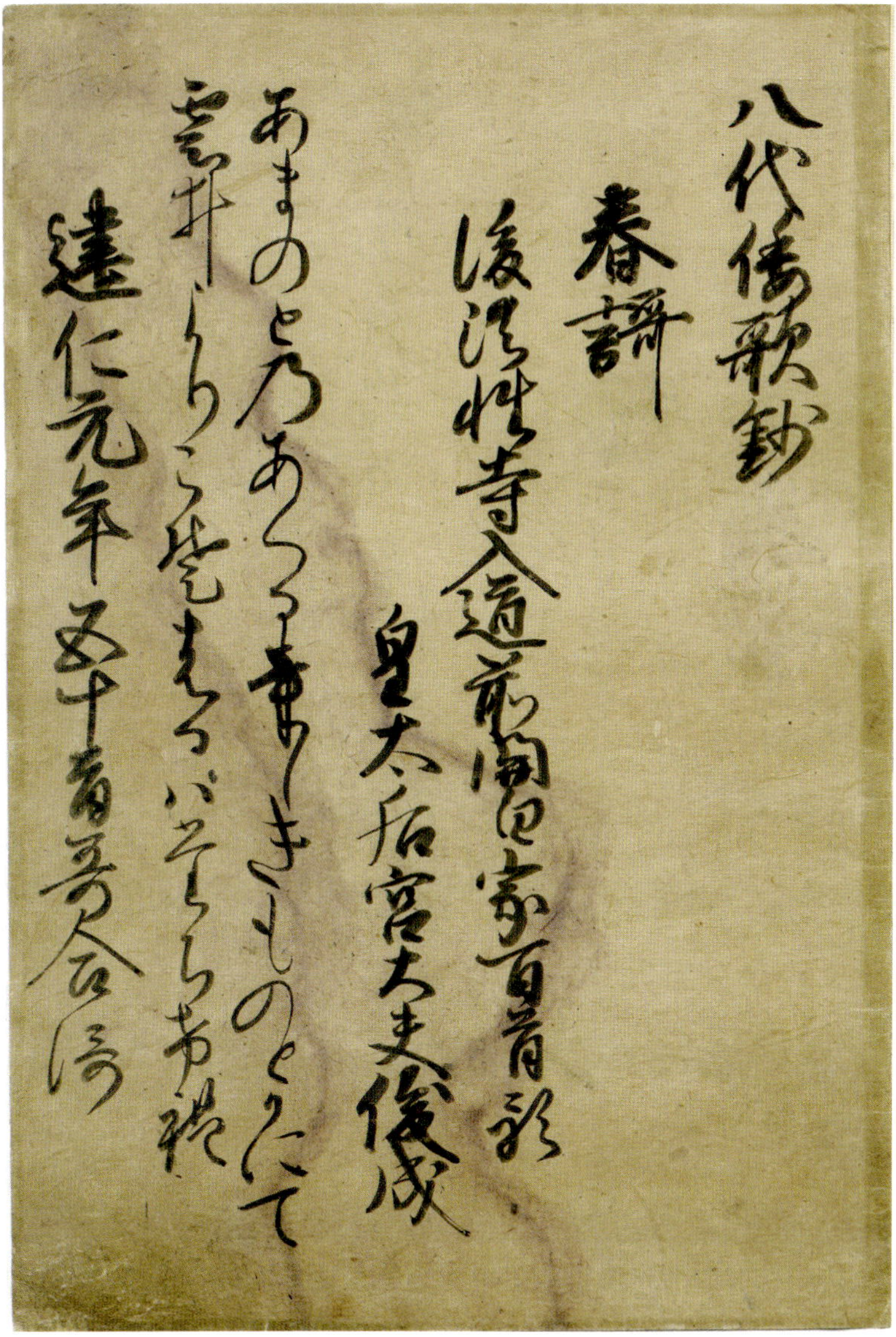

64 伝光厳院筆
六条切（『八代和歌抄』）
24・5×16・1

『新撰古筆名葉集』に「四半雲紙続古今ノ異本歟未詳」とある。長く未詳歌集とされてきたが、掲出断簡の出現により真観撰の散逸私撰集『八代和歌抄』の断簡であることが判明した。

一行目に「巻第一」を、二行目に「上」を削り消した痕跡が残る。

（日比野「伝光厳院筆「六条切」の巻頭断簡」〈『汲古』52 平成十九年〉参照）

この一葉の出現により、六条切は、鎌倉時代中期に真観（しんかん）（葉室光俊（はむろのみつとし）　一二〇三～一二七六）によって編まれた『八代和歌抄』という、今では散逸してしまった私撰集ということが明らかになりました。幻の歌集の出現、といったところです。

ただし、物語や一部の私家集では、内題（ないだい）（表紙の「外題（げだい）」ではなく、本文の冒頭に付ける書名）は無いのが普通ですので、書名を伴う断簡の奇跡的出現は、あまり期待できないのが残念です。

もう一点、近年になって書写内容が明確になった歌集の断簡をあげておきましょう。

次の一葉（図65）は中山定宗（さだむね）（一三一七～一三七一）という人物を筆者と極める断簡で、『新撰古筆名葉集』には「四半　家集モノ　歌二行書四五首宛ニ題アリ」という記述があります。

この記述に当てはまる断簡を、国宝手鑑『見ぬ世の友』では「国栖切（くずぎれ）」と名付けています。ツレの断簡は多くはなく、ここに掲出した一葉を合わせて、八葉が報告されているに過ぎません。作者名のないこの書式は、私家集を思わせます。この国栖切も、長い間、誰の和歌を収めた私家集であるのかは判っていませんでした。

しかし、近年報告されたツレのうちの一葉に、

このねぬるあさかせさむみはつかりのなく空みれはこさめふりつゝ

という一首があり、これを検索してみると、『風雅集』に

529　雁を　前大僧正道玄

このねぬる朝かぜさむみはつかりのなく空みればこさめふりつつ

として入集しています。この一首が見つかったことで、国栖切は、道玄（どうげん）という鎌倉中期の歌僧の家集であることが推断されるに至ったのです。これは、平成二十年のことです（徳植俊之氏「国栖切考」久保木哲夫氏編『古筆と和歌』

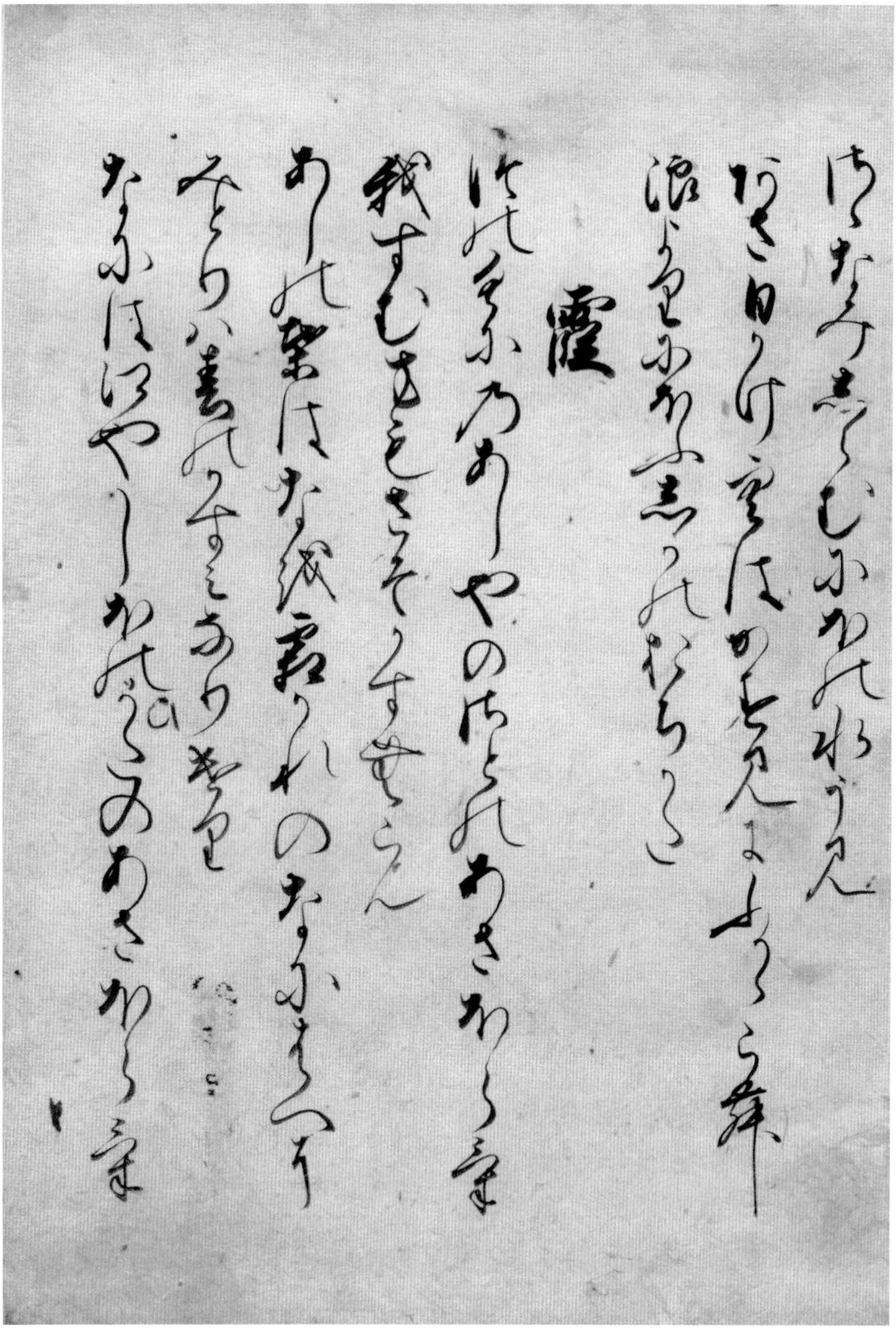

65 伝中山定宗筆
国栖切（『道玄家集』）
22・9×15・4

南北朝期の書写で、もとは四半形の冊子本。一面九行書。近年、道玄の家集と推断された。伝定宗筆「岡崎切（『新古今集』）」と同筆と見られ、二種共にさほど著名でもない定宗などという人物に極められているところから、切断前の冊子に奥書などがあったかも知れず、定宗真筆の可能性もなしとしない。

笠間書院）。

こうしてみると、その作品が伝本として伝わっておらず、古筆切によってのみ存在が知られるが為に「未詳」とせざるを得ない断簡が多い一方で、ツレの新出による書写内容の解明は、現代においても進行中であることが判ります。

解明を待つ古筆切は数多くありますし、まだまだ、古典作品の研究としては、やるべきことがたくさんあります。

集めてみる、並べてみることによって判ることはたくさんあります。何もツレだけのことではありません。作品別にみて遺品が多いのは、その作品が広く流布していた何よりの証拠です。ジャンル別にみて多いものは、そのジャンルが文芸として重要視されていた証でしょう。伝称筆者で多いものは、あるいはその人物の筆跡、ひいてはその人物がいかに敬愛・尊重されていたかを示すでしょう。同一筆跡の作品が複数見つかれば、その人物の旺盛な書写活動の実態を伝えています。書写年代別にみて多いものからは、その時代における享受の様相を窺うことができます。

鎌倉中期の歌僧に寂恵（生没年未詳）という人物がいて、弘安元年（一二七八）の署名奥書のある真筆の『古今集』が伝わっています。これと同筆の『古今集』の古筆切があります。名物の石見切（図66）です。

石見切には、細かな書き入れのあるものと、書き入れの無いものの二種類が確認できます。

つまり、寂恵は、写本と二種の古筆切とで、少なくとも『古今集』を三回書写しているわけです。

更に寂恵には、やはり奥書のある『拾遺集』の伝本、同筆とされる『後撰集』・『金葉集』・『千載集』（102頁・

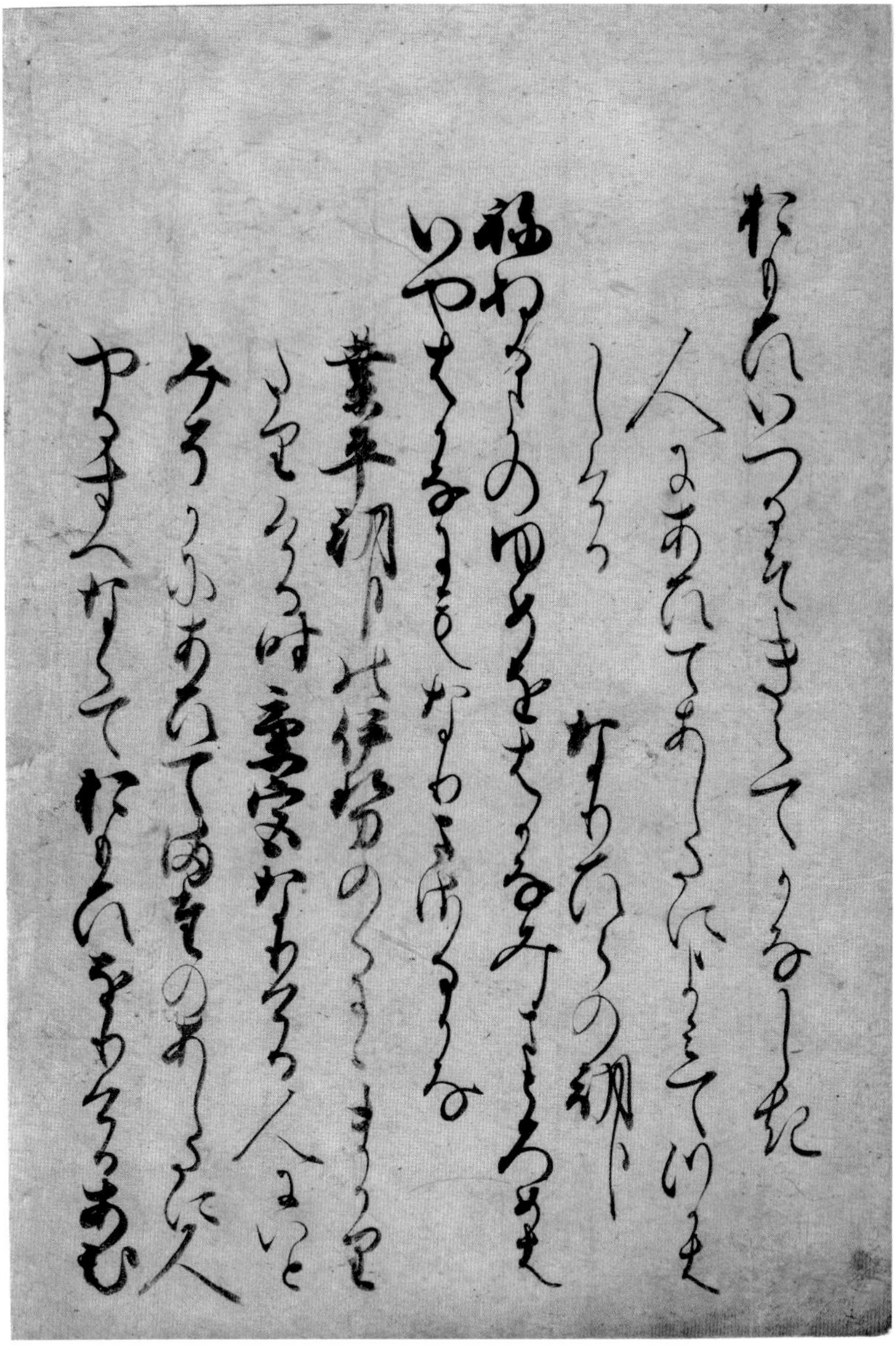

66 伝寂恵筆
石見切（『古今集』）
23・5×15・6

『新撰古筆名葉集』に「四半古今歌二行書」とある。もとは一面九行の四半形の冊子本。弘安元年、寂恵書写奥書を有する『古今集』と同筆。寂恵は正和三年（一三一四）までは生存が認められ、書写年代は、その頃以前。なお、石見切には、書き入れの有るものと無いものの、少なくとも二種類がある。

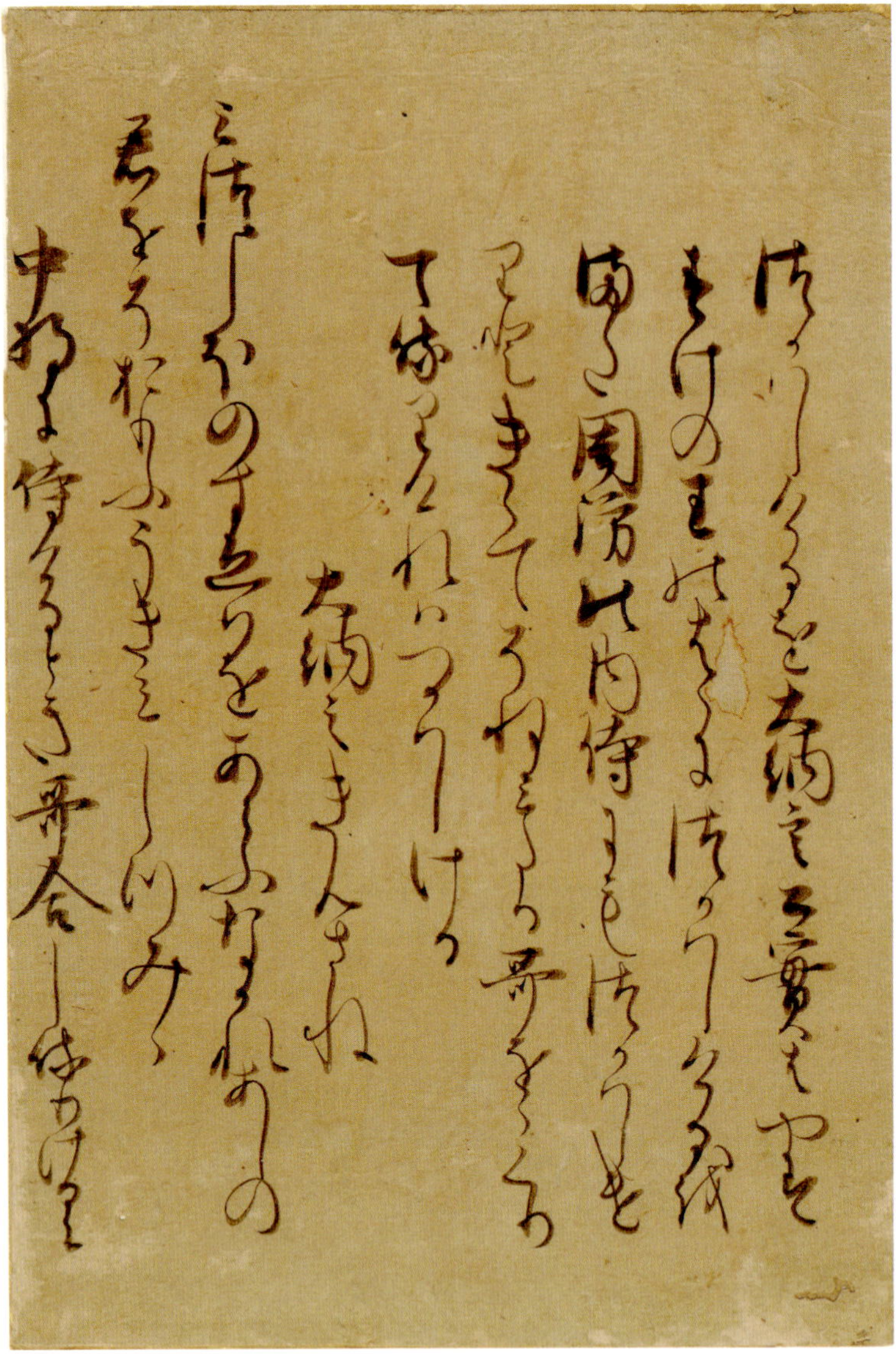

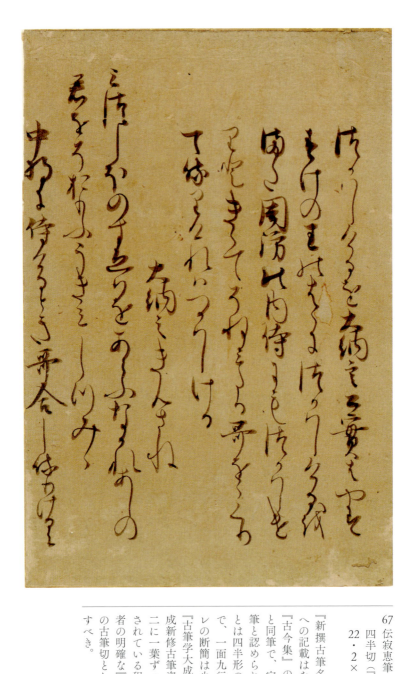

67 伝寂恵筆
四半切（『千載集』）
22・2×14・6

『新撰古筆名葉集』への記載はないが、『古今集』の石見切と同筆で、寂恵の真筆と認められる。もとは四半形の冊子本で、一面九行書。ツレの断簡は少なく、『古筆学大成』と『平成新修古筆資料集』二に一葉ずつが紹介されている程度。筆者の明確な『千載集』の古筆切として注意すべき。

図67）・『続古今集』の古筆切があり、ここから寂恵の、旺盛な書写活動の実態が窺われます。また、これら残存状況から推察するに、『続古今集』以前の勅撰集は全て書写していた可能性があり、今後の新出も期待できます。

複数回の書写といえば、次頁のA・Bの二葉（図68・69）は、冷泉為益（ためます）（一五一七～一五七〇）を筆者と極める四半切で、『新勅撰集』を書写内容としています。極め通り、為益の真筆です。

書写内容も、本としての大きさも、筆跡も同じですから、一見、ツレのようです。しかし、Bの断簡は、Aの断簡の五行目までと、同じ箇所を書写していることが判ります。このような場合にまず考えられることは、一方が写し、いわゆる模写や贋物である場合です。ところが、両者ともに線に模写特有の停滞感などがなく、とても写しなどとは思えません。

さらによく見て下さい。例えば始め一行目だけを見ても

A　はるなから年はくれなむちる花をおしとなくなる鶯のこゑ

B　春なからとしはくれなむちる花を惜となくなるうくひすのこゑ

のようにあって、文字遣いが異なり、全く同じではありません。よって、どちらかがどちらかを模写したわけではなさそうです。すると、為益が、全く同じような書式で二度、『新勅撰集』を写したことが判明するわけです。同一箇所の発見によって初めて判明する事実です。

もう一つ言えば、三行目「延喜六年……」の詞書の末尾に「たかへする所」とあるべきが「たかへす所（ところ）」と「る」を脱する点も一致しており、同一の親本から書写した可能性が高いようです。

A

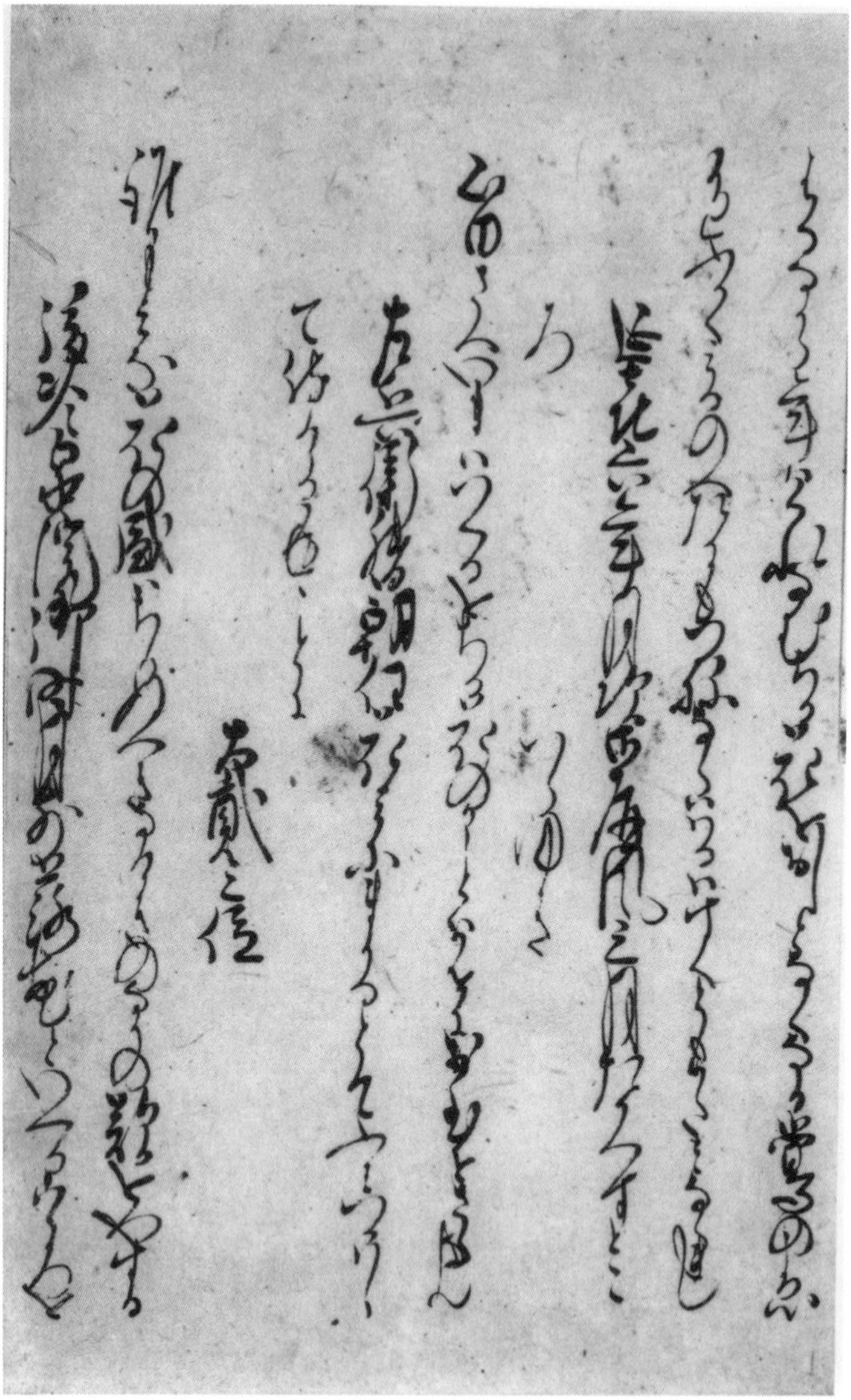

68 伝冷泉為益筆
四半切
（『新勅撰集』）
26・3×16・9
『新勅撰集』の八八番歌から九一番歌。
（『古筆切影印解説』Ⅳに拠る）

B

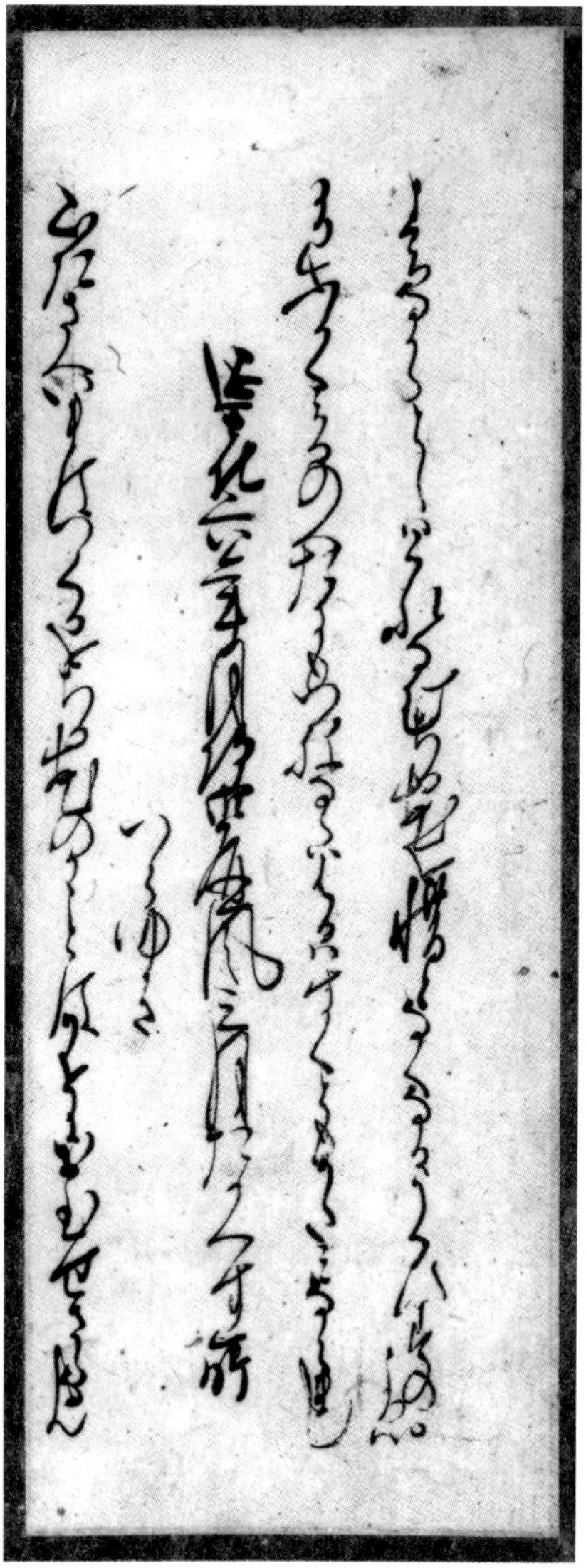

69 伝冷泉為益筆
四半切
（『新勅撰集』）
26・3×9・3
新勅撰集の八八番歌から九〇番歌。
（『古筆切影印解説』Ⅳに拠る）

実はこれとは別に、やはり為益の筆跡ですが、怱卒（そうそつ）の間に書いたと思われる、少し雑駁（ざっぱく）な感のする別種の『新勅撰集』の断簡（次頁・図70）もあります。Cとします。これにより、為益は少なくともA・B・Cの三度、『新勅撰集』を書写したことが知られました。

さらに驚くべきことに、A・Bと同一筆跡で、Aの断簡と全く同一箇所を書写した一面分の断簡の存在が明らかになりました。仮にDとします。一行目には

D　はるなからとしはくれなむちる花を惜となくなるうくひすのこゑ

とあって、A・Bとも文字遣いが異なります。第四の為益真筆『新勅撰集』切の出現です（先の詞書も、やはり「たかへす所」となっています）。Dは未公開の個人蔵ですので図版の掲出は見送りますが、早く公刊されることを期待したいと思います。

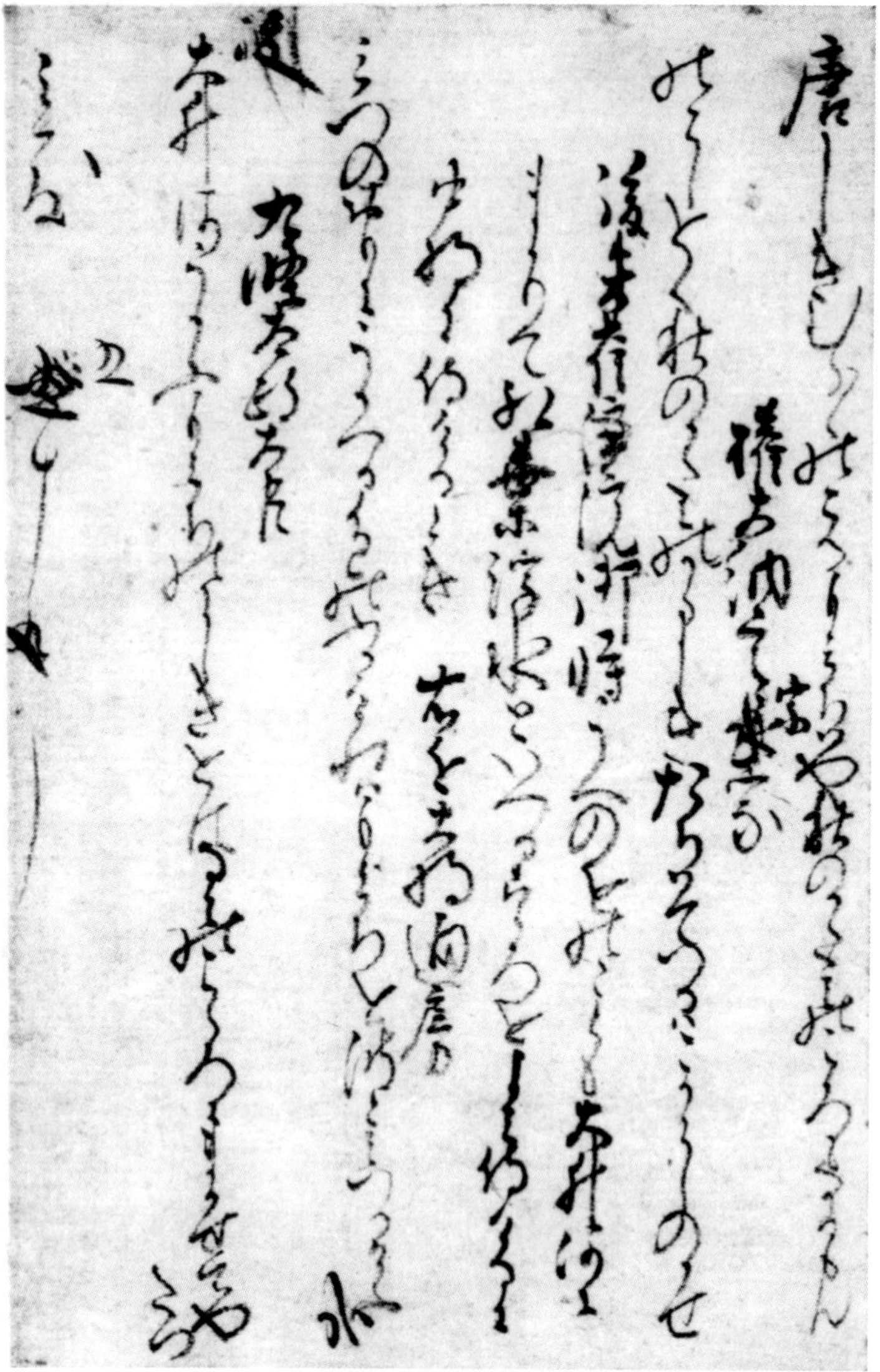

70 伝冷泉為益筆
四半切
（『新勅撰集』）
21・3×13・5
図版68・69と同じく為益の真筆ではあるが、書式・筆勢などが異なる別種。冷泉家時雨亭文庫に残欠本が伝わっている。
（『古筆切影印解説』IVに拠る）

一人の人物が同じ作品を一度しか書写しないというわけはありません。藤原定家は判っているだけでも『古今集』や『後撰集』を十回以上も書写しています。前出伝民部卿局筆秋篠切（『後撰集』）（24頁・図7）なども、同一箇所が見つかり、実は二種類あることが、ほんの数年前に指摘されました。

こうした「似て非なるもの」は、集めて、整理して、並べてみないと、なかなか気付きにくいものです。地道な調査と作業というありふれた方針の大切さが改めて身に染みます。

次頁の一葉（図71）は、古今伝授で知られる東常縁（とうのつねより）（?〜一四八四?）の真筆で『拾遺集』の建仁寺切（けんにんじぎれ）です。『新撰古筆名葉集』に「四半　白紙雲紙　拾遺一行書」とあるように、白紙すなわち素紙に書かれた部分もあります。一面十行詰で、掲出断簡では和歌が二行に分かち書きされていますが、これは建仁寺切の中でも特殊なことで、他の断簡では名葉集の記述通り和歌は一行書きで、二字ほど下げて詞書を記す書式です。

そこで、更にその次の断簡（図72）を見て下さい。やはり常縁を筆者と極める『拾遺集』の断簡です。一面十行書で、和歌一行書き、二字下げで詞書。筆跡も、折り返しの鋭く尖った「の」、下部の弧が角ばった「て」などが比較しやすいでしょう、建仁寺切と同筆と認められます。

しかし、大きさが全く違います。掲出の建仁寺切は縦二十三・三センチ×横十五・三センチの四半形、一方こちらは縦二十・二センチ×横十三・三センチの小四半形。同率の縮刷ですので、比べてみて下さい。一目瞭然です。常縁もまた、『拾遺集』を大きさの違う料紙を用いて二度、書写したわけです。

大きさが重要な識別要素となることもあるわけです。特に、縮刷された写真版などに拠って古筆切を利用しようとする際には、注意が必要でしょう。ツレではないものを、ツレとして扱ってしまいかねませんからね。

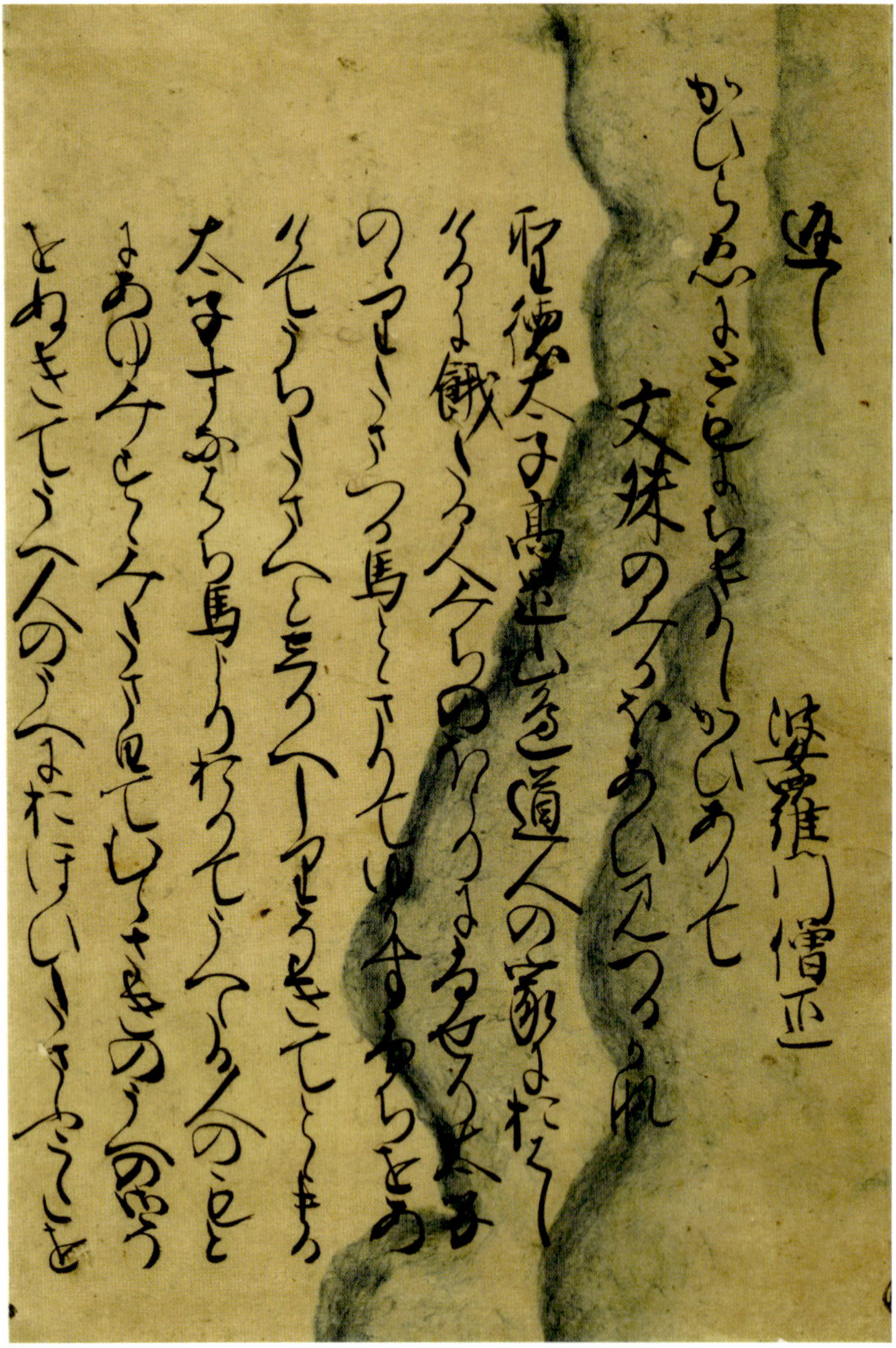

71 伝東常縁筆
建仁寺切
（『拾遺集』）
23・3×15・3

もとは四半形の冊子本で一面十行書。雲紙と素紙を混用する。署名入りの短冊と比べて、常縁の真筆と認められる。なお、筆者を顕昭（一一三〇？〜一二〇九以後）と極める同名の建仁寺切があるが、こちらは六半切で『源氏釈』『源氏物語和歌作者目録』を書写内容とする全くの別物である。

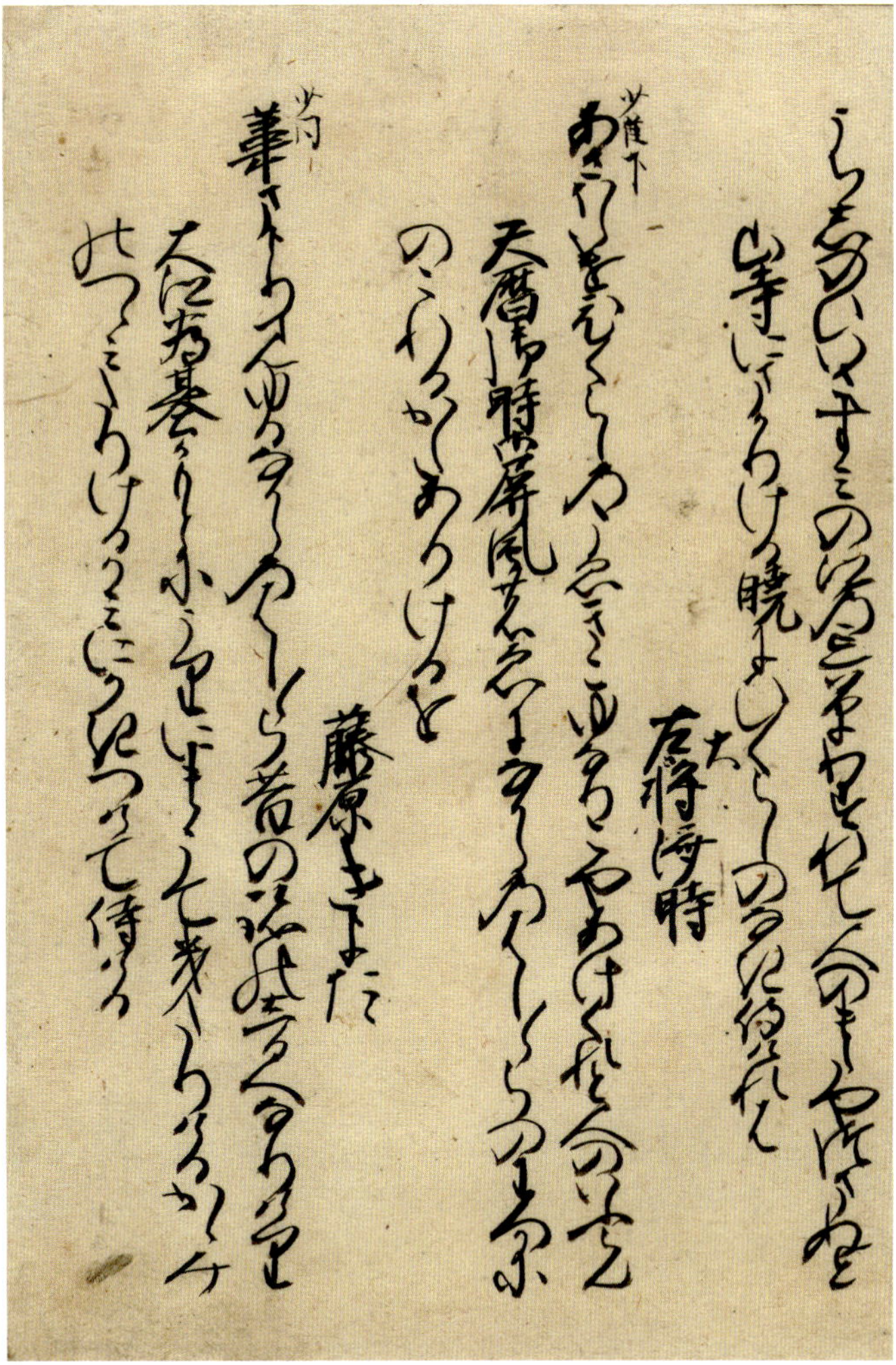

72　伝東常縁筆
小四半切（『拾遺集』）
20・2×13・3

写本で伝わる名葉集『古筆切目安』には、建仁寺切を指す「四半　雲紙拾遺」のほかに「小四半切　拾遺」とあり、それに該当するのが掲出切。小振りの素紙を用いている他は、書式も文字も建仁寺切と同一。やはり常縁真筆と認められる。

伝杲守（こうしゅ）筆四半切（『玉葉集』）は、『石山寺縁起絵巻』と同筆で杲守の真筆ですが、次頁の二葉（図73・74）を見比べて下さい。どちらか一方を見ていても気付きにくいのですが、比べれば、Aはやや線が細く、幅が窮屈な気もします。が、二千八百首もある『玉葉集』を始めから終わりまで同じ姿勢・態度で書写し続けられるわけでもなく、場所によっては雰囲気が変わって見えることはよくあります。

行数を数えてみると、Aは十五・五センチ幅に十行、Bは十五・二センチ幅に九行。ただ、ツレであっても、一面当たりの行数が一行や二行違うことは、さほど珍しくありません。

決定的な違いは文字の高さ、字高です。Aは二十二・九センチの紙高に対して字高十九・五センチほど、Bは紙高二十二・四センチに対して字高十八・五センチ。紙高五ミリの違いに対して字高が一・五センチも異なるの

A

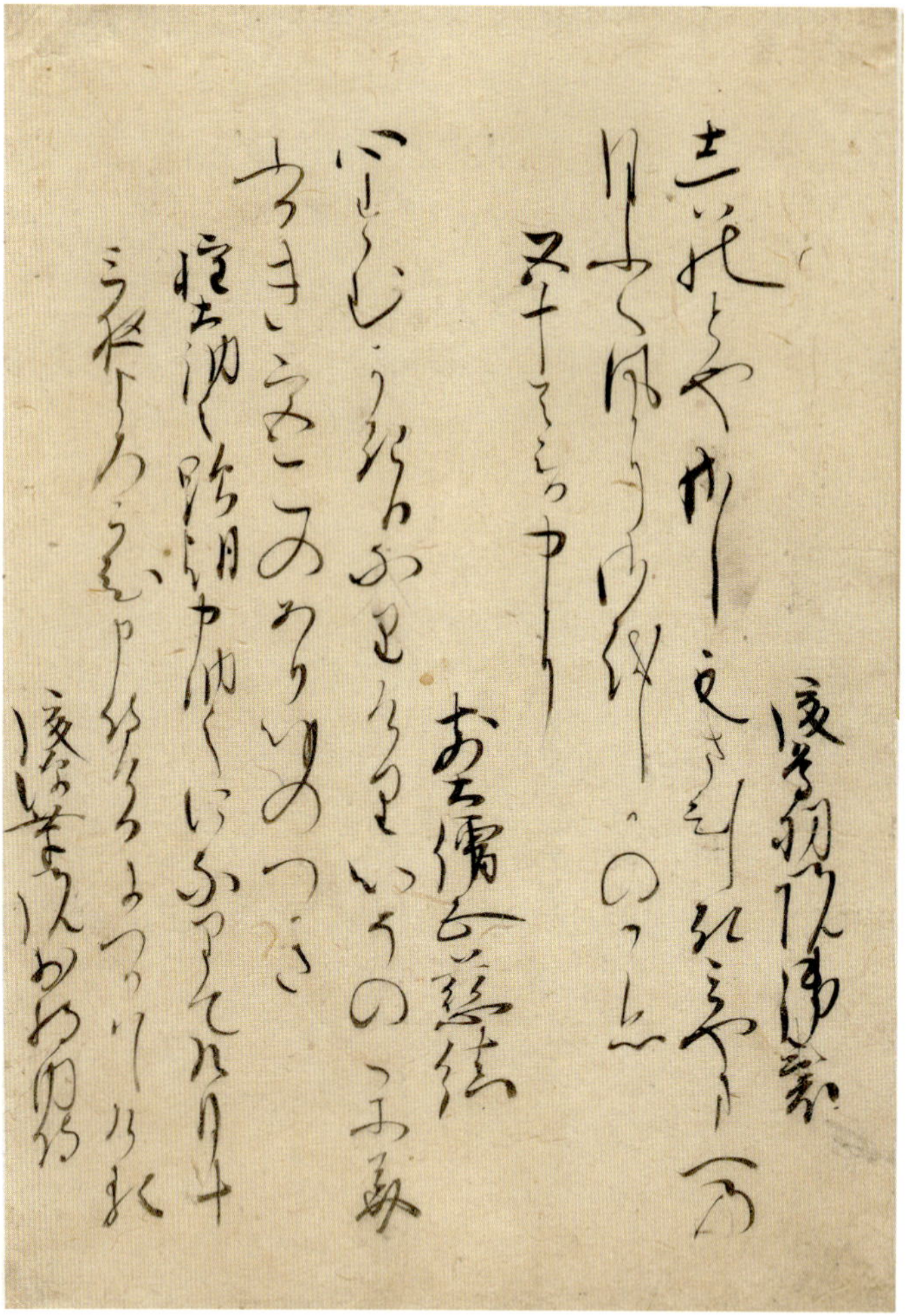

73 伝杲守筆
四半切（『玉葉集』）
22・8×15・5
杲守は生没年未詳。南北朝時代の歌僧で石山座主。
（『古筆切影印解説』Ⅳ参照）

B

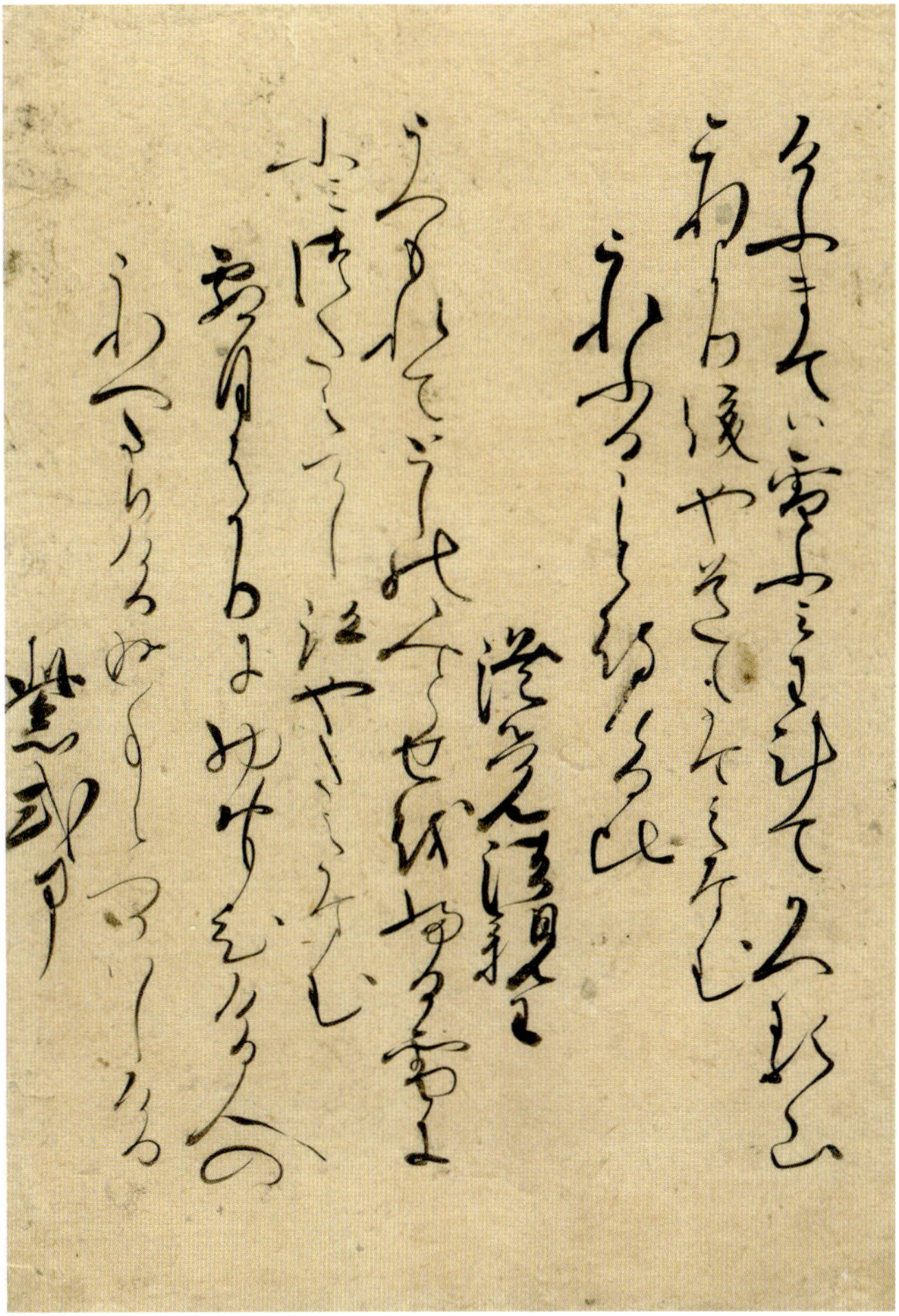

74 伝杲守筆
四半切（『玉葉集』）
22・5×15・2
（『古筆切影印解説』Ⅳ参照）

です。右の図版はほぼ同一の縮尺率です。Bが短い位置で書き終えていることが判ります。こうなると、行数の違いも本来の書式の違いだった可能性があります。

つまり、杲守は一面十行書でやや窮屈ながら高さを十分にとったAと、一面九行で少し幅にゆとりを持たせながら、和歌を短めに切り詰めたBの、二種の『玉葉集』を書写していることが判明します。

では、似て非なるものをもう一例。次のA・B二葉（図75・76）を見比べて下さい。

右側Aの一葉は、伝顕昭筆の簾中切と称する断簡で、嘉元元年（一三〇三）に成った『伏見院三十首』を書写内容としています。平安末期から鎌倉初期に活躍した顕昭の筆跡ではあり得ませんが、『伏見院三十首』の

A

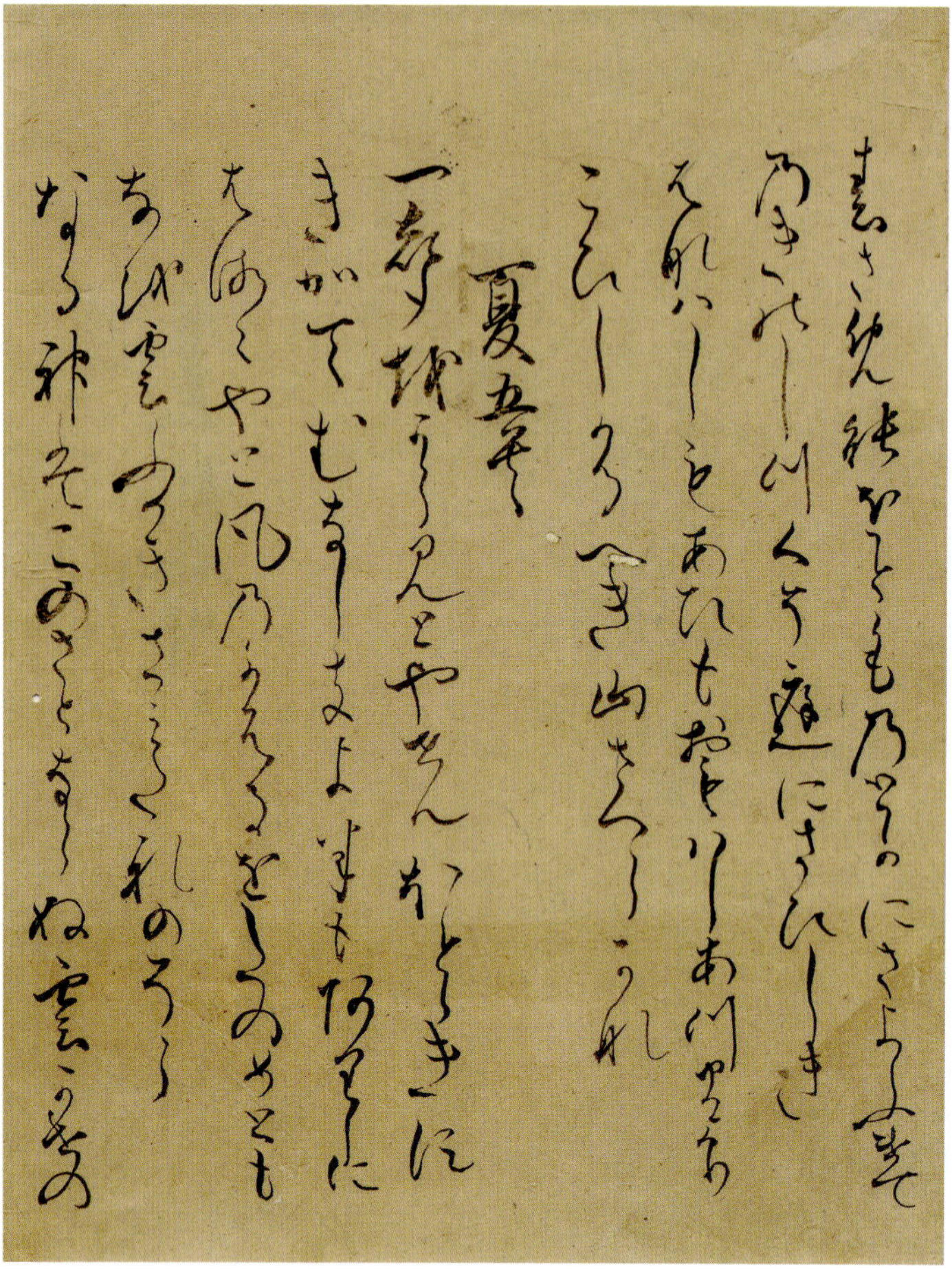

75 伝顕昭筆
簾中切（『伏見院三十首』）
模写
18・8×14・0

伝顕昭筆簾中切に比べて一回り大きく、字高16・0センチ（簾中切は字高15・5）。掲出模写切には「あしゝ」という裏書がある。これは模写であることをいうのであろう。好意的に「模写」とみるか、悪意のある「贋作」とみるかは、意見の分かれるところであろう。

B

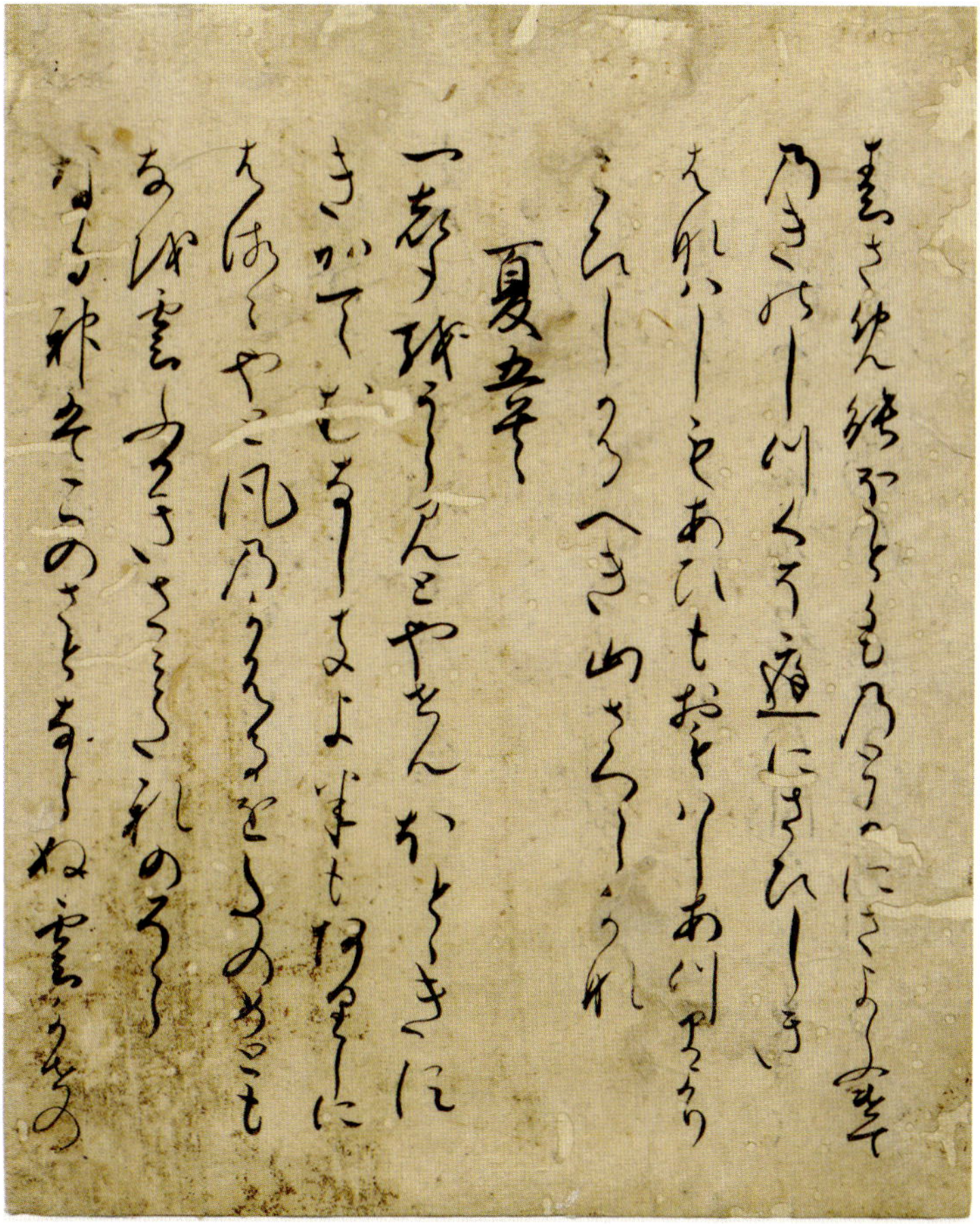

76 伝顕昭筆
簾中切（『伏見院三十首』）
18・2×14・3

もとは一面十行書の六半形の冊子本で、南北朝期書写であろう。従来は固有の切名を持つものではなかったが、掲出断簡の裏書に「簾中切」とある。

（日比野「伝顕昭筆『伏見院三十首』の新出断簡」〈『汲古』55 平成二十一年〉参照）

伝本は残っておらず、散逸の定数歌ですから、国文学的資料としては、とても貴重な古筆切です。しかし、左側Bの一葉の存在をどうみればよいでしょうか。

A

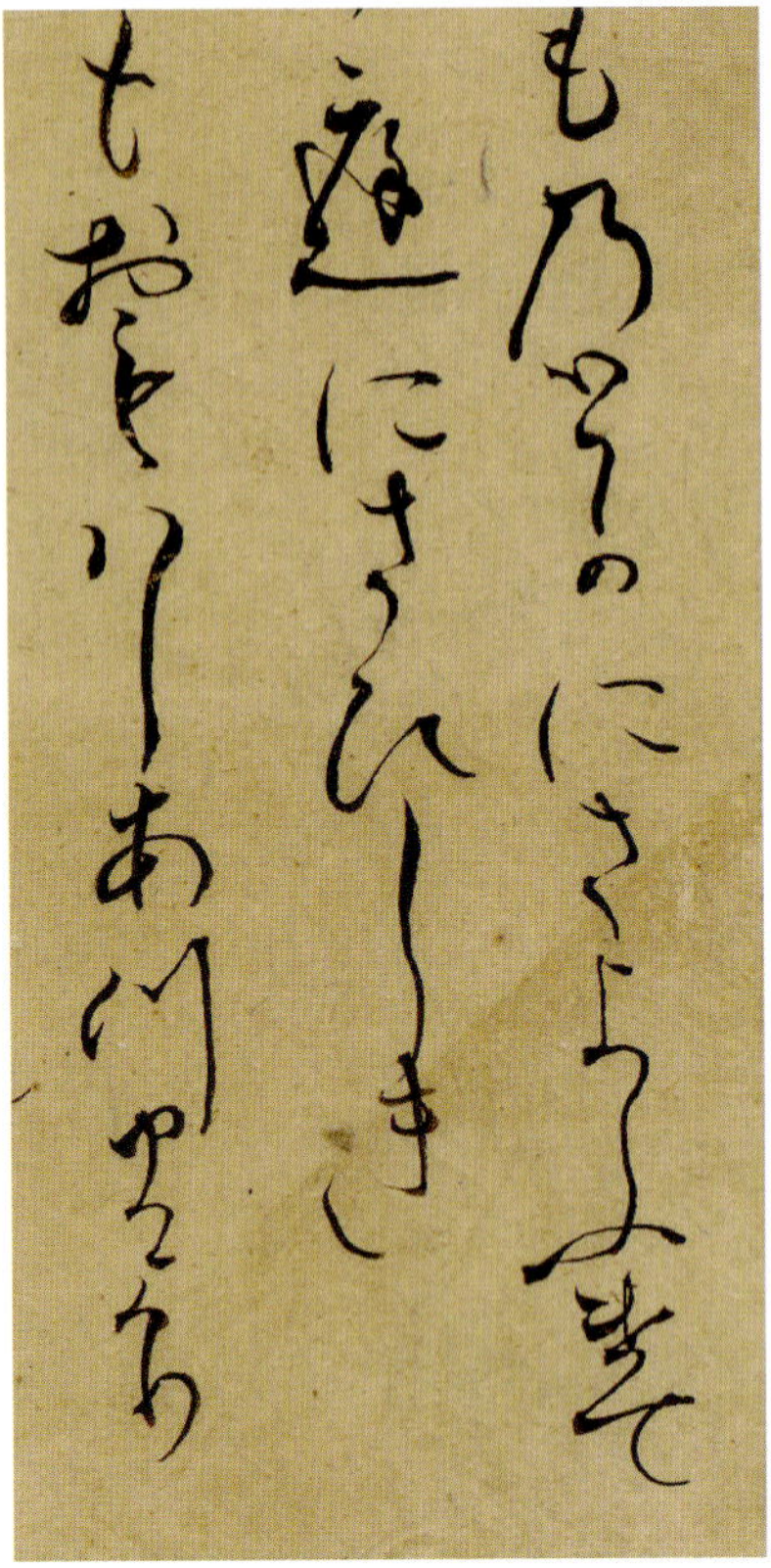

B

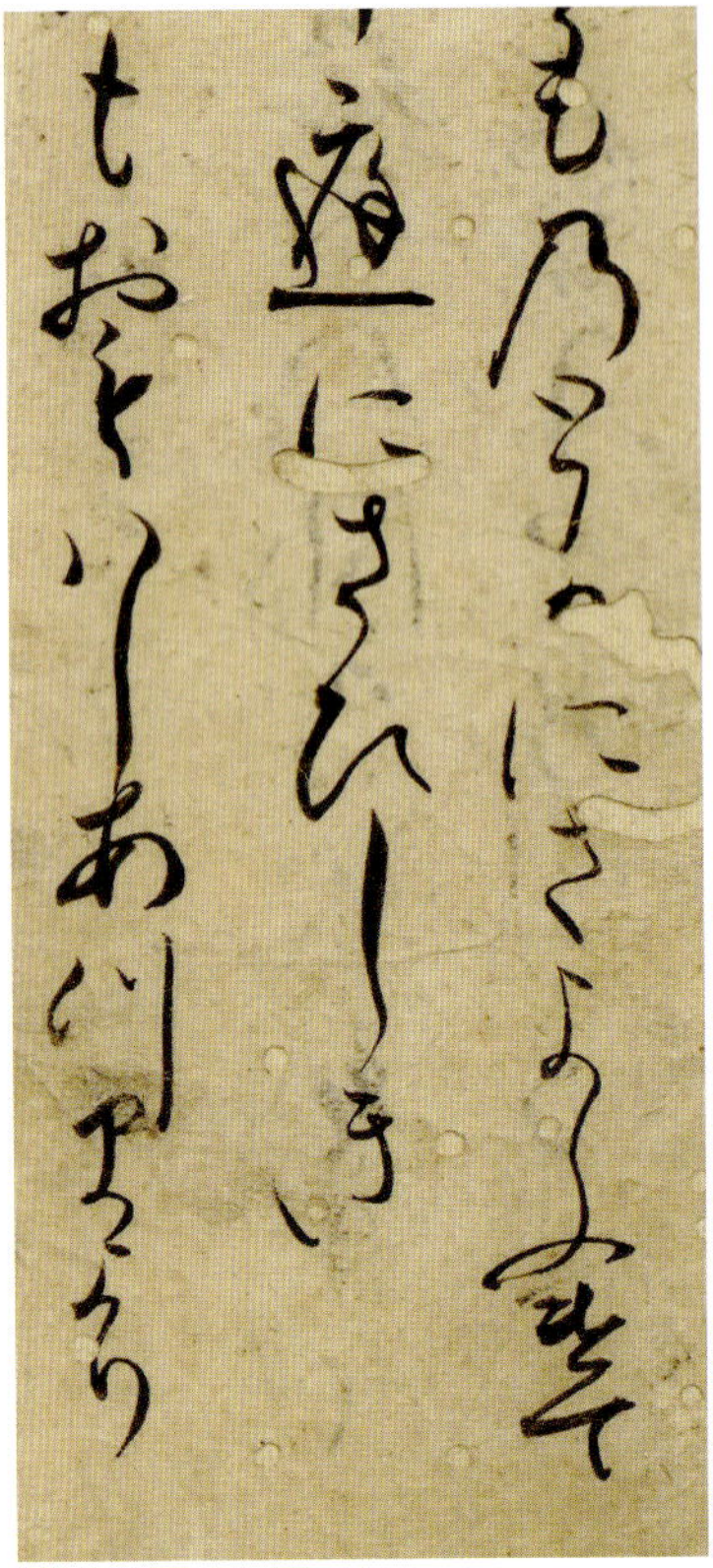

77 A 伝顕昭筆　簾中切（『伏見院三十首』）模写　拡大
B 伝顕昭筆　簾中切（『伏見院三十首』）拡大

一見、全く同じです。先の冷泉為益筆『新勅撰集』切とは違い、字母も、崩し方も全く同じです。しかし、試しに一部分拡大した図版で比較してみるとどうでしょう（図77）。

比べるとAの方は、何となく文字に力がなく、全体に細くて弱い感じがします。「庭」の「廴」の部分、「き」の最終画の受け皿、「つ（川）」の三画目の伸ばしの線などは震ってしまっています。

これは「写し」です。並べて比べてみると、まるでダメ。元のものと同じように写そうとすると、どうしても細い線などは震えてしまうものです。試しに手書きの文字を、全く同じように写してみてください。鉛筆でもうまくいかないのではないでしょうか。それが筆となると……。
また、同じように写そうとしても、元のものより一回り大きくなってしまうと言われます。模写切は字高が五ミリほど高くなってしまっています。

Aの一葉だけであれば、もしかすると、「伝顕昭筆　簾中切（伏見院三十首）」で通用してしまったかも知れません。しかし、Bと並べてみると、「写し」であることがはっきりわかります。

こうした「写し」にもいろいろあります。金銭などを目的としてそっくりに作成して売買の対象とすればそれは「偽（＝似せ）」「贋作」となるでしょうが、オリジナルの面影を追って学びたい、写しでも良いから愛玩したい、所持したいというのであれば、それは「模写」といってよいかもしれません。いずれにせよ、それらに美術的価値はほとんど認められません。「お宝」を手に入れたつもりでこのようなものを摑んでしまった場合は、不運と不勉強を嘆くより他、仕方ありません。

しかし、場合によっては、たとえ「写し」であっても、国文学研究の資料的価値が認められることもあります。目的はともかくとして、ある写本を一冊書写するのも、古筆切を模写するのも、ともに「転写」と考えればどうでしょう。元になった「親本（おやほん）」や、更に遡って、その系統の根元ともいうべき「祖本（そほん）」が残っていれば、転写本の文献的価値は認められません。しかし、親本が伝存していなければ、その転写本にも文献としての本文的価値を認めることができます。また、書写活動は、その作品の享受の実際であるともいえるでしょう。

例えば、『松花集（しょうかしゅう）』という鎌倉時代末期に成立した私撰集があります。もとは全十巻だったと思われますが、巻一（春）・巻四（冬）・巻五（恋上）と、雑（ぞう）部にあたる一部分がまとまって残されているだけで、半分以上が散逸してしまっています。しかし、古筆切の中には、この『松花集』を書写した断簡も残っており、特に散逸箇所を書写した古筆切は、絶対的な文献的価値を持ちます。

次の一葉（図78）は、南北朝時代の歌僧兼空（生没年未詳）を伝称筆者とする下田屋切と呼ばれる古筆切で、この『松花集』を書写内容としています。左端の一行が削り消されています。古筆切は見栄えをよくするために中途半端な行を抹消してしまうことはよくあります。ともあれ、もとは一面十行書。詞書は和歌より二字ほど下げ、「従二位」の官位を書き、右寄せに小さく「隆教卿」と名前を書く作者名表記にも特色があります。

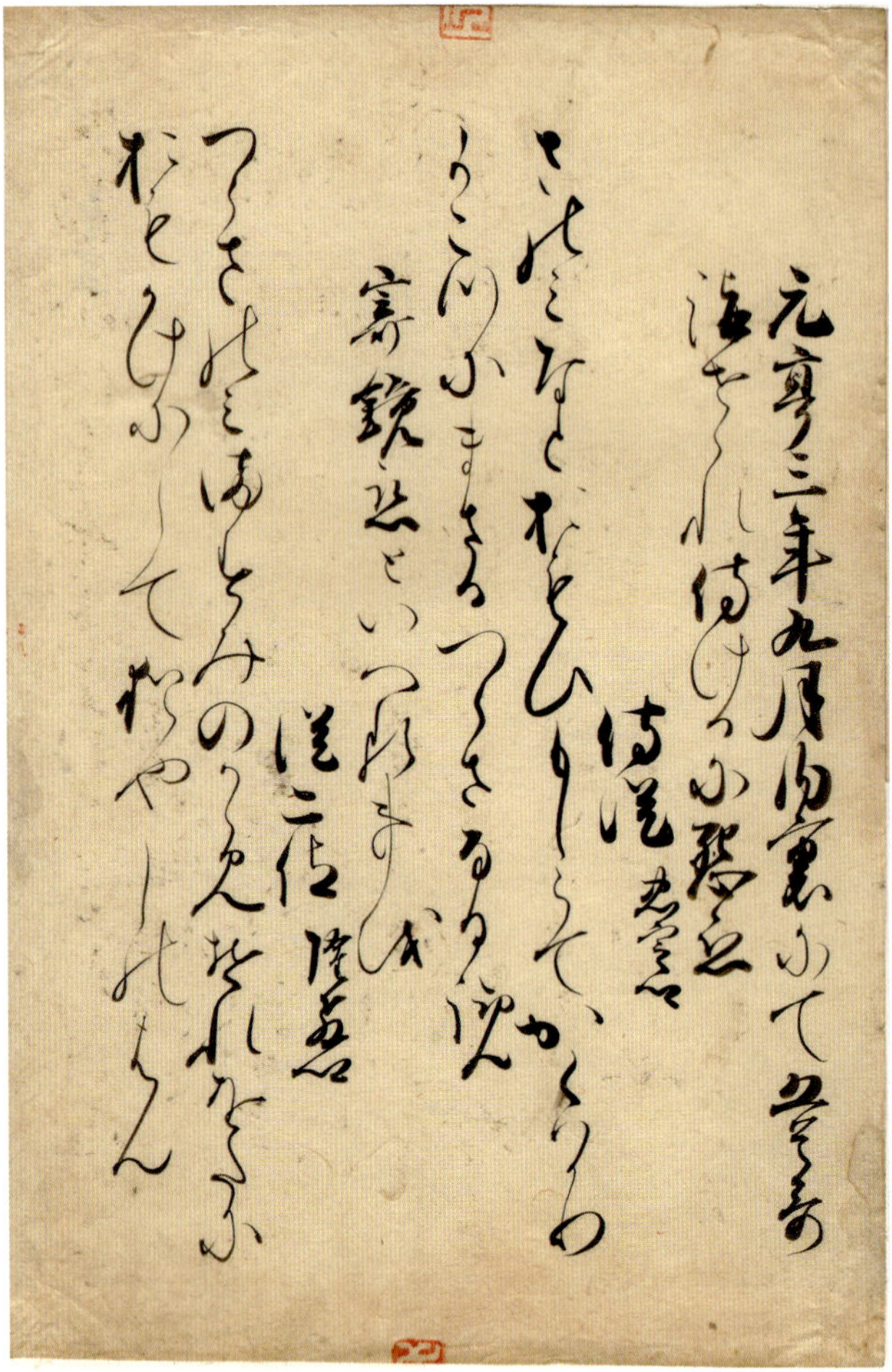

78 伝兼空筆
下田屋切（『松花集』）
24・8×16・0

『新撰古筆名葉集』の「四半　集未詳歌二行書続千載ノ異本歟」に当たり、国宝手鑑『見ぬ世の友』で「下田屋切」と呼称されている。南北朝頃の書写。もとは四半形の冊子本で一面十行書であるが、掲出断簡では、左端の一行が削消されている。
（『私撰集残簡集成』参照）

さて、次の一葉（図79）は、明らかに「模写」です。右端に「兼空上人」と記し、四隅の「印は、元の断簡の料紙の大きさを示しているようです。一面十行で書式も作者名表記も一致、右の伝兼空筆切とそっくりです。どうやら、下田屋切の模写であることは間違いありません。

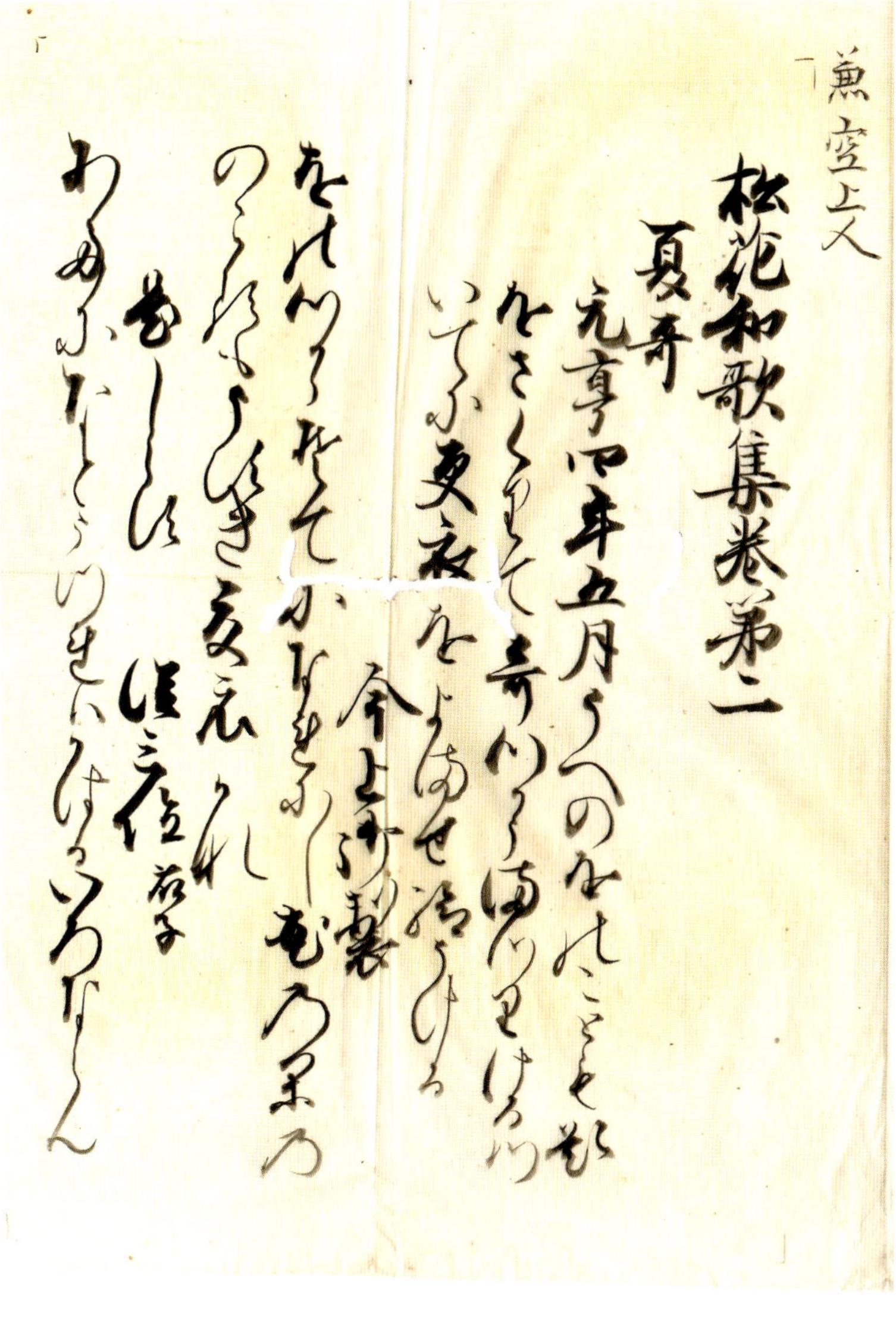

79 伝兼空筆
下田屋切（『松花集』）
模写
24・4×15・6

『松花集』の巻二（夏）は、断簡が一葉報告されているに過ぎない。ちなみに、『松花集』の古筆切としては他に伝浄弁（じょうべん）筆松花集切、伝正広（しょうこう）筆四半切がある。

注目すべきはその書写内容で、見てのとおり「松花和歌集巻第二」「夏哥」とあります。『松花集』の巻二は散逸し、断簡としてもこれまでに一葉（三首）しか報告されていません。模写切とはいえ、現在の所、前頁の模写切が、散逸した『松葉集』巻第二夏歌巻頭の本文として、オリジナルが出現するまでの間、絶対的な価値を持つことはいうまでもありません。

模写であるからとて無用とは限りません。そんな実例といえるでしょう。

模写切の効用は散逸作品に限りません。古筆切が写本の一部である以上は、模写切はその転写本であると考えればよいというだけですので、その作品の伝本・本文の研究の状況を把握することで、目的や用途に応じた価値を見出すことも可能であることは確かなようです。

さて、ツレを博捜する必要性は見てきた通りです。基本的に古筆切は、その一葉のみでものが言えるわけではありません。ツレの断簡だけではなく、同じ作品、同じ伝称筆者、同じ筆跡、同じ紙、さらには同じ作品の現存伝本など、いろいろと比較してみることでやっと発言権を持ちます。

人文の学問は、「人間」に応用ができます。私たちもいろいろな人を見て、いろいろな人と接することで、その人物の評価を作り上げていきます。そうやって、「人を見る眼」ができていきます。いうなれば、いろいろなサンプルを比較することで、その対象がいかなる存在であるかを認識します。

古筆切とて同じこと。多くのサンプルを見て、比べ、客観的な評価を繰り返すことで、合理的で正しい評価に結びつくとは考えられないでしょうか。その上で、直感的ではない冷静な判断も明確になっていくように思います。ちょっと説教くさくなりましたので、次に進みますが、これで、ツレの博捜や、広く見る事が大切な理由が解ってもらえたことでしょう。

ただ、時折、「どこそこの図録を見ていない」とか、「どこそこの画像データに目を通していない」などの批判を耳にします。確かに、原態に近づける為にも、より多くの資料収集に努めるべきでしょう。

しかし、個人的には、神経質になり過ぎる必要はない、と思います。元々古筆切は、書物全体の内のわずかな分量に過ぎませんし、思いがけない古筆切が、きっと、まだまだ出現するに違いありません。決め手の一葉を探し当てたらラッキーというくらいのつもりで、取り敢えず収集・整理を試してみればよいのではないでしょうか。

ところで、極稀に、たった一葉でも発言権を持っていそうな古筆切に出会うこともあります。

次頁の一葉は伝藤原家隆（いえたか／かりゅう）筆の断簡（図80）で、番付けや左右の別があることから、歌合であることは推察ができます。ただ、この書写内容と一致する歌合は、現存していません。少しだけ調べてみましょう。

ここにある三首の歌を『新編国歌大観』で検索してみます。すると、二首目「またした、……」の歌が、藤原雅経の家集『明日香井集』に「粟田宮歌合　同九月廿二日」の歌として入集していることが判ります。

どうやらこの断簡は、『粟田宮歌合』を書写内容としているようです。

『粟田宮歌合』は、承元四年（一二一〇）に行われた、後鳥羽院・定家・家隆・雅経などの新古今時代を代表する錚々たるメンバーが参加した歌合です。しかし、伝本は一本も報告されていません。散逸歌合なのです。

以下、詳細は省略しますが、散逸作品の古筆切（ただし、作品名が判る散逸作品に限られますが）は、現存しない作品の本文そのものを伝えているわけですから、一葉といえども絶対的な価値を持つわけです。

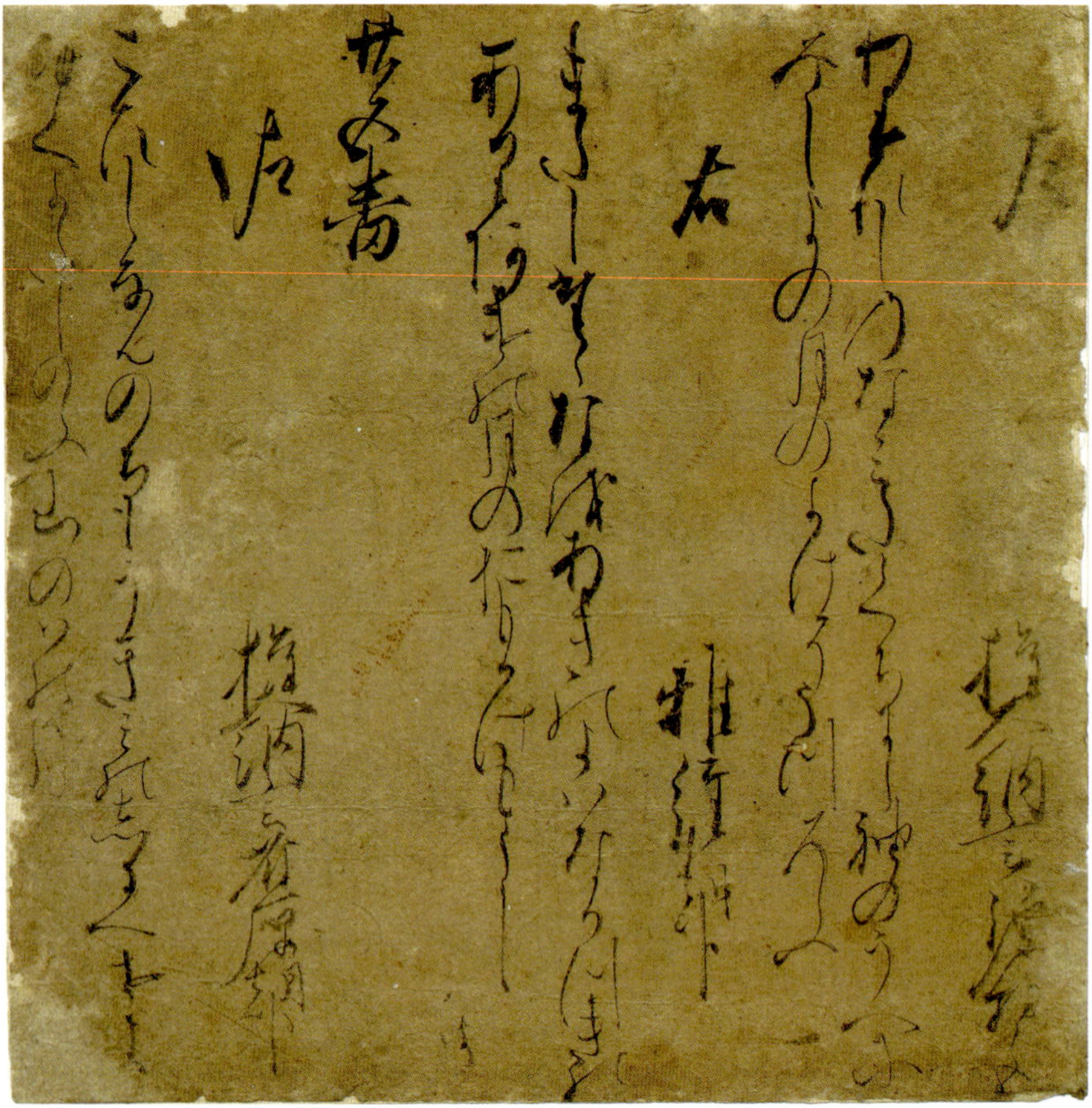

80　伝藤原家隆筆
六半切（『承元四年粟田宮歌合』）
15・3×14・9

もとは六半形の冊子本で一面十行。書写年代は鎌倉中・後期。ツレの断簡は確認できていない。『承元四年粟田宮歌合』は「寄月祝・寄旅恋・寄山雑」の三題、作者は後鳥羽院・定家・家良など少なくとも八名が判明。

（日比野「承元四年粟田宮歌合について」〈『汲古』65　平成二十六年〉参照）

次の葛岡宣慶（一六二七？〜一七一五以後）を筆者と極める断簡（図81）も、ツレは見つかっていません。これも詳細は省略しますが、ヒントをいくつか掲げておきます。作者名も詞書も無い書式から、私家集か、

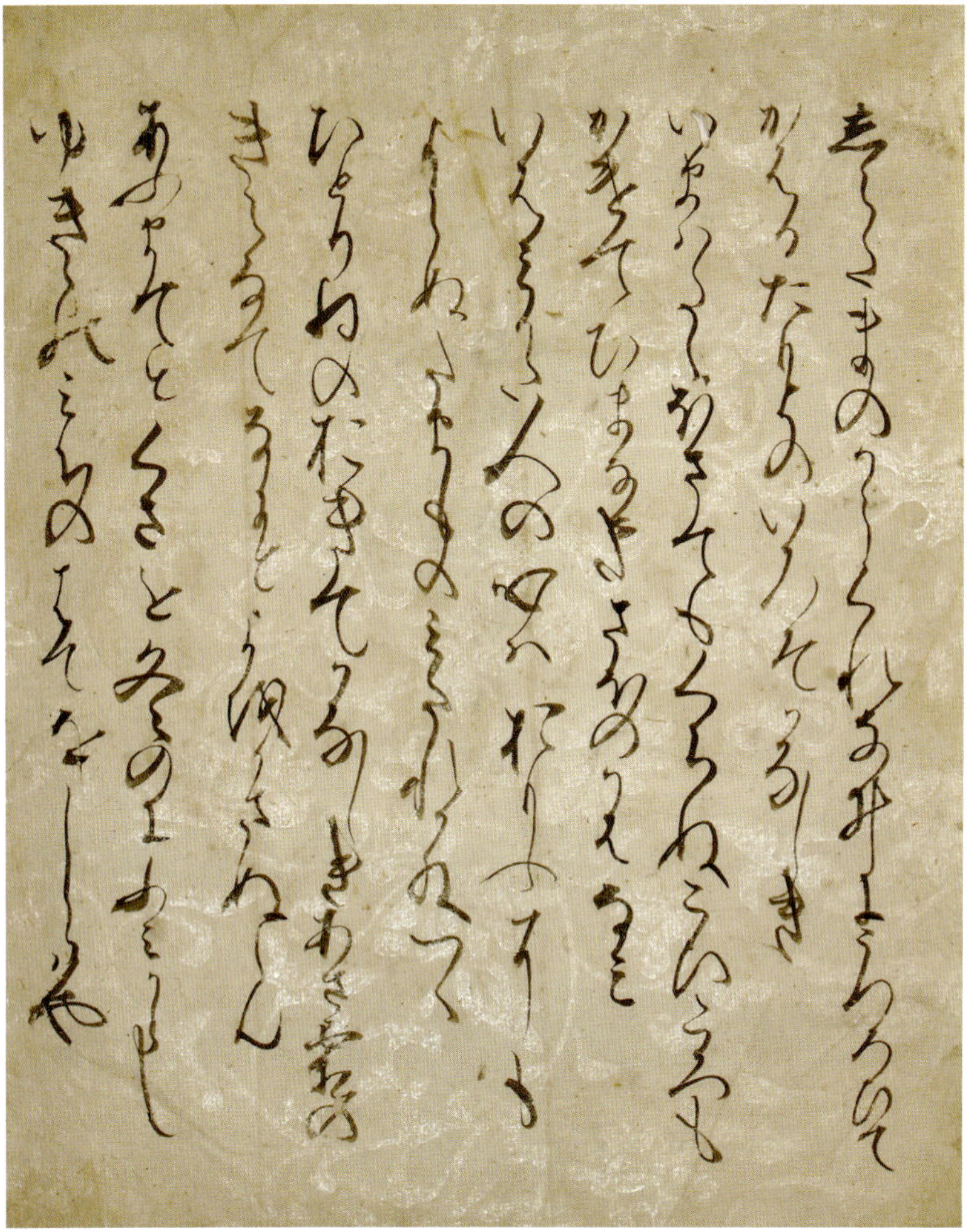

81 伝葛岡宣慶筆
小四半切（『公経家集』）
18・4×14・3

もとは小四半形の冊子本で、一面十行。宣慶の真筆の可能性は高い。書写年代は江戸初期に下るが、散逸した西園寺公経の家集の本文を伝える断簡として貴重。他に『公経家集』の断簡として伝慈円筆巻物切がある。

（日比野「西園寺公経の家集」〈『和歌文学大系』月報49 平成三十年〉参照）

定数歌の可能性があります。まずは、『新編国歌大観』で調べてみてください。五首中四首を他の歌集にも見出すことができるはずです。それらの作者名から、その四首の作者名が判明します。残りの一首も、おそらく同じ作者でしょう。また、他出歌集の詞書にも注目します。どのような場で詠まれた歌であるか、その共通点が見つかるはずです。

『百人一首』にも入集する、それなりに有名な鎌倉期歌人の私家集のうち、ある定数歌を収めた部分、あるいは、ある定数歌のうち、その歌人の詠歌がまとまった部分ということになりそうです。書写年代は江戸初期にまで下りそうですが、国文学研究の資料としては、かなり重要で興味深い断簡です。

さて、話を戻しましょう。ツレを収集する段階で、その作品・そのジャンルに対する何らかの見通しにも、気付き得るかもしれません。「集めてみてこそ判ること」です。

例えば、『古今集』の断簡は、各時代にわたってたくさんあります。どの時代にもよく読まれていた証です。ただ、本文については同一ではありません。現在では、定家書写系統の本が流布している『古今集』ですが、平安時代には、鎌倉時代の定家が書写した定家本が存在するはずはありません。また、定家以降になって、すぐ定家本が蔓延したわけでもありませんので、鎌倉時代には「非定家本」が数多く確認できます。室町時代に入ると、確認できるほとんどが定家本になりますので、徐々に定家本の勢力が広まっていったわけです。流布の状況と伝播の過程が見えてきます。

『拾遺集』（二十巻）は、『拾遺抄』（十巻）を増補して成ったとされますが、平安時代書写の『拾遺抄』は伝存するものの、平安時代書写の『拾遺集』は見出せません。平安時代には『拾遺抄』が重視されていたことが判ります。ところが、鎌倉時代の書写断簡に注意してみると、『拾遺抄』はほんの数種類、『拾遺集』の古筆切は何十種類にも増えています。鎌倉時代に入ると、「三代集」の一つとして『拾遺集』のほうが重視され、よく読まれるようになったということでしょう。残存数から享受の変遷が推察されるわけです。（参考断簡・図82）

散文作品では、『伊勢物語』と『源氏物語』の古筆切が圧倒的に多い一方で、『枕草子』や日記文学の古筆切

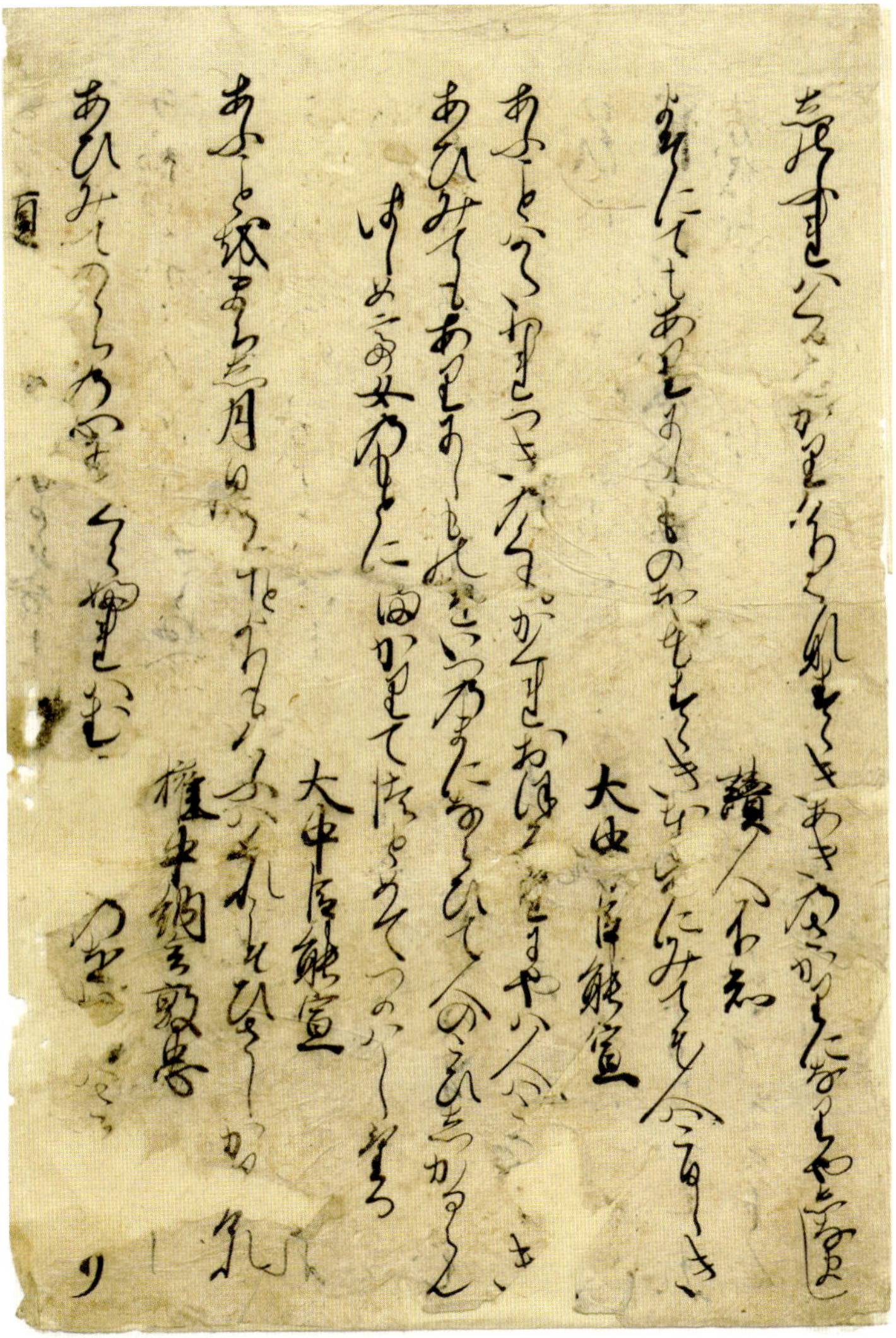

82 伝仲顕（ちゅうけん）筆
四半切（『拾遺抄』）
20・9×13・6

もと四半形の冊子本。歌一首一行書で一面十二行書。南北朝期頃の書写。ツレが国宝手鑑『翰墨城』や、『古筆切影印解説』II・『平成新修古筆資料集』一・四などに見られる。鎌倉期には少ない『拾遺抄』の断簡で、流布本と比べて異同もあり、看過できない。仲顕（生没年未詳）は鎌倉・南北朝期の歌僧。

はほとんどありません。後者は、我々が思うほど、流布していなかったようです。より重要視された作品と、その享受が明確になります。

『源氏物語』といえば、明らかに平安時代に書写された伝本はゼロ。一葉の断簡さえ伝わっていません。国宝の『源氏物語絵巻』は例外です。それが鎌倉時代以後になると、約二百種もの古筆切が報告されています。（参考断簡・図83）物語が娯楽的な創作物から、和歌と並ぶ文芸へとその受容

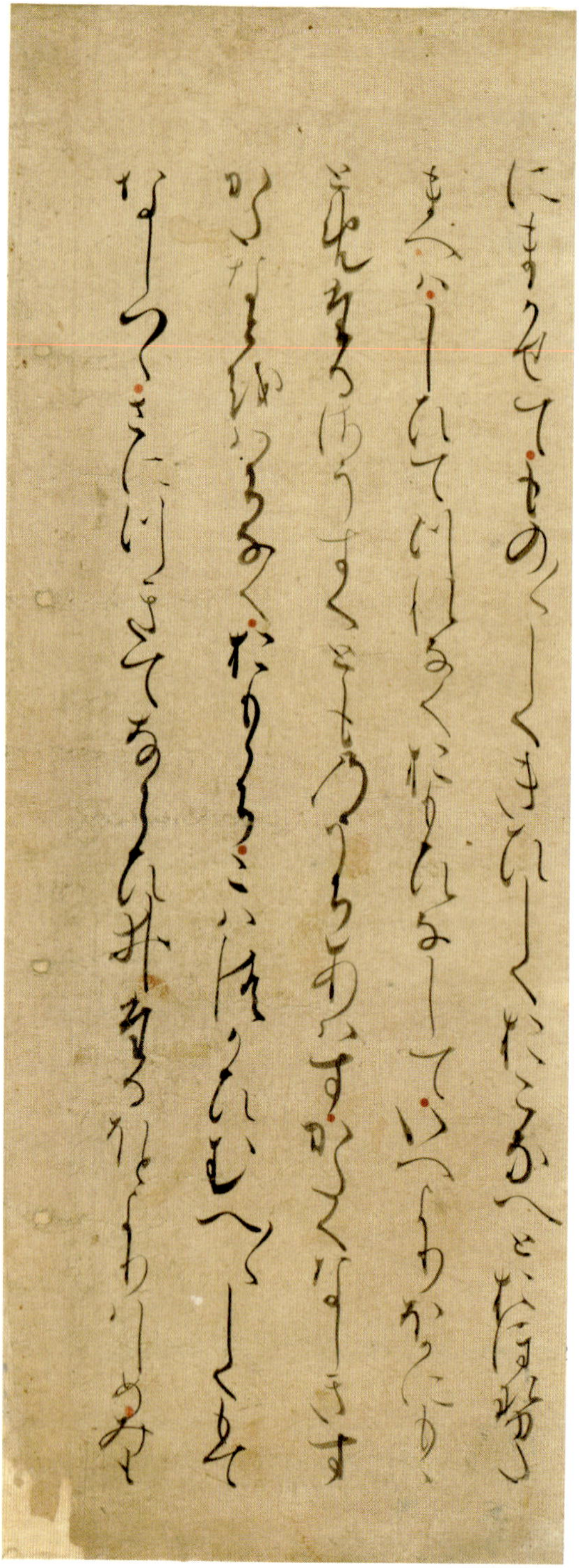

83 伝藤原為家筆
大四半切（『源氏物語』） 32・8×11・8

縦三十センチを越す大きさは巻物を思わせるが、料紙左端に綴じ目が確認できる通り、大型の冊子本。『新撰古筆名葉集』の「源氏切大四半」に該当する。横幅はツレの断簡に徴するに二十センチほどで、一面十一行書。朱の句読点がみられる。書写年代は鎌倉中期頃。ツレは少なくはなく、薄雲・賢木・真木柱の巻が報告されているが、掲出断簡は少女の巻。本文は河内本系統。尾州家本との関連についても注目すべきであろう。

が変化したためだと考えられます。これも、集めてみて、時代別に並べてみることで判ることです。「集めてみてこそ判ること」はまだまだ他にもあります。ツレ収集のついでに、同一作品・同一ジャンルの古筆切にも注意してみると、思わぬ「発見」に繋がるかも知れません。

⑫ 価値・評価

あとは、その古筆切がどういう古筆切であるか、です。「あの人、どんな人」に対して答えるように、「あの古筆切、どんな古筆切」に答えてみてください。対象についてよく判っていれば的確な判断ができるでしょうし、この時点では少なくともこんなことが言える、でも良いでしょう。わからない場合は、「これについてはよく判っていない」というのも評価であると考えてよいと思います。愛好家としての価値、書道的観点からの価値、国文学研究の立場からの価値……。

好き嫌いの評価でも構いませんが、その場合は、できれば好きになってください。

さて、長々と綴ってきました。他にも見てもらいたい断簡、お伝えしたい事柄など沢山ありますが、キリがありません。ひとまず、これくらいにしたいと思います。

ここまで読んで、実際に古筆切を手に（目に）した時に何か思い出してもらえたり、「複製の手鑑でも眺めてみるか」とか、「よし、一つ古筆切について何か調べてみるか」などと思ってもらえれば、それほどうれしいことはありません。

まあ、そうでなくとも、気楽に図版でも眺めていただければ、せめてもの幸いです。

釈　文

〈凡例〉

・漢字は概ね通行の字体に改めましたが、そのまま残したものもあります。
・記号や傍書、小書きなどは、一部を除いて省略に従いました。
・破損などで判読不能な文字は□とし、推測し得るものは（　）に入れて示しました。

1 伝二条為重筆 道也切（『新古今集』）

寛平御時きさいの宮の哥合に

読人しらす

かすみたつはるの山辺にさくらはな
あかすちるとやうくひすのなく

題しらず　赤人

はるさめはいたくなふりそさくらはな
またみぬ人にちらまくもおし

3 伝後伏見院筆 広沢切（『伏見院御集』）

春心

はるもいさやわかぬ心にはなとりの
あたらなさけのみえきかるらん

5 伝平松時庸筆 四半切（『古今集』）

貫之

郭公けさ鳴こゑにおとろけは君に別し時にそありける

桜をうへてありけるにやうやく花さきぬへき時にかのうへける人のみまかりにけれはその花を見てよめる　紀もちゆき茂行

花よりも人こそあたになりにけれいつれをさきにこひんとか見し

あるしみまかりにける人の家の梅の花をみてよめる

つらゆき

色も香もむかしのこさににほへともうへ剣人のかけそ恋しき

6 伝玄作筆 四半切（『古今集』）

やまひにわつらひ侍ける秋こゝちのたのもしけなくおほえけれはよみて人のもとにつかはしける

大江千里

紅葉はを風にまかせてみるよりもはかなき物は命なりけり

身まかりなむとてよめる

藤原これもと

露をなとあたなる物と思ひけむ我身も草にをかぬはかりを

やまひしてよはく成にけるときよめる

なりひらの朝臣

7 伝民部卿局筆 秋篠切（『後撰集』）

返し　藤原かつみ

ゆふくれはまつにもかゝるしらつゆの
おくるあしたやきえはゝつらむ

やまとにあひしりて侍ける人のもとに
つかはしける　　よみ人しらす
うちかへしきみそこひしきやまとなる
ふるのわさたの思いてつゝ
返し

8　伝清水谷実秋筆　持明院切（『後拾遺集』）
ことそともなく袖のぬるゝは
月前落葉といふ心を
御製
もみち葉の雨とふるなるこのまより
あやなく月のかけそもりくる
落葉みちをかくすといふ心をよめる
法印清成
もみちゝる秋の山辺はしらかしの
したはかりこそみちはみえけれ

9　伝二条為氏筆　四半切（『八代集抄』）
秋にはあへすうつろひにけり
よみ人しらす
ちらねともかねてそおしきもみちはゝ
いまはかきりのいろとみつれは
崇徳院に百首哥たてまつりける時
左京大夫顕輔
やまひめにちえのにしきをたむけても
ちるもみちはをいかてとゝめん

題しらす　　八條院高倉
神なひのみむろのこすゑいかならん
なへてのやまもしくれするころ

10　伝世尊寺行尹筆　巻物切（『和漢朗詠集』）
花飛如錦幾濃粧織者春風未畳箱
始識春風機上巧非唯織色織芬芳
眼貧蜀郡裁残錦耳倦秦城調尽箏
世のなかにたえてさくらのなかりせは
はるのこゝろはのとけからまし
わかやとのはなみかてらにくるひとはちり
なんのちそこひしかるへき
みてのみやひとにかたらんさくらはな
てことにをりていゑつとにせん

11　伝藤原清輔筆　四半切（『万葉集』）
或本歌
三芳野之耳我山尓時自久曾雪者落等言
無間曾雨者落等言其雪不時如其雨無
間如隈毛不堕思乍叙来其山道乎
右句々相換因此重載焉
天皇幸□吉野宮時御製歌
淑人乃良跡吉見而好常言師芳野吉見

12　伝二条為定筆　四半切（『拾遺愚草』）
同六年二月同家五首春哥
やまのはゝかすみはてたるしのゝめの

うつろふはなにのこる月かけ
花のさかりに大宮の大納言のもとより
かすならぬやとにさくらのをり〳〵は
とへかし人の春のかたみに
返事
おほかたのはるにしられぬならひゆへ
たのむさくらもをりやすくらん
殷富門院皇后宮と申しときまいりて

13 伝後崇光院筆 四半切（『六百番歌合』）

両方風体共に優に可侍為持へし
廿九番
左 持　兼宗朝臣
おもへたゝ〳〵よそ〳〵の人たにもわかるゝみちはか
なしからすや
右　隆信朝臣
くれは又おもひしほとのわかれたになこりはいける心
ちやはせし
右方申云左哥重点重畳之外無指心
左方申云右歌無指事
左は唯外人以来今之悲歎之深右は称後朝表此之
別離之切是忽同等無勝劣仍猶為持

14 伝藤原為家筆 四半切（『八雲御抄』）

千ひろの　なるとの　あしろの
ゆきのしら　いろのはま　かたみの
こひのはま　しらきの　かみしまの

15 伝宗全筆 四半切（『愚問賢注』）

・別して愚意にそむる躰なく候古人
秀哥と申候はいつれも銘心腑候
一、哥の風情を求といへはとて花にはき玉
葉には青玉なといふやうなる事はかへり
て嘲をまねくか上にはさ程めつらしからさる
やうなれともてにをはなとにてちかへてつね
の事のめつらしくなる風情もあるへきにや
さのみめつらかなる事をこのみて花には風を
ふかせたかり月には雲をかけたかりなと

16 伝二条為氏筆 四半切（『伊勢物語』）

おとこふみをこせたりえてのちの事なり
けりあめのふりぬへきになんみわつらひはへる
みさいはいあらはこのあめはふらしといへりけれは
れいのおとこ女にかはりてよみてやらす
かす〳〵におもひおもはすとひかたみ
身をしるあめはふりそまされる
とよみてやれりけれはみのもかさもとりあえて

17 伝後光厳院筆 六半切（『源氏物語歌集』）

さゝかにのふるまひしるきゆふくれに
ひるますくせといふかあえなさ
いかなることつけそといひもあへ
すはしりいて侍にをひつゝ

あふことのよをしへたてぬなかならは
ひるまもなにかまはゆからまし
なかゝはの御かたゝかへにおほえ
なきちきりの程をあはれもあさ
からぬよの思いてはさま〳〵なり

18 伝後光厳院筆 四半切（『建礼門院右京大夫集』）

むしのこゑいつくものことなれとため
しなきかなしさなりみやこにては
はるのにしきをたちかさねてさふら
ひし人〳〵六十余人はありしかともわ
するゝさまにおとろえたるすみそめの
すかたしてわつかに三四人はかりそさふら
はるゝその人〳〵にもさてもやとはかり
そわれもひともいひいてたりしむせふ
なみたにおほられてこともつゝけられず
いまや夢むかしやゆめとまよはれて
いかにおもへとうつゝとそなき

19 昭和美術館蔵 伝津守国夏筆本『建礼門院右京大夫集』

＊釈文省略

20 伝二条為忠筆 八半切（『古今集』）

ときにをくりにあふさかをこゆとてよみける
つらゆき
かつこえてわかれもゆくかあふさかは人たのめなる名
にこそ有けれ

おほえのちふるかこしへまかりけるむまのはなむ
けによめる　藤原かねすけの朝臣
君かゆくこしのしら山しらねとも雪のまに〳〵あとは
たつねん
人の花山にまうてきてゆふさりつかたかへり
なんとしけるときによめる
僧正遍昭
夕くれの籬は山と見えなゝんよるはこえしとやとりと
るへく

21 伝後光厳院筆 巻物切（『源氏物語』）

れいの　心〳〵
しん殿　に
に　いとむへか
めり

22 伝小倉実名筆 四半切（『金葉集』）

ゆきつもるとしのしるしにいとゝしくちとせのはるの
花さくそみる
返し　六条右大臣
つもるへしゆきつもるへしきみかよはまつの花さくち
たひみるまて
天喜四年皇后宮哥合に祝の心をよませ給ける
後冷泉院御製
なかはまのまさこのかすもなにならすつきせすみゆる
君かみよかな

松上雪といふ事を
源頼家朝臣
よろつよのためしとみゆるまつのうへにゆきさへつも
るとしにもあるかな

23
伝藤原清範筆 西山切（『新古今集』）
郭公さつきみな月わきかねて
やすらふこゑそゝらにきこゆる
題不知　白川院御哥
にはのをもは月もらぬまてなりに
けりこすゑに夏のかけしけりつゝ
恵慶法師
わかやとのそともにたてるならのは
のしけみにすゝむ夏はきにけり

24
伝二条為定筆 六半切（『千載集』）
あひみぬさきのつらさなりせは
摂政右大臣のとき家哥合に
恋の心をよめる
皇大后宮大夫俊成
あふ事はみをかえてともまつへきを
よゝをへたてむ程そかなしき
摂政家丹後
おもひねの夢になくさむ恋なれは
あはねとくれの空そまたるゝ
題不知　民部卿成範

25
伝寂蓮筆 六半切（『新勅撰集』）
恋わひてうちぬるよひのゆめにたにあふとは人のみえはこそあらめ
後法性寺入道前関白太政大臣
くもりなくみかきあらはす
さとりこそまとかにすめる
かゝみなりけれ
阿含経　藤原隆信朝臣
ありとやは風まつほとをたの
むへきをしかなくのにおけ
るしらつゆ
（安）楽行品

26
伝藤原清輔筆 六半切（『新古今集』）
摂政太政大臣百首哥ヨマセ
侍リケルニ
高松院右衛門佐
ヨソナカラアヤシトタニモヲモヘカシ
コヒセヌ人ノソテノイロカハ
恋トテヨメル　読人不知
シノヒアマリヲツルナミタヲセキカヘシ
ヲサフルソテヨウキナモラスナ
入道前関白太政大臣家哥

27
伝素眼筆 大四半切（『古今集』）
かへしもの、うた
あをやきをかたいとによりて鶯のぬふてふかさは梅の

花かさ
まかねふくきひの中山おひにせるほそたにかはのをとのさやけさ
この哥は承和の御へのきひのくにのうた
みまさかやくめのさら山さら〳〵にわかなはたてしよろつ代までに
これはみつのをの御へのみまさかこのくにのうた
みの丶くにせきのふちかはたえすして君につかへんよろつ代までに
これは元慶の御へのみのうた
君か代はかきりもあらしなかはまのまさこのかすはよみつくすとも
これは仁和の御への伊勢のくにのうた
おほとものくろぬし

28 伝阿仏尼筆 鯉切（『僻案抄』）

哥もはなれて柳をへたて丶いれたる
おほつかなしされとも丶ちとりといふも
うくひすはなるへしとはきこえぬにや
はるくれはかりかへるなりしら雲の
みちゆきふりにことやつてまし
みちゆきふりとはみちゆかんついて
の心也万葉に玉鉾のみちゆきふりにおも
はさるいもをあひみてこふるころかも
ふるくよめる哥の詞にて心うへし

春のよのやみはあやなしむめのはな

29 伝二条為重筆 四半切（未詳歌集）

（野中茎菜世事）　皇太后宮大夫俊成女
あくかれてねぬ夜のちりのつもるまで
月にはらはぬとこのさむしろ
（推之蕙心鑪下和羹）　西行法師　（俗人）
きり〳〵す夜さむに秋のなるま丶に
よはるか声のとをさかりゆく
（属之蒖指あすからはわかなつまむと）
後久我太政大臣
曙や川せの波のたかせふね
（しめしのに昨日もけふも雪はふりつ丶）

30 伝二条為明筆 六半切（『狭衣物語』）

あらめせいしきこえした丶
もろともになし給てよみつからは
おくれきこゆましけれはいと
うれしいまひとりの御さまこそ
とかくみたれなくのちのよをお
なし所にあひみ給はん事かたか
るへかんめれなんといみしき事
ともなく〳〵いひつ丶け給をつく
つくとき丶給にひとしれぬ心をい
かにしてみあらはし給にけるそ
とおほすにもあさましこ丶らの

としころこのよもかのよもおもひ

31 伝後二条院筆 藤波切（『八雲御抄』）

さかの　くるす
ふたい　いはくらのをの
おほあらき　いはたのをの
かくらのを　よとの
かすか　こせ
うたのおほ　たかまつの、

32 伝藤原清範筆 西山切（『新古今集』）

九月十三夜くまなくはへり
けるをなかめてよみ侍ける
道信朝臣
あきはつるさよふけかたの月みれは
そてものこらすつゆそをきける
百首哥たてまつりし時
藤原定家朝臣
ひとりぬるやまとりのをのしたりを
にしもをきまよふとこの月かけ

33 伝二条為重筆 巻物切（『和漢朗詠集』）

尽日望雲心不繋有時見月夜方閑
漢皓避秦之朝望礙孤峯之月陶朱

34 伝二条為世筆 四半切（『詞花集』）

藤原為実
つきはいり人はいてなはとまりゐて

ひとりやわれはそらをなかめむ

35 筆者未詳 四半切（『勅撰名所和歌抄出』）

勅撰名所和歌抄出上
山　石蔵山　山城
うこきなき岩くら山に君か世をはこひをきつゝ千代を
こそつめ
頼資
あし曳の岩くら山の日かけ草かさすや神のみことなる
らん
稲荷山
瀧の水かへりてすまはいなり山七日のほれるしるしと
おもはん
いなりやましるしの杉の年ふりてみつのみやしろ神さ
ひにけり
源頼実

36 伝道澄筆 四半切（『三体和歌』）

家隆卿
桜はな散かひくもれ久堅の雲井にかほる春の山風
むは玉の夜や明ぬらん足引の山ほとゝきす一こゑの空
虫の音も涙露けき夕暮にとふ物とてはおきのうはかせ
なかめつゝいくたひ袖にくもるらん時雨にふくる有明
の月
みすもあらぬ名残はかりの夕暮をことありかほに何ま
たるらん

たひねする夢路はゆるせうつの山関とはきかすもる人
はなし

37 道澄短冊

夕立　五月雨のころはと絶もみえさりし
空に夕たつ風のむら雲　道澄

38 伝二条為親筆 島田切（『続千載集』）

百首哥たてまつりしとき　前関白左大臣押小路
ゆくさきのちかつく程はふるさとの
とをさかりぬる日数にそしる
題しらす　了雲法師
旅衣ゆふこえかゝるやまのはに
ゆくさきみえていつる月かな　紀淑文朝臣
ゆきくれてふもとの、へにやと、へは

39 二条為親短冊

後朝恋　いかゝせんうききぬ〴〵のそての月
あくれはのこるかけたにもなし　為親

40 伝一条兼良筆 大四半切（『歌林良材抄』）

よらさるに中将なりける人蟻をとらへて二はかりこし
にほそき絲をつけ
てあなたのあなに水をぬりて蟻を入たるに水のかをか
いていとよく

はひてあなたのくちに出にけりさてその絲のつらぬか
れたるを
つかはしたれは日の本の国はかしこかりけりとてあた
ふけん事を思
とまりけり其中将はかんたちめ大臣なさせ給てのちに
は神
となりたりけるとかやあらむその明神のもとにまうて
たりける

41 伝一条兼良筆 大四半切（『後撰集』）

通風しのひてまうてきけるにおやきゝつけてせいし
けれはつかはしける　大輔
いとかくてやみぬるよりはいなつまの光のまにも君を
みてしかな
大輔かもとにまうてきたりけるに侍らさりけれは
かへりてまたのあしたにつかはしける　朝忠朝臣
いたつらに立帰にし白浪のなこりに袖のひる時もなし
返し　大輔
なにゝかは袖のぬるらん白浪のなこりありけもみえぬ
心を

42 伝一条兼良筆 藤川日記切（『藤川日記』）

越智川をすくとて
ゐちかはのさてさす瀬ゝに行水のあはれもしらぬ袖
もぬれけり

たか宮かはらは水のあとはかりあり
過行はたか宮かはら水もなしことしはおそき五月雨の比

43 伝一条兼良筆　大四半切（『新続古今集』）
新続古今和歌集巻第十一
恋哥一
前参議経盛家にて歌合し侍ける時恋哥中に
藤原清輔朝臣
我恋はあまのたくものしたもえてまたほのめかす程もなきかな
石清水社にたてまつりし哥の中に初恋を
雅永朝臣
たてそむるあしのしの屋のゆふけふりやかてひまなきおもひにそたく
物申そめける人のもとよりかつ〳〵物おもふよしなといひける
返事に　としこ
いかなれはかつ〳〵物をおもふらんなこりもなくそわれはかなしき

44 伝尭孝筆　仏光寺切（『新続古今集』）
狛秀房
我のみとねをやなくらむうつせみ（の）むなしき世とはたれもしれれとも

45 尭孝短冊
暮春　そらにたれたそかれ時ととかむらん
郭公　しきりになのるほと〵きす哉
尭孝

46 伝飛鳥井雅世筆　巻物切（『新続古今集』）
和哥のうらやふりぬる代〻の跡をたにうき我からになをたとるかな
後光厳院御時頓阿法師この道しはらくさしをく事侍るよしきかせおはしましていさゝか仰下さるゝむね有けれは叡慮のおもむきつたへおほすとてよみてつかはしける
後福光園摂政前太政大臣
勅なれはおもひなすてそ敷しまのみちにものうきこゝろありとも
返し
頓阿法師
雲井まてきこえけるかな和哥のうらやあしへのたつのねにもたてぬを

47 飛鳥井雅清（＝雅世）短冊
夕鶉　秋ふかきおのか羽かせをみにしめて
夕露さむみうつらなくなり
雅清

48 伝後鳥羽院筆　水無瀬切（『新古今集』）
公卿勅使にてかへり侍りけるに
いちしのむまやにてよみ侍ける
中院入道右大臣

たちかへりまたもみまくのほしきかな
みもすそかはのせゝのしらなみ
入道前関白家に百首哥よみ侍けるに
皇太后宮大夫俊成
神かせやいすゝのかはのみやはしら

49 伝二条為忠筆 六半切（『拾遺集』）

延光朝臣
君まさはまつそおらましさくら花
風のたよりにきくそかなしき
夢のうちのはなにこゝろをつけてこそ
このよの中はおもひしらるれ
中納言敦忠まかりかくれてのち
ひえのにしさかもとに侍ける山庄に
人〳〵まかりてはなみはへりけるに
一条摂政
いにしへはちるをや人のおしみけむ
いまははなこそむかしこふらし

50 伝二条為貫筆 四半切（『歌枕名寄』）

いつこにかふなとめすらむあれのさき
こきたちゆきしたなゝしをふね
右大宝二年太上天皇幸于参川国
時高市連里人作歌
然菅渡　志香須香渡
おしむともなきものゆへにしかすかの

わたりときけはたゝならぬかな　赤染衛門
右大江為基三川国にくたりけるに扇
つかはすとてよめるとなむ

51 伝兼好法師筆 四半切（『新古今集』）

藤原定家朝臣
ひさかたの中なるかはのうかひふね
いかにちきりてやみをまつらん

52 伝二条為明筆 六半切（『新古今集』）

おもひいてゝいまはけぬへしよもすから
をきうかりけるきくのうへの露
清慎公
むはたまのよるの衣をたちなから
かへる物とはいまそしりぬる
夏夜女のもとにまかりけるに
人しつまるほと夜いたくふけて
あひ侍けれはよめる
藤原清正
みしかよののこりすくなくふけ行は

53 筆者未詳 六半切（『新古今集』）

題不知　式子内親王
いまはたゝこゝろのほかにきくものをし
らすかほなるおきのうはかせ
家哥合に　摂政太政大臣
いつもきくものとや人のおもふらん

こぬゆふくれの秋風のこゑ
前大僧正慈円
こゝろあらはふかすもあらなむよひ〳〵に
人まつやとのにはのまつかせ
和歌所にて哥合侍しに遇

54 **伝甘露寺光経筆 八坂切**（『新古今集』）
ふるゆきにまことにしのやいかならん
けふはみやこにあとたにもなし
冬哥あまたよみ侍けるに
権中納言長方
はつゆきのふるのかみすきうつもれて
しめゆふ野辺はふゆこもりせり
おもふ事侍けるころはつゆきふり
はへりけるひ

55 **伝民部卿局筆 四半切**（『新古今集』）
みやつかへしつる女をかたらひ侍けるにやん事
なきおとこのいりたちていふけしきをみ
てうらみけるを女あらかひければよみ侍ける
平定文
いつはりをたゝすのもりのゆふたすき
かけつゝちかへ我を思はゝ
人につかはしける
鳥羽院御歌
いかはかりうれしからましもろともに

（こひらるゝ身）もくるしかりせは

56 **伝藤原兼実筆 中山切**（『古今集』）
身なからにつもれるとしをしる
せれはいつゝのむつになりにけり
これにそはれるわたくしのをいの
かすさへやよけれはみはいやしく
てとしたかきことのくるしさ
かくしつゝなからのはしのなから
へてなにはのうらにたつなみのな
みのしわにやおほゝれんさす
かにいのちをしけれはこしのくに
なるしらやまのかしらはし

57 **伝藤原顕輔筆 鶉切**（『古今集』）
巻第十四
おもふてふ事のはのみや秋をへて　下

58 **伝弘融筆 四半切**（『古今集』）
とふらひてよめる　河原の左のおほいまうちきみ
ぬしやたれとへとしらたまいはなくに
さらはなへてやあはれとおもはん
寛平の御時うへのさふらひに侍けるをのことも
かめをもたせてきさいの宮の御かたにおほ
みきのおろしときこえにたてまつりたり
けるをくら人ともわらひてかめをおまへに

もていて、ともかくもいはすなりにけれは
つかひのかへりきてさなんありつるといひ
けれはくら人のなかにおくりける
としゆきの朝臣

59 伝弘融筆 四半切（『古今集』）

ゆめといふものそ人たのめなる
よみ人しらす

わりなくもねてもさめてもこひしきか
こゝろをいつちやらはわすれむ
こひしきにわひてたましひまとひなは
むなしきからのなにやのこらむ

60 伝世尊寺行俊筆 長門切（『平家物語』）

はむするに矢比にたにも候はゝたとひ下

61 伝世尊寺行俊筆 長門切（『平家物語』）

けれは弓をは打棄て長刀茎短に取直し橋桁
をさら〳〵と走渡る余の者共は恐て渡らさりけ
るを明俊か心地には一条二条の大路とそ振舞
ける長刀を以て九人なき伏て十人と云に目貫
もとより柄を打折て河へ投入て大刀を抜てそ

62 伝後伏見院筆 桂切（『風葉集』）

かれ〳〵になりにけるおとこのもとに
ゆふくれにさしをかせ侍ける
みつからくゆるの源大納言女
わするゝをおとろかすにはあらねとも

夕への空はえこそしのはね
女をゆくゑしらすなしてもろともに
おきふしゝとこをうちはらひて
むくらのやとの大将

うちはらふまくらのちりをかたみにて
たちゐにねをもなく我身かな

63 伝光厳院筆 六条切（『八代和歌抄』）

中務卿親王家百首哥
鷹司院師

たちわたる春のかすみやさほひめの
とをやますりのころもなるらん

64 伝光厳院筆 六条切（『八代和歌抄』）

八代倭歌鈔
春謌
後法性寺入道前関白家百首歌
皇太后宮大夫俊成

あまのとのあくるけしきものとかにて
雲井よりこそはるはたちけれ
建仁元年五十首哥合謌

65 伝中山定宗筆 国栖切（『道玄家集』）

さゝなみしらむにほの水うみ
あさ日かけ空はかすみにふかゝらむ
浪よりにほふしかのおちかた
霞

つのくにのあしやのさとのあさほらけ
我すむ方もさそかすむらん
あしの葉はなを霜かれのなにはへに
みとりは春のかすみなりけり
なには江やしほのひかたのあさほらけ

66 伝寂恵筆 石見切（『古今集』）

おもひいつるそきえてかなしき
人にあひてあしたによみてつかは
しける　　なりひらの朝臣
ねぬるよのゆめをはかなみまとろめは
いやはかなにもなりまさるかな
業平朝臣の伊勢のくに、まかり
たりける時斎宮なりける人にいと
みそかにあひてまたのあしたに人
やるすへなくておもひをりけるあひ

67 伝寂恵筆 四半切（『千載集』）

つかはしけるを大納言公実はやす
すけの王のは、につかはしけるを
また周防の内侍にもつかはしけ
りとき、てそねみたる哥を、くり
て侍けれはつかはしける
大納言きんさね
みつしほのすゑはをあらふなかれあしの
君をそおもふうきみしつみ、

中将に侍けるとき哥合し侍りけるに

68 伝冷泉為益筆 四半切（『新勅撰集』）

はるなから年はくれなむちる花をおしとなくなる鶯の
こゑ
色ふかくみるのへたにもつねならははるはすくともか
たみならまし
延喜六年月次御屏風三月たかへすとこ（ママ）
ろ　　つらゆき
山田さへいまはつくるをちる花のかことはかせにおほ
せさらなん
左兵衛督朝任は花みにまかるとてふみつかはし
て侍ける返ことに
大弐三位
誰もみな花の盛はちりぬへきなけきのなかの歎をやする
後冷泉院御時月前落花といへるこ、ろを

69 伝冷泉為益筆 四半切（『新勅撰集』）

春なからとしはくれなむちる花を惜となくなるうくひ
すのこゑ
色ふかくみるのへたにもつねならははるはすくともか
たみならまし
延喜六年月次御屏風三月たかへす所（ママ）
つらゆき
山たさへいまはつくるをちる花のかことはかせにおほ
せさらなん

70 伝冷泉為益筆 四半切（『新勅撰集』）

唐にしきむら〳〵のこるもみぢばや秋のかたみのころもなるらん

権大納言長家

のこしをく秋のかたみのからにしきたちはてつるはこがらしのかぜ

後朱雀院御時、うへのをのこども大井河にまかりて、紅葉浮水といへるこゝろをよみ侍けるに

中将に侍けるとき　右近大将通房

みづのおもにうかべる色のふかければもみぢを波とみつるけふ哉

九条太政大臣

大井河うかぶもみぢのにしきをばなみのこゝろにまかせてやたつ

71 伝東常縁筆 建仁寺切（『拾遺集』）

返し

婆羅門僧正

かひらゑにともにちきりしかひありて

文殊のみかほあひ見つるかな

聖徳太子高岡山辺道人の家におはしけるに餓たる人みちのほとりにふせり太子のゝりたまへる馬とゞまりてゆかすふちをあけてうちたまへとしりへしりそきてとゞまる太子すなはち馬よりおりてうへたる人のもとにあゆみすゝみたまひてむらさきのうへの御そをぬきてうへ人のうへにおほひたまふうたを

72 伝東常縁筆 小四半切（『拾遺集』）

うちしのひいさすみの江の忘草わすれて人のまたやつまぬと

山寺にまかりける暁にひくらしのなき侍けれは

左大将済時

あさほらけひくらしのこゑきこゆなりこやあけくれと人のいふらん

天暦御時御屏風のゐになかからのはし〳〵らのわつかにのこれるかたありけるを

藤原きよたゝ

葦まより見ゆるなからのはし〳〵ら昔の跡のしるへなりけり

大江為基かもとにうりにまうてきたりけるかゝみのつゝみたりけるかみにかきつけて侍ける

73 伝杲守筆 四半切（『玉葉集』）

後鳥羽院御製

しはのとやさしもさひしきみやまへの月ふく風にさをしかのこゑ

五十首哥中に　前大僧正慈鎮

心すむかきりなりけりいそのかみふるき宮このあり明のつき

権大納言顕朝中納言になりて九月十三夜よろこび申侍りけるにつかはしける

後深草院少将内侍

74 伝杲守筆 四半切（『玉葉集』）

けふまては雪ふみわけてかへる山
これより後や道もたえなむ
うれふること侍ける比
澄覚法親王
うつもれてとしのみとせをふる雪に
ふみつたへてし跡やたえなむ
霜月はかりに物おもひける人の
うれへたりける返事につかはしける
紫式部

75 伝顕昭筆 簾中切（『伏見院三十首』）**模写**

＊釈文省略

76 伝顕昭筆 簾中切（『伏見院三十首』）

春さめのをとものとかにさよふけて
のきのしつくそ庭にさひしき
はなはしもあひもおもはしあつまより
こひしかるへき山さくらかな
夏五首
一聲をうらみとやせんほとゝきす
きかてむなしきよはもありしに
はるゝやと風のかはるをたのめとも
なを雲ふかきさみたれのそら
なる神はこのさとならぬ雲かせの

---

77 伝顕昭筆 簾中切・同模写（『伏見院三十首』）**拡大**

＊釈文省略

78 伝兼空筆 下田屋切（『松花集』）

元亨三年九月内裏にて五首哥
講せられ侍けるに怨恋
侍従忠定卿
さのみなとおもひもしらてかくはかり
かこつにまさるつらさなる覧
寄鏡恋といへる事を
従二位隆教卿
つらさのみますみのかゝみそれをたに
おもかけにして猶やしのはん

79 伝兼空筆 下田屋切（『松花集』）**模写**

松花和歌集巻第二
夏哥
元亨四年五月うへのをのことも題
をさくりて哥つかうまつりけるつ
いてに更衣をよませ給うける
今上御製
をのつからそてになれにし花のかの
のこるもうすき夏衣かな
題しらす
従三位藤子
あたになとうつれはかはるいろならん

80 伝藤原家隆筆 六半切（『承元四年粟田宮歌合』）

左　権大納言源朝臣
わすれしのなみたくちにし袖のうへに
みしよの月のかけそうつろふ
右　雅経朝臣
またした、なをあきのよはなかつきの
ありあけの月のおもかけもうし
廿五番
左　権大納言藤原朝臣
こひしなんのちもうきみのしるへせ□
ゆくかたしのふ山のはの月

81
伝葛岡宣慶筆　小四半切（『公経家集』）
しらたまのからくれなゐにうつろひて
かはるたもとのいろそかなしき
いまはた、ほさてもくちぬこひころも
かけてひまなきさほのかはなみ
いはみかた人の心はおもふにも
よらぬたまものみたれかねつ、
ひとりねのおきてかなしきあさ露の
きえなてなにとよをかさぬらん
あふまてとくさを冬のにふみからし
ゆき、のみちのはてをしらはや

82
伝仲顕筆　四半切（『拾遺抄』）
しのふれはくるしかりけりはなす、きあきのさかりに
なりやしなまし

読人不知
よそにてもありにしものを花す、きほのかにみてそ人
はこひしき
大中臣能宣
あふことはかたわれつきのくもかくれおほろけにやは
人は恋しき
あひみてもありにしものをいつのまにならひて人のこ
ひしかるらん
はしめて女のもとにまかりてつとめてつかはしける
大中臣能宣
あふことをまちし月日のほとよりもけふのくれこそひ
さしかりけれ
権中納言藤原敦忠
あひみての、ちの心をくらふれはむ（かしはも）のを
（おも）はさ（りけ）り
題（しらす）　（読人も）

83
伝藤原為家筆　大四半切（『源氏物語』）
にまかせてもの〳〵しくきひしくおこなへとおほせた
まへはしひてつれなくおもひなしていへよりほかにも、
とめたるさうすくとものうちあはすかたくなしきす
かたなとをはちなくおもゝちこはつかひむへ〳〵しくもて
なしつ、さにつきてならひゐたるほとよりはしめみも

・索引は該当する図版の番号で示しました。
・作品索引と切名索引は通例的な読み方に従いました。
・人名索引は、音読みとしましたが、天皇（院）と女性は通例の読み方に従いました。

作品索引

伊勢物語　16
歌枕名寄　50
歌林良材抄　40
玉葉集　73・74
公経家集　81
金葉集　21
愚問賢注　15
源氏物語　22・83
源氏物語歌集　17
建礼門院右京大夫集　18・19
古今集　5・6・20・27・56・57・58・59・66
古筆名葉集　4
後拾遺集　8
後撰集　7・41
狭衣物語　30
三体和歌　36
詞花集　34
拾遺愚草　12
拾遺集　49・71・72
拾遺抄　82
松花集　78・79（模写）
承元四年粟田宮歌合　80
続千載集　38
新古今集　1・23・26・32・48・51・52・53・54・55
新続古今集　43・44・46
新勅撰集　25・68・69・70
千載集　24・67
勅撰名所和歌抄出　35
道玄家集　65
八代集抄　9
八代和歌抄　63・64
風葉集　62
藤川日記　42
伏見院御集　3
伏見院三十首　75（模写）・76・77（拡大）
平家物語　60・61
僻案抄　28
万葉集　11
未詳歌集　29
八雲御抄　14・31
六百番歌合　13
和漢朗詠集　10・33

切名索引

秋篠切（東山切）　7
石山切　→　西山切
石見切　66
鶉切　57
大四半切　27・40・41・43・83
桂切　62
巻物切　10・21・33・47
国栖切　65
建仁寺切　71
鯉切　28
島田切　38
持明院切　8
小四半切　72・81
短冊　37・39・45・47
道也切　1
中山切　56
長門切（平家切）　60・61

西山切 23・32
下田屋切 78・79（模写）
東山切 ↓ 秋篠切
広沢切 3
藤川日記切 42
藤波切 31
仏光寺切 44
平家切 ↓ 長門切
水無瀬切 48
六半切 17・24・25・26・30・49・52・53・80
八半切 20
八坂切 54
四半切 5・6・9・11・12・13・14・15・16・18・22・29・34・35・36・50・51・55・58・59・67・68・69・70・73・74・82
簾中切 75（模写）・76・77（拡大）
六条切 63・64

筆者索引

阿仏尼 28
為益（冷泉） 68・69・70
為家（藤原） 14・83
為貫（二条） 50
為氏（二条） 9・16
為重（二条） 1・29・33
為親（二条） 38・39
為世（二条） 34
為忠（二条） 20・49
為定（二条） 12・24
為明（二条） 30・52
家隆（藤原） 80
雅世（飛鳥井） 46・47
雅清 ↓ 雅世
尭孝 44・45
兼空 78・79
兼好法師 51
兼実（藤原） 56
兼良（一条） 40・41・42・43
顕輔（藤原） 57
顕昭 75（模写）・76・77（拡大）
玄作 6
光経（甘露寺） 54
杲守 73・74
後光厳院 17・18・21
後崇光院 13
後鳥羽院 48
後二条院 31
後伏見院 3・62
光厳院 63・64
弘融 58・59
行俊（世尊寺） 60・61
行尹（世尊寺） 10
国夏（津守） 19
時庸（平松） 5
実秋（清水谷） 8
実名（小倉） 22
寂恵 66・67
寂蓮 25
宗全 15
常縁（東） 71・72
清範（藤原） 23・32
清輔（藤原） 11・26
宣慶（葛岡） 81
素眼 27
定宗（中山） 65
仲顕 82
道澄 36・37
民部卿局 7・55
筆者未詳 35・53

[著者紹介]

日比野　浩信（ひびの　ひろのぶ）

昭和四十一年（一九六六）愛知県生。愛知淑徳大学大学院博士後期課程単位取得。愛知淑徳大学・愛知大学・京都女子大学など非常勤講師。博士（文学）。
中古・中世の和歌・歌学を中心に、古筆切を視野に入れた文献学的研究を主とする。
編著書に『久邇宮家旧蔵俊頼無名抄の研究』（未刊国文資料刊行会）、『志香須賀文庫蔵顕秘抄』（和泉書院）、『陽明文庫本袋草紙と研究』（共著・未刊国文資料刊行会）、『校本和歌一字抄』（共編・風間書房）『五代集歌枕』（共著・みすず出版）、『古筆切影印解説Ⅳ十三代集編』（共著・風間書房）、『二条為氏と為世』（笠間書院）、『歌びと達の競演』（共著・青簡舎）、『慶安手鑑』（共著・思文閣出版）など。

はじめての古筆切

二〇一九年四月一日　初版第一刷発行
二〇二三年三月三一日　初版第二刷発行
（検印省略）

著　者　日比野浩信
発行者　廣　橋　研　三
発行所　有限会社 和泉書院
大阪市天王寺区上之宮町七-六
〒五四三-〇〇三七
電話〇六-六七七一-一四六七
振替〇〇九七〇-八-一五〇四三

印刷・製本　遊文舎／装訂　上野かおる

ISBN978-4-7576-0905-1 C0095